U0911167

如果上海的墙会说话

沈轶伦 著

上海文艺出版社
Shanghai Literature & Art Publishing House

代序

上海的墙会说什么？

动笔前再问一次轶伦书名会不会改，她说：“不改咯，就《如果上海的墙会说话》吧。”亦舒的墙会说话，莫言的墙会唱歌，还有美国的会说话的墙，用英文讲女同故事。轶伦的墙应该讲上海话，至少是讲上海人的故事。

上海的墙连同它们所支撑的建筑，旧的新的，都有自己的故事，只是许许多多还没有说出来吧。那些一年年间被拆除的旧墙，应该永远不会说了。还有一些有幸受到抢救却被涂脂抹粉，即使能说出什么也带上了虚情假意，就像今天的“新天地”一定不想引导开怀畅饮的酒食客联想起过去那儿每天早晨倒马桶的情景。让每一堵墙说出自己的真实故事并记录下来，那才是有血有肉的真实历史。在上海，做这件事的人最近多了起来（尽管还是很少、很不够），轶伦就是其中一位，而且属于年轻一代。

关于让墙说话，最近看到的一个最揪心的故事，是讲加拿大皇家安大略博物馆如何修复和保护中国山西稷山汾南小宁村兴化古寺明代壁画《弥勒佛说法图》。90年前，就在中国军阀战乱最不堪的时候，63只大木箱装着这幅巨大壁画残片，连同后面的泥土稻草墙体，漂洋过海来到了加拿大。经过极为复杂细致的10年艰难整修，壁画得到了重生，撼动了西方世界。在今年2月出版的《Lens · 视觉》第11期上，我们看到了这幅壁画和它的墙，听到了它要说的故事，同时却感到一种从来没有过的心疼。

这种心疼会让你愤怒，因为时间就如浑浊的江河把一切都当做泥沙冲走，你拼命想把有价值的东西保住，却又觉得一切努力和辛苦都是徒劳。最后或许就想“能保住多少是多少”，如同10年前我在凤凰卫视做《口述历史》时的感觉，因为我知道这百期节目只不过扯住了历史影子一点些微的碎片，眼睁睁就看着多得多的历史人物带着他们极具价值的记忆走了。但轶伦应该不会像我那么悲观，首先是她有时间，只要坚持。坚持需要四周的支持，我只是其中的一个。希望有更多朋友从她的文章和书中得到共鸣，把她的事业变成自己的事业；可以为她提供更多的线索和题材，同她一起来让墙说话。

轶伦的文字都是为了留下上海的历史，不只是档案一般的死历史，而是记录和保存人们活生生的记忆。墙不会说话，但曾经同墙朝夕相处过的人会说。轶伦的每篇文章，都是采访一位公众比较熟悉的人物，让他或她找到自己最有情感连接的那个地方，讲那儿墙和人融为一体的故事。一个一个的人物，一个一个的地方，故事多了就会连串成片，渐渐就可以看出不同时期上海的面貌和变化，体味到每一次变化后面的甜酸苦辣。

或者就上海的某一个地方，比如我小时候住过的虹口区溧阳路。这条才一里多长的小马路，今天还是比较安静，大致还是当年的模样，在上海算是奇迹。而且政府已经宣布今后也不会拓宽、不会拆建，溧阳路整体都永久保护下来。但保留的价值在哪儿，我这个老住客并不清楚，不觉得有什么特别的好。

当年我们家住溧阳路 1335 弄 5 号，据说现在老家门口有块小牌子，比较容易找得到。三层楼的旧石库门房子我们就住了底层的一半，地板因潮湿而霉烂，墙柱因白蚁而斑驳，父亲在天井中搭建的半间书房一直漏雨，与隔壁邻居“鸡犬之声相闻”。所以，当1959年国庆节期间全家高高兴兴搬离那儿后，我就没有再回去看看，直到几十年后。就像我初中长江中学的英文老师最近在网上发表文章，才让我知道母校的种种不寻常，顿生“恨不能再重读一遍”之悔意；让我对溧阳路重新产生强烈兴趣的，正是轶伦的采访和文章。

这本文集中谈及溧阳路1335弄的有我姐姐曹雷的回忆。她比我大七岁，知道的事情比我多许多，但她说的大概我也了解，如住我们旁边4号的赵家璧先生是著名出版家，等等。让我看了发呆的，则是轶伦发表在《解放日报》上的另一篇文章《溧阳路清源里，那一位绝美的老太太》。

清源里就是溧阳路1333弄，与我们的弄堂只隔着一堵墙，两边的孩子每天都穿来穿去，还会隔墙开水仗。1958年“大跃进”期间墙拆了，两条弄堂实际上合而为一。但我从来就不知道清源里有那么一位叫关紫兰的老太太，更不知道她原来是那么重要而杰出的画家。可能因为那时我还小，也可能她一直默默地“躲藏”在家中深居简出，反正我根本就不记得是否见到过这位老太太，当然也不可能看一眼她的画作。现在反倒是轶伦这样的后辈同行比我更了解我的出生地溧阳路了，很有点五味杂陈哪！

从关紫兰又想到，短短的溧阳路还有多少墙没有说话，还有多少故事没有被发掘！忽然又想起一件事情，小时候到处晃荡，一次跑到清源里再过去沿马路一户花园洋房里面去玩，女主人居然张起一块白布放电影给我们看，而且放的是卓别林！那是怎么一户人家，上世纪50年代初还可以在自己家中放电影，女主人是谁，他们一家有着怎样的故事，现在又如何了？很想知道，又完全无从知道，也许永远不会知道。

除了溧阳路，现在上海人谈得最多的要数愚园路和江苏路，那又是我比较熟悉的马路，高中市西中学就在那儿，好些亲戚、高中同学也住那儿。但我真的了解它、知道它、懂得它吗？期待轶伦和其他朋友让那儿更多的墙说出故事吧。

曹景行

2017年10月

目 录

05 梦开始的地方

06 沧海桑田

01

君住长江尾

白莲泾码头

苏州河东

苏州河西

后滩

Bai lian jing

白莲泾码头，从工人挥汗处到世博地标

〔人物〕**包起帆**

1951 年生，市政府参事，人称“抓斗大王”，国家级专家、教授级高级工程师、高级经济师。

白莲泾，美丽的名字。

无数条汇聚向黄浦江的支流中，这条位于中上游的小河水量丰富，终年不淤。今时今日站在这里，远眺浦江两岸，映入眼帘的是世博会留下的中华艺术宫、梅赛德斯—奔驰文化中心和世博中心等摩登建筑，怡人的绿化带边，游客三三两两散步。但在“抓斗大王”包起帆眼里，“白莲泾”三个字，意味更多。

这是他 17 岁就来当码头装卸工挥汗如雨的地方，也是他心痛至极目睹多名工友殉职的地方，更是他和一代“新码头工人”成才成长、用创新改变命运的地方。

01

1968 年，“一片红”。

包起帆的哥哥妹妹们都被分去全国各地插队落户，住在南市区的他被就近分到白莲泾装卸站做码头装卸工。

能留沪做工人，在当时已属“上天堂”。但去装卸站一看，包起帆才明白“装卸工”三个字意味着什么——由于当时机械化不普及，捆扎原木、搬运生铁、锹运煤矿，所有的苦活，全凭人力。

17 岁的少年包起帆，当时每周 6 天要去装卸站上班。一周一共要值 2 个夜班、4 个中班或者白班。如果是白班，就意味着早上不到 4 点就要起床，从家所在的三角街地区到码头，坐最早班的轮渡至浦东南码头。步行半个小时后再坐一个小摆渡船到白莲泾装卸站。此时是凌晨 5：15。换了工装，开过工班会后，5：45 去上岗交接班。6：00 上班。

大冬天里，若是在船舱外工作，黄浦江上寒风刺骨，工人们身上穿一件大衣，再反罩一件大衣，以此抵御阴冷。若是在船舱内工作，8 小时的上班时间内要搬 3500 块生铁，劳动完了一身大汗。穿上大衣后，里面是汗湿，外面是大风。不一会儿停止流汗，工人们就等于要穿着件湿凉的大衣站在风里，更为难耐。

比艰苦本身更可怕的是工人们的劳动还要冒生命危险。当时，码头上堆放的原木大小不一。有的不过 500 公斤，有的要超过 10 吨，粗的直径如成人，细的直径不过碗口。在被吊车吊出船舱前，这些原木都由装卸工用手指般粗的钢丝绳一捆捆绑起来。在吊运时，稍有不慎，原木会从空中滑落，导致机毁人亡。工人们畏惧地给原木起了个诨名——“木老虎”。一天，包起帆和工友在船上作业，吊起的原木从上面滑了下来砸到工友，工友惨叫一声，十多根肋骨被压断，当即口吐鲜血。还有一次，包起帆拉着钢丝绳捆扎原木时，挂

昔日的码头成为今日的观景公园

钩升起把他左手的大拇指连同手套拉碎，撕裂的伤口血如泉涌，顿时连骨头都清晰可见。

但这样的劳作，反而使工人们更为团结友爱。正是在装卸一线，包起帆认识了他后来的妻子——她是当时在总人数中仅占二成的一线女装卸工之一。秋季来临，11 个年轻装卸工一组干活，大家会避开老师傅，掩护其中一位工友早点下班去周浦买来二三十只大闸蟹。等大家都下班了，便去同事家会合，买一点最便宜的酒，一边喝一边大嚼蟹肉，至微醺后，一个个摇摇晃晃骑着自行车回家。那种无忧无虑的苦中作乐，让年轻的码头工人们暂时忘记了白天工作的艰苦。

但现实还是残酷的。以 1968 年至 1978 年的十年统计，木材装卸事故频发，死亡 14 人，有 546 人重伤、轻伤。

码头，成了工人的伤心地。

02

白莲泾装卸站装卸木材的历史，说起来颇为悠久。

地方志资料显示：早在 1916 年，美商大来洋行轮船公司即看中此地水流丰沛、终年不淤的地理优势，在今浦东新区西北部，黄浦江的白莲泾河口南首，购得土地 79.37 亩，建造了大来码头，至 1919 年竣工使用。

1924 年，美商又进行扩建，使沿江码头全长 380 多米，并安装一台 17 吨轨道移动式起重机，共有 4 座仓库，露天堆场可存木材 5 万吨以上。码头以停靠大来轮船公司中美航线的轮船航班及装卸木材为主，在上海港外商码头企业中居第二位。

大来洋行轮船公司也在1920年于今广东路51号投资兴建大来大楼。八层的大楼外部造型为新古典哥特式，大楼的门面外墙是花岗岩块垒砌，中间月洞门内配有黑色大铁门。底层曾作为公司的客票部、货运办理处。七八层楼为公司办公室。二楼至六楼分租给其他单位作为办公场所。解放后，大来大楼更名为怀来大楼。目前已被列为上海市优秀近代建筑保护单位。

抗战时，大来码头被日军占用。1949年之后，改名为白莲泾码头，1956年交归港务局管理，成为华东地区木材集散储运中心。

03

身高1.74米的包起帆，进厂时体重不过90斤。瘦弱的身子在工作中多有不便，也常常被老师傅批评：别人搬两块生铁的时间里，包起帆只能费力搬动一块。别人一个动作就能完成的锹煤，他要慢慢才能完成。

老师傅希望青年装卸工们能搬得更快，但包起帆这一代年轻人却在想，能不能有一天不用搬？

从17岁进厂到25岁因为腿伤而调去做吊车修理工。包起帆在装卸一线工作了6年。粉碎“四人帮”后，国家恢复大学招生，包起帆报考上海市第二工业大学，他希望能弄明白，机械背后的原理究竟是什么，也希望能有朝一日让“木老虎”不再“吃”人。

1981年，包起帆毕业后回到原来的单位和同志们一起从事技术革新、发明创造和工艺改进。1981年10月，中国港口史上第一只用来卸大船的木材抓斗诞生。两根起重索使抓斗顺利地打开和闭合，抓原木似老鹰抓小鸡，“轻轻一抓就起来”。之后的码头岁月，包起帆一直在用发明创造为促进港口工作进入机械化和数字化时代而努力。包起帆本人也从一个普通的码头装卸工成长为一个国家级专家、高级工程师、“上海市十大科技精英”之一。

2010年上海世博会前夕，白莲泾装卸站告别历史舞台。拆除地基时，昔年打下的桩木被抽出，剥开外皮后，内部杨松芯子依旧如新。在场工人无不动容。包起帆说，他后来“很怕”去世博园看见留在那里的抓斗模型，因为有太多回忆在那里了。他希望大家在那里游玩时不要忘记曾有几代码头工人留在那里的生命和青春。

白莲泾水奔腾向前，一同流淌的还有时光。如今，上海港完成集装箱吞吐量3520万标准箱，上海港已连续五年排名“全球老大”。数据显示，2030年，中国港口的货物吞吐量将突破250亿吨大关。在华东师大国际航运物流研究院，包起帆坐在一张上海港地图前自豪地说：我有幸见证了这一切。

跃入苏州河的童年

〔人物〕**赵丽宏**

1952 年生，上海作家协会副主席，散文家。

苏州河涨潮了。淡黄色的水面泛出绿。

站在河南路桥上，赵丽宏脱了衣服，感受到风在赤裸背脊上拂过的力度。桥下水流声，水上橹桨声，渐渐都被边上小伙伴的起哄和鼓劲声盖住，他把眼睛一闭，抬脚离开栏杆，跃入空中。一切杂音消失了。这是 1950 年代末的上海，少年赵丽宏第一次跳入苏州河。

苏州河边，是他的家。北京东路河南路路口福兴里的厢房里，他枕着这条母亲河的水声长大。他曾无数次跃入其中的苏州河孕育了一整座城市，也藏有他童年的记忆。

01

1848 年，上海道台麟桂在与英国驻沪领事阿礼国签订扩大英租界协议时，第一次正式把吴淞江写作了“苏州河”。这是人们对长江支流黄浦江支流吴淞江上海段的俗称。

被称为上海母亲河的苏州河，孕育了上海最初的商贸中心，为上海的都市化构建了最初的格局，而苏州河下游近海处被称为“沪渎”，正是上海市简称的得名出处。

上海邮政大楼的绿色楼顶上曾有一组青铜雕像

《上海市政工程志》资料显示，1856 年，供职于怡和洋行的英国人威尔斯和宝顺洋行的韦韧、霍梅等 20 人筹资建立了中国第一家以桥梁建造为主的公司——“苏州河桥梁公司”，建设了第一代外白渡桥，当时名为“威尔斯桥”。这是座木桥，桥长 137.25 米，宽 7.015 米，中间设活动桥面，船只驶过时须起吊，且来往都需要收费。1872 年，租界工部局收购了威尔斯桥，由于使用率加大，又另造一木桥替代，并且不再收费，可以白渡过去，从此就被叫做“外白渡桥”。20 世纪初，又在其侧另建钢结构大桥，即今日著名的“外白渡桥”。

自此，位于上海城区的苏州河段先后建成了 18 座大桥。这些桥中不少为租界工部局所建或改建，因此桥身上大多带有美丽的细节，有着浓郁的欧洲城市风格。自外白渡桥以西，分别有乍浦路桥、四川路桥、河南路桥、福建路桥、浙江路桥、西藏路桥……

其中的乍浦路桥，现今是一座钢筋混凝土桥。长 71.94 米，宽 17.3 米，其中车行道 12.9 米，两边人行道各为 2.2 米。桥下 3 孔，中间一孔，跨径为 36.55 米。上海开埠后，美国圣公会主教文惠康在此渡口之西建造过一座浮桥。1873 年，将浮桥改为木桥，外国人称“蓬恩桥”，中国人称“白渡桥”。为区别东邻的外白渡桥，又称“二白渡桥”。1927 年，改建为钢筋混凝土桥，以乍浦路路名命名。而河南路桥前身为工部局建造的木桥“三摆渡桥”，1927 年，被改建为一座长 64.46 米、宽 18.2 米的 3 孔混凝土悬臂挂孔桥，并命名为河南路桥。

02

第一次跃入苏州河，赵丽宏就站在河南路桥上。

当时还不擅长跳水姿势，只是凭着一腔少年之勇，“插蜡烛”般直直下坠，入水时轰然一声，水花四溅，背脊“吃大板”，起身时身后已然红了一大片。但到底年轻，还是不甘心，他又立即游到岸边顺着扶梯爬上来再跳一次、再跳一次。很快，他学会了压着小小的水花入河，从桥梁一跃而下时也能做出飞翔展翅等种种姿势。

一旦掌握了技巧，他就尝到了这瞬间自由的滋味。有一次他从乍浦路桥跳水入河，一直游到浙江路桥才上岸。小伙伴拿着他脱下的衣服，又惊讶又佩服，一路沿河追逐，一路欢呼大叫。而他独自在水里，越游心里越是平静。

但自然的河道里，同样也隐藏着危险。在赵丽宏就读的北京东路小学的后门，有一个临河的垃圾码头。码头上有个大铁皮翻斗。不运送垃圾的时候，翻斗是升起的。运送垃圾时，翻斗放下，停靠卡车上的垃圾就直接从翻斗上滑到河里的船舱中。这个翻斗，由此成为孩子们的乐园，小孩子也不怕臭，常常聚众在翻斗上玩耍得不亦乐乎。

一天早晨上学经过垃圾码头时，赵丽宏看见路上围着许多人。原来早先拉翻斗的钢索吃不住，断了一根，在上面玩耍的孩子立即坠入苏州河里，淹死了好几个。同龄人赤膊的小尸体就横陈在日常孩子们游戏的河岸上，苍蝇已经开始在上面盘旋。那一幕，令赵丽宏久久难忘。几天后经过，还能看到溺亡孩子的父母在翻斗边哭泣。

但河流的诱惑力还在，他依旧还是会跳到河里去游泳，但却有意识地瞒过了父母。至于垃圾码头，附近的孩子都再也不去玩耍了。

03

在河里游泳的时候，能换个视角看岸边景色。

从水里看上去，路上的行人和路边的建筑别有一番姿态。在经过四川路桥时，赵丽宏会换成仰泳，这样就能看见上海邮政大楼的绿色楼顶上的那一组青铜雕像。南面正中为希腊神话主管信使与商业的神赫尔墨斯，他头戴翼帽，手执双蛇缠绕与信鸽之杖，脚下生翅。赫尔墨斯左右为女神，分别执笔和书信。在苏州河仰泳时，能看清这些雕像的脸，深邃面庞神秘安静地俯瞰人间，他总觉得那眼神里含着期待也藏着哀怨。但有一天游泳时，他忽然发现这些雕塑都不见了，据

第一次跃入苏州河，赵丽宏就站在河南路桥上

说是被悉数敲毁。“文革”开始了。

那一场浩劫，也波及赵丽宏居住的福兴里。本来，这个安静的小弄堂处于上海国华大楼和景云大楼夹缝里，夏夜穿堂风吹过，弄堂里几十米长的道路是居民们一字摆开躺椅乘凉的避暑胜地。但渐渐地没有人在这里乘凉了。两边高楼上总有人跳下来自杀。有时，一天会有两个跳楼者，弄堂口第一个尸体没有被拉走，上面又有新的跳下来。

他后来在文章里写过一次，自己曾亲眼看见有人跳下来，就坠落在离他不到三米的地方。他目睹坠落者吐着血沫的脸，一点点由红转白，最后渐渐转青转灰。那是个30岁还不到的青年，穿着一身崭新中山装，上衣口袋里还别着一支钢笔。后来，大楼临街通道和窗户上都装了铁栅栏，但依然还会有人想尽办法越窗而坠。进进出出的弄堂的居民，每次从这里通过，都会不禁缩着脖子抬头看看上方，加快步伐通过。暑热天气里，任凭弄堂里的穿堂风再凉爽，却无一人在此乘凉。

04

“文革”后，赵丽宏从插队落户的崇明回家，在福兴里5号的厢房里开始写作，小空间里四墙无窗，只有一盏8瓦的小灯。邻居炒菜烧饭骂孩子的声音毫无隔断，声声入耳，他却珍爱这个独处之地，称之为“我的小黑屋”。

在小黑屋里，他用写作展开了属于自己的世界。画家朋友来，说要为之开窗，几日后送来绘有窗户和窗户外风景的油画。作曲家朋友来，说受不了邻里的杂音，几日后送来录音机，让赵丽宏听古典音乐。他在这里开始自己的作家生涯，夜里听到雨点落入河流，和自己笔端的声音，同样是“沙沙沙……”

渐渐，邻居大嫂会在剁肉馅前来敲壁板，“影响你写文章吗？要么我去晒台上……”训孩子的邻居也会压低声音叫小孩，“不许看电视，叔叔正在隔壁写诗……”每每此时，他就坐在那小黑屋里莞尔。

“文革”结束后，夏天的夜里，又有居民贪凉，为了享受两座大厦带来的穿堂风，开始搬出躺椅放在弄堂过道里了。夜里万籁俱寂，福兴里的居民在家里都能听见苏州河的水流声。落在赵丽宏的耳朵里，这声音还是和童年时候的声音一样。他在这里居住到结婚时才搬走，后来又带着儿子回来看长辈。苏州河也像是老伙伴里的一个，一直等在那里。

如今，已经过了耳顺之年的赵丽宏知道，他不会再跃入这条河流，也不会让儿子再跃入这条河流。但这河流却似有着默契，妥善藏好了他童年所有的秘密。而他则将这些秘密，写入了小说《童年河》。

Su zhou he

苏州河声，重新回响的无字歌谣

〔人物〕**俞立中**

1949 年生，上海纽约大学校长。

多少个日夜，俞立中醒来，首先听到的，是不远处苏州河的声音。

夜里河水轻轻拍打堤岸，雨天水滴落入河流，船只开过时柴油机轰鸣，码头上工人劳作喧闹。种种关于苏州河的声响，构成一段无字的歌谣，在俞立中童年时哄他入睡，青年时见证他苦读，也在如今陪伴花甲之年的他散步。

苏州河的声音，成了俞立中最熟悉的上海声音。而曾参与苏州河治理的经历，更让他与这条河的命运彼此呼应。所以即便有时离家千里，上海纽约大学校长俞立中在他乡看到一条河时，蓦然会想起苏州河——这是城市人的乡愁，也是上海的象征。

01

苏州河，横贯上海市中心，自北新泾至黄浦江长 17 公里。两旁工厂林立，码头栉比，是全市重要内河航道。资料显示，苏州河肩负着百余平方公里流域内的雨水排泄，并承受着每天数十万立方米污水的排入。20 世纪初，苏州河水清质好，鱼虾繁多。当时闸北自来水厂及沿河工厂曾以苏州河水作为水源。

清澈的河流，孕育着上海最初的活力，也吸引人们安家立业。早在曾祖父这一辈，俞家就在位于今北京路、成都路的联珠里安顿下来。这是一片石库门里弄住房，离苏州河两三个街区。苏州河水潮起潮落的声响，是这一带居民日常起居的背景音乐。

由于水路便捷，且大量工厂均沿河而建，因此沿着苏州河，都是纸张、棉纱、皮革货运往来装卸的码头。随着码头应运而生的，是一溜以处理零散货物为生的小店。如同环聚在犀牛身边，以大兽齿缝里食物残渣为生的小鸟一样，这些小店，也依靠来往苏州河的货运船而生。

少年时代，俞立中经常步行，从家里出门到苏州河边，在附近的小街上，找寻这些小店铺。

最常去的，是棉纱店，俞立中会和小伙伴们相约去棉纱店里帮着拆纱头，以此打工赚点小钱。得了几分钱后，少年们转手去纸张铺或者皮革铺，买些边角料的纸张，回家装订成草稿本；或者买些边角料的皮革，配上把手，做成弹弓，可以玩很久。

02

然而河边的码头，带来的并不都是趣味。日日与居民相邻的，还有一个粪便码头。这是一个人人避之不及，但也习以为常的存在。

晨曦初露，粪便车就推进了弄堂，挨家挨户收马桶。将污秽倒出后，马桶里放一些毛蚶壳，以增加洗刷时的摩擦力。当时，上海的清晨，千门万户的主妇都做同样的事，一日之计，便都是在一片彼此类似的声音中开始。

刷刷刷刷。擦擦擦擦。

似乎是为了固化人们对这件事的认知一般，学校也会组织孩子们去参与劳动。上初中后，俞立中担任班上的劳动委员，就曾经去联系环卫所，大年初二带领同学跟着环卫工人去收集粪便，然后推着粪车去码头，将之汇入粪船。

每个人都在忍耐，没有人想过改变。似乎这一切都是自来就有的，似乎生活就该是这样子。那码头终日散发臭味，但在石库门居民大部分都没独立煤卫设施的时代，谁都明白，必须依靠这恶臭的码头，才能保有自家屋内的洁净。

03

但后来的事实证明，在这座城市中，没什么是不可改变的。

1978 年，俞立中考入华东师范大学地理系，从此离开生活近 10 年的黑龙江长水河农场，再次回到上海、回到课堂。华师大的校园也比邻苏州河，这一次，这条河流将见证的，是俞立中人生中的一次重要转变。而俞立中，也将见证苏州河的一次重要转变。

此时的上海，百废待兴，而苏州河，也亟待治理。到上世纪 80 年代，上海每天要向苏州河排入 140 余万吨的工业污水和生活污水，形成了一条自河口至华漕长达 23 公里的常年黑臭污水带。每到雨季，苏州河翻腾出下水道般的气味，且随着污染逐年加重，市区河段终年黑臭，曾清澈得可以作为饮用水的苏州河内，已经鱼虾绝迹。一度，沿河的住户根本不敢开窗。位于河口处的外事接待宾馆上海大厦为了隔离苏州河的臭味，甚至动用了外汇急购密闭进口钢窗。

虽然母亲河的难处备受重视，早在 1956 年至 1965 年间，上海市市政工程局苏州河工作组和上海市政工程设计院对苏州河治理先后进行了调查研究，编制了 6 次污水治理规划；上个世纪 70 年代和 80 年代，市规划院又编制了上海市污水系统规划方案，但真要根除污染问题，谈何容易。

上世纪 90 年代，上海痛下决心，开始实施苏州河环境综合整治工程。这一分为三期、总投资 140 亿元、耗时 20 年的工程，被誉为上海生态环境“第一工程”。此时，苏州河边的居民、已经成长为华东师大教授的俞立中，参与了这一过程，对苏州河的底泥进行研究。

04

专家们在苏州河的不同河段打了百余个样孔，显示了河流底泥从基底土黄色逐渐变成黝黑色的过程，污染底泥的厚度从 20 厘米至两米多不等。码头附近的污泥成分里，多有麻布包、碎煤渣、塑料袋等等，像一个小型垃圾场，也恰好忠实记录了上海发展的痕迹。

这些受到污染的底泥中以由生活垃圾降解、腐烂而成的耗氧性有机物居多，铜、铅、锌、镉等重金属峰值含量严重超标。由于大量耗氧性有机物吞噬河中氧气，让苏州河逐渐丧失自净能力，还促成铁、锰与硫结合，使河水黑臭。经研究，在苏州河治理后期，对污染底泥进行了大规模疏浚。到2012年，疏浚河道全长16.355公里，疏浚黑臭底泥及各类垃圾130万立方米，黑臭底泥清除后，苏州河的水深平均增加了一米以上，河道的防洪调蓄能力明显增强，河道的通航更加通畅。

在当时参与为“母亲河”发展出谋划策的“头脑风暴”中，俞立中提出了“交融、多元、活力”的设想，希望“未来的苏州河应该有一个一气呵成、浑然一体的结构和布局，并且同时能实现商业、办公、住宅和交通等多种功能，最大限度地利用河岸资源”。

曾经留学海外的俞立中还补充说，纽约哈德逊河口开发项目总投资2.8亿美元，17年后开始盈利；波士顿海军码头再开发工程总投资1480万美元，9年后才开始盈利，“滨岸带开发是费时费力的工程，因此，我们要为未来苏州河的崛起预留时间。”

05

少年时代，从联珠里走到南苏州河路去玩，码头虽多，河水却是不臭的。等到住在华东师大周边时，河水浑浊，黑臭得令人掩鼻了。经过截污纳管、底泥清淤，苏州河变了。这种改变，又不啻是一次回归。

如今傍晚，俞立中休闲时沿河散步，苏州河又已经不臭了。他看到河道清澈，偶尔还有鱼儿游过。购房住到新闸路后，俞立中再次做了苏州河边的居民。这也是一次回归。

少年时代和中年时代，苏州河上传来的声音总是热闹的，是各种码头上装卸劳作的声音、机器马达的轰鸣。如今苏州河边是静悄悄的。沿岸 172 处原材料、农产品、垃圾、粪便码头结束历史使命；危棚简屋大批拆迁；河畔“绿带”不断延伸，原有的厂房变身博物馆或者创意园区，曾经是运货的栈道成为人行步道，绿植遍布，景观宜人。

路灯将柔和的光打下来，铺在受潮汐影响而不断拍岸的苏州河河面上。倘若如俞立中一样，饱含着感情侧耳去听，就能听见，这是上海脉搏跳动的声音。

Hou tan

摇啊摇，摇到后滩外婆家

〔人物〕**奚美娟**

1955 年生于上海，国家一级演员。中国文联副主席、中国电影家协会副主席。

梦里依稀，还能听到黄浦江的声音。

暗夜里一片寂静。驶过的轮船骤然一声鸣笛，如巨兽的声响，总把睡梦中的小孩子吓得在被窝里一缩。

“那个时候是害怕的。”奚美娟说。但这些船鸣的声音、浪涛的声响，总能奇妙地和在外婆家度过的日子联系在一起。每每想起，奚美娟就又似乎恢复成昔年的小女孩，沿着后滩江堤长长的路走，就能一直走到外婆家去。

后滩，这片即将兴建近 2 平方公里开放式大绿地“世博文化公园”的区域，曾是本地居民和沿江劳作的工人聚集生活的地方。这里曾经人来人往，市声喧嚣，盛满了奚美娟童年的记忆。

01

在世博会前，后滩的名字，几乎不为人知。即便老上海人中，也很少有人说得出，在黄浦江与上钢三厂厂区包围的弯道里，藏着这么一块区域。它背靠浦江，面朝钢厂，在

1978 年“后滩—鲁班路”轮渡通航之前，这里由于交通不便，几乎是一处被时光遗忘的世外桃源。

但后滩，对于奚美娟来说，却是亲切得不能再亲切的地方。

婚后住到杨思的母亲，总会从并不宽裕的生活费里，节省下一点布票油票，贴补给外婆家。长女奚美娟就承担起送票的任务。从杨思到后滩，步行要近一个小时，奚美娟要从上南路上钢三厂三号门穿过足有 2 平方公里的厂区，穿过炼钢车间和厂房中的小道和捷径，沿着江堤走到后滩的外婆家。

别人眼里遗世独立的后滩，对小女孩呈现出自己的热闹。上个世纪五六十年代，这里不仅留有世居在此的本地人所建的江南传统中式宅院，也有放筏工人沿江搭建的一溜简易民居，还聚集着一些卖江北风味吃食的小商铺。

奚美娟的外婆是本地人，和舅舅们一起住在祖上留下的传统宅院里。宅院高墙黛瓦，还有黄铜门扣，家里所用的脸盆烛台等，也是青铜制的“老货”。这些旧物和这个老院子有一种魔力，似乎不管外面的时代如何风云变幻，外婆家都能留住一点旧日的时光。

一些世代居住在此的本地家族，均有高墙大宅，早年族人外出读书工作，回来后秉承乡绅的传统，在自家的宅院里开办学堂。奚美娟有个小学同学的家也在后滩，她记得，同学外婆家宅院里的学校后来改制成公立小学。而与本地世家相对的，则是后滩江边的“客家人”——19 世纪晚期开始，排筏工人、码头工人等苏北移民陆续乘着小船到上海，沿江而居。经过近一个世纪的聚集，到奚美娟小时候，这些江北人已经在此形成一个小镇，颇有势力。

后滩的变化沧海桑田

02

在运输不便的年代，排运是后滩最主要的营生。

当时，上海每年需要大量木料、毛竹，除了从福建、江西、湖南等地运来一部分外，绝大部分来自浙江山区。工人要把从山上开伐下来的竹排、木排捆扎成巨大的筏，经水运长途漂流到上海。

地方志资料显示：上个世纪70年代，后滩地区设有上海市土产公司竹柴炭批发部后滩营业所。这里的工人，要根据河道情况和时令将木料扎成不同筏形。比如白露以后，天气转凉，潮水低，流速慢，就扎成“百脚筏”。这种筏形状如箭，竹梢朝前，竹篰在后，依次接“龙”；阻力小，面积大，航速高。一过立夏，潮水高，流速快，就扎“方筏”。这种筏呈长方形，面积小，吃水深，避免了阳光对竹子直晒，保证了质量；厚实坚固，经得起风浪，减少了损耗。几十吨重的木筏在江河中漂流，如脱缰的野马，有时河道弯曲，碰到急转弯，木筏顺急流向对岸冲去，能否稳住情势，全靠工人的经验和手劲。

经过长途跋涉，到了水流平缓的后滩后，这些竹排、木排可以安稳地靠岸停放。在奚美娟的记忆里，后滩波光粼粼的江面，总是停满了这些木排竹排，如同趸船一样，成为居民们的浮动码头。奚美娟会随着外婆和舅妈们，从江堤下来，沿着这些木排竹排一直走到江中心，去洗衣服、洗菜。夏天的时候，孩子们就把这里当跳水池，跃入江中摸鱼、戏水。

03

直到上个世纪末，沪上媒体的一篇报道中，提到这个区域，它还是被时光遗忘的模样："从鲁班路轮渡站摆渡到浦东，映入人们眼帘的是一排排弯弯曲曲、参差不齐的乡间民宅，好像电影《地道战》中的村庄，转几个弯就会辨不清方向。这一带原属杨思乡，划归周家渡街道，1998 年起属上钢新村街道管辖。这个'都市里的村庄'，包括龙华咀、后滩头、唐家宅、北宅、姚家宅、大马家宅等，占地 0.85 平方公里，一个居委会的范围比浦西老城厢一个街道的辖地还要大，居住着许多江南造船厂和上钢三厂的工人。"

但到了 1999 年，随着上钢三厂最后一座 100 吨平炉停产，后滩也随之变化。时代的伟力，终于深入这个弯道，并永远改变了这里的面貌。

2010 年世博会园区规划时，将此时已经改名为宝钢集团上海浦东钢铁有限公司的原上海第三钢铁厂整个厂区，和紧邻浦钢厂的“后滩”地区犬牙交错的居住区都划入其中。规划者还意外发现，在后滩滨江还保留着自然的湿地。

随着一系列的动迁、建设，昔年都市里的村庄和高墙黛瓦的老宅都变成世博园的一部分。在这一年举办的世博会上，奚美娟也与童年的故地重逢。作为明星，她和姜昆、黄奕、胡歌组成特殊家庭，一起表演了一个普通中国家庭 2015 年的“低碳生活”的故事，展现如何以科技手段实现与游客的实时互动。

此时，昔年小奚美娟沿着江堤给外婆家送布票的道路，已经是世博园的场地。后滩广场已经形成了面积约为 4000 平方米、外观由 5 个膜状半球体组成、每天可接待近万人次参观的球体活动场地。随着世博而兴的后滩，在世博后又一次迎来新的改变——

2017 年，上海市领导赴后滩地区调研，专题研究并部署世博文化公园的规划建设。世博园后滩地区，沿江兴建一片近 2 平方公里的开放式大绿地“世博文化公园”，陆上面积相当于 8 个延中绿地。

在这片区域，已建成 28 公顷滨江湿地公园，并向市民开放。接下去的公园绿地设计，将综合考虑规划中的大歌剧院、世博会后保留的部分外国国家馆，结合原克虏伯工业遗存，新建一座高水平的温室花园。

“怎么能想到，会有这样沧海桑田的改变呢？”奚美娟说，“这里曾是不为人知的角落，如今竟然要成为上海的新地标了。”

小时候，就是在后滩，外婆教小奚美娟唱传统的歌谣，教她懂规矩，恪守女孩子的做派。但奚美娟说，外婆并不因循守旧。记忆中，每每母亲让她到后滩接外婆来家小住几日，外婆总会顺应潮流地穿一件黑色双排扣的列宁装。

奚美娟难忘在 2010 年上海世博会期间，有次开车经卢浦大桥去浦东，在下桥出口处的绿色路牌上看到“后滩”二字时的惊喜。后滩从不为人知到登上舞台了。

但童年随外婆去江边的场景还历历在目。奚美娟闭上眼睛，似乎还能感到脚下起伏的波浪，童年的她正和这些孩子们结伴，沿着江边的木排和竹排走到江中心，准备跃入水中去游泳。

02

新村的背影

凤南新村

鞍山新村

田林新村

国权路

控江新村

杨浦区“凤凰村”

〔人物〕**陈思和**

1954年生，复旦大学中文系教授、博士生导师。

对复旦大学教授陈思和来说，现代化城市生活始于“凤凰村”。

“凤凰村”所在地为今日的杨浦区凤南新村。查阅相关资料会发现，“凤凰村”的称呼并不实际存在，只因有几幢单独耸立在马路边上的楼房无以名之，而附近一家饭店以“凤凰村”命名，就此约定俗成。

如今走到黄兴路、控江路交叉口，只有当地老者才知道“凤凰村”所指。昔日“凤凰村饭店”已经变身为一家街口超市，“凤凰村”的房子外貌也已不复当年。从地铁黄兴路站出来，可以看见承载过陈思和少年情思的房子，在高架下，它们显得陈旧而老迈。

01

“凤凰村”四幢房子大约在建国后不久落成。当时人们都说，这一片钢筋水泥的建筑要分配给归国华侨居住。但最后，华侨并没有选择这里。

这片新式工房，均为沿马路的5层楼L型建筑，每个单元有两三间房，单元里各有厨房和卫生间。这在当时，已经属于十分现代化的配置。

陈思和原来的家阳台朝东，窗外是杨浦工业区的各种烟囱林立。家中两间并排卧室，右面是一厨房，左面是卫生间，当中以走道连接。这个套间不超过 50 平方米，但当 1966 年 4 月陈思和一家六口步入其中时，只有一个念头，“太好，太大，太宽敞了。”

因为相比他之前住过的老式里弄、煤卫合用的住房，眼前的住宅条件已经达到其过往居住历史的巅峰。这一片新村房，以及控江路两边的生活设施区和学校，连带住在“凤凰村”里的同龄伙伴们，几乎构成了他之后 4 年少年生活的全部。

从上个世纪 50 年代开始，一批工人新村开始成为上海的新住宅模式。沪西的曹杨新村、沪东北的长白新村、南面的日晖新村以及北面的彭浦新村，随着工人阶级在城市中社会地位的上升，开始在城市建设中冒头。陈思和童年最初住的是虹口北面的广中新村，就是一片靠近市区的工人新村。

“凤凰村”所在的泛杨树浦工业区，因为工厂林立、工人聚集，也渐渐成为沪上最大的工人新村所在地。不过，进入上个世纪 60 年代后，工人新村的住户不再仅限于工人。许多干部和职员也成为工人新村的居民。如在“凤凰村”，住户多为各个机关、工厂的一些科级干部和职员。有些从部队转业到地方的军人住户喜欢称“凤凰村”为大楼，以表示与周边其他新村工房档次不同。

这片新式工房，均为沿马路的 5 层楼 L 型建筑

02

现代化都市一定要有高档商业区，也一定要有生产者集中的居民区，这是现代化都市的两翼。原先只是上海近郊滩涂之地的杨树浦地区,之所以能发展成为近代上海工业重地，就在于上海的现代化进程。

早在 1878 年，清政府即在杨树浦路创建上海机器织布局，日后，以此为中心，大量纱厂呈现集聚效应。20 世纪初，杨树浦路沈家滩又设江边电厂，即今日的杨树浦发电厂，为之后的工业发展提供了投资环境。到了 1913 年，杨树浦路上已经有造纸厂、水厂、纱厂等 20 家。

从地图上看，杨浦与浦东仅一江之隔。在依赖航运的开埠时期，拥有地理之便的杨浦，很快成为运输往来的要地。而在战事频仍的上世纪前半叶，杨浦区又因地处公共租界，相对远离战事，一大批内陆和江浙涌来的难民，在杨浦搭建棚户区栖身，这些人也为日后的厂区提供了大量廉价的劳动力。

《杨浦区志》资料显示，1930 年，杨树浦两侧地价为每亩 2—3 万两，只及当时上海市中心地价的一成左右。杨浦区内沿江拥有大批未开垦的滩地，售价低廉，只要交一些象征性的征地费就可以开垦。因此，杨浦区很快成为外商投资设厂的首选。大量廉价劳力渐渐成长为第一批现代意义上的工人，许多近郊农民也把来杨浦的工厂上班作为他们进入城市生活的第一站。在 20 世纪 20 年代，杨树浦工业区的产业工人已经达到 10 万，占据了全市的三分之一。

住在杨浦的工人多为移民后代，生活并不富裕，文化水平普遍不高，但他们敬业勤勉，不受传统规矩束缚，对新兴事物乐于接受。这些风气构成了当时杨浦的“工业精神”。劳动人民身上特有的精神和活力，也对当时处于成长期的陈思和形成影响。

03

住进“凤凰村”后，房型的设计、厨卫的独立，使得陈思和第一次理解“隐私”的概念。

不用再几户人家抢用厕所，也不必担心自家烧饭被邻居指点。每户人家都各管其事，自己楼里的孩子一般只和自己楼里的孩子玩耍。每次新认识一个小伙伴，都要问一下，“你父亲是革命干部，还是革命军人？”还有大家都得参与一项活动——每周居委会上门指导打扫卫生。之后成为上海社区生活常态的一些公共事务，也都在工人新村中萌芽。

但旧日里弄的风俗犹存。比如大家在独门独户中生活，但也会在公用的走廊上一起聊天、下棋。一件令陈思和感到有趣的事是，当时很多人家都养鸡养鸭。因为风气淳朴，因此，住户大多夜不闭户。鸡鸭随便在小区里放养，在草丛里生蛋，这使得现代化的住房又有了田园之趣。

工人新村的出现，伴随着规划配套的出现。中华人民共和国成立之初，杨浦对私营商业进行社会主义改造和网点调整，在平凉路沪东工人文化宫对面新建上海市第三百货商店、杨浦酒家等稍具规模的商业网点。“凤凰村”周边，新华书店、邮局、粮油店一应俱全。街对面原控江文化馆内的电影院，也陪伴陈思和度过无数时光。

相比在里弄和棚户区孩子们只能在狭窄的空间里打弹子和跳橡皮筋，工人新村中的绿化地带让孩子们如获至宝。稚龄孩子在其中奔跑、打架、跳跃，体育锻炼，可以走很远。孩子们仰望天空时，不再是小小天井上方的空间，他们的视野飞越石库门。

陈思和搬进“凤凰村”的 1966 年，国家宣布废除高考制度，全国小学不再进行升学考，在原先虹口区就读的小学度过最后几个月后，陈思和也就与学校失去联系。黄兴路控江路是上海东北区的交通要道，沿马路天天听到的高音喇叭的呼喊就是所有的学习材料，直到 1967 年，按照居住地所在的凤城地区，他被划归入就近的靖南中学，之后，他一直在杨浦直到 1970 年 7 月。

如今，陈思和曾居住过的“凤凰村”的单元已经不复存在。但沿街的第一幢房屋，还保持着当年的样子。陈思和有时去那里看望昔日朋友，会疑惑起来：少时觉得非常宽敞的房间，现在看起来小了。少时觉得还算荒僻的去处，现在极热闹了。从 12 岁少年到耳顺，陈思和成长变化了，上海也变化了许多。

唯有“凤凰村”门口的 5 棵香樟树，亭亭如盖，都快和楼房一样高了。

鞍山新村，是上海市最早的工人新村之一

鞍山新村楼上母亲的背影

〔人物〕**毛时安**

1948 年生，中国文艺评论家协会副主席，上海市人民政府参事。

午夜梦回，毛时安还是会想起母亲的背影。

在鞍山四村一栋工房的二楼，那间朝北的居室里，母亲靠在油漆斑驳的窗口，奋力望向丈夫和孩子们回来的方向。那是“文革”中一片混乱的年代，母亲因为体弱多病已卧床多年，担忧着家人在外的安危，她总是在傍晚时分从卧室走去朝北的居室，一直倚窗眺望。

那个焦虑的背影，那扇小小的窗，那间不大的居室，那片属于工人的新村，那块曾经令人自豪的区域，构成了毛时安整个青春时代最熟悉的世界，而在那里发生的一切，也成为他人生的基调。

01

鞍山新村位于上海市杨浦区，控江路、大连路、四平路、彰武路、铁岭路、凤城路范围之内，是上海市最早的工人新村之一。

《上海住宅建设志》资料显示，1952 年 4 月 11 日，上海市人民政府市长办公会议决定当年兴建“二万户”工人住宅，作为“今后更大规模地建造工人住宅的开端”。并决定工房建筑“须坚固、朴素、合用，居住与卫生环境有适当的改善，建设费用力求经济，建设时间争取迅速”。

经过多方勘察，最后确定9个基地，其中沪东地区4处建设基地，与沪东工业区平行分布：一是在四平路与董家石桥浜之间，建造2310户住宅，服务于提篮桥、榆林两区工厂的工人；二是杨浦浜与黄兴路之间，建筑1190户住宅，服务于榆林区东边和杨浦区西边工厂的工人；三是黄兴路与马玉山路之间，建造3000户住宅，服务于隆昌路以西至杨树浦港工厂的工人；四是军工路与南沟桥之间，建造3500户住宅，服务于隆昌路以东及军工路南段工厂的工人。

基地确定后，规划中的房屋排列是东向和东南向，总体为条形的行列式。有10户一排、20户一排、30户一排三种格式，每一二百户住房排列成组，中间有5亩空地，为绿化和活动场所。房屋前后间距为房高的1到1.5倍，室内可得到充分阳光。在构想中，新村中心地区建造合作社、卫生所、银行、邮局；小学校则分布在适当地点，儿童步行到校不超过10分钟，村内道路宽12至18米，空处要遍植绿化。“二万户”住宅建成后，划分为17个工人新村。上海市人民政府于1953年8月统一命名，其中四号基地为鞍山一村、二村。从1954年起，这9个住宅建设基地又扩大规模，继续征地，再新建32个工人新村，包括了毛时安后来入住的鞍山四村。

大约在1957年，毛时安一家搬进鞍山四村107号2楼5室。房间大门进去穿过走廊，有一南一北两间卧室，另有厨房和卫生间，总共大约50平方米。第一次步入其中，孩子们和父亲在石灰里杂糅煤球灰后一起刷墙，当阳光照进来的时候，满室生辉，全家相视而笑，被巨大的幸福感攫住：生活实在太美好了。

02

不过早在搬进鞍山四村之前，毛时安就已经在阜新路、打虎山路、锦西路、苏家屯路构成的“四方天地”里生活了一段时间了。早在上小学一年级时，他就离开在老北站附近住的父母，离开读了一个月的鸿兴路小学，转到同济新村里的四平路二小就读。毛时安的父亲是上海工具厂的技工，为了等待分配给自己的鞍山四村落成，1955年左右，父母从闸北搬到打虎山路当时还是本地农户居住的顾家宅17号借房租住。

如今这一片人口密集的区域，在上个世纪50年代还是一派市郊的田园风光。冬日大雪过后，茫茫天地皆白，只有竹篱笆下有些绿意，是青菜在雪中冒头。菜园的背后是广阔平整的田野，零散突出些小土堆则为农家坟墓，极目远眺，在田野尽头是新沪钢铁厂的工人工房，是让等待中的毛时安一家期盼的样本。这是工人在城市中享受无限荣光的时代，但在上学的时候，这份荣光却并不显眼。

转去四平路二小后，毛时安的同学里多是同济新村里教职员工的子弟。孩子们以“村内”“村外”分界，村内的知识分子子弟，举止文雅，成绩优异；村外来的孩子则多能上树下地，被老师当做“野蛮小鬼”。在这种氛围里，来自“村外”的毛时安却被激发起斗志，发愿要以成绩赢得尊重。当时在顾家宅内，生活捉襟见肘，父母并不能为好学的长子多做什么，唯有在夜里点燃油灯，让他伏案用功。

03

等到鞍山四村落成，一家人搬入其中，相比往昔陋室，顿时感到底层工人翻身做主人，一夜之间如入天堂。毛时安的父母渐渐诞育 5 个孩子，其中 4 兄弟睡在朝北房间，唯一的妹妹和父母睡朝南房间。所有邻居都是周边各个大型工厂的工人，整个新村里昂扬着工人是时代主人翁的豪情。

小学三年级时，毛时安又转入打虎山路小学（现为打虎山路第一小学），所有的同学皆为工人子弟。但在四平路二小时代扎下的种子还在，毛时安是同龄孩子里最发奋的那个。他如饥似渴地读父亲订阅的苏联杂志《知识就是力量》，也去有藏书的邻里家借阅，整幢楼的人都相传“5 室老大是个读书人”。

父母见状，却一则以喜一则以忧。每到开学前夕，夜里毛时安总能感受到家里气氛陡然紧张，父母又在为付不出学费而争执。1964 年，初中毕业后，一天夜里父亲主动带毛时安出门，沿着打虎山路散步时，父亲终于启齿，“我知道你是读书的料，但家里实在困难，你的读书愿望就让弟弟妹妹实现，你就放弃高中好不好？”夜幕之中，毛时安几乎毫不犹豫地答应了。但因为毛时安考分太高，当父亲去杨浦区招生办说明儿子放弃读高中时，招生办的老师始终不同意。就这样，毛时安侥幸上了杨浦中学。

读高中了，但没一件新衣服。为了保护母亲手纳的布鞋，遇到雨天雪天他就光脚上学，到了学校，赶紧去男厕所洗手池里洗脚。寒冬天气，冷水刺骨，这是贫寒的滋味，也叫少年更发奋“要为工人子弟争气”。

然而高中毕业，“文革”开始，一切发奋成空。他被分配去上海红旗电磁线厂工作，大学梦遥不可及。当时从鞍山四村到位于军工路的工厂单程要一个小时，为了省下每月三元的车钱，他天不亮就出门。在一片漆黑中走到工人新村、走到凤城，等到天露微光时，能看见四周宽阔田野，身上微微发汗，听到大广播开始播送样板戏，远远传来五角场军营的起床号声。学徒三年，最能吃的年纪，却日日白饭过着酱油葱花汤果腹，偶尔夜里值班，厂里发油酥饼，自己却一个也舍不得吃，用布包好藏在怀里，再奔走一个小时回家给患病的母亲和弟弟妹妹吃。等到插队到黑龙江和淮北的弟弟们回沪时，一家围坐在已经不能起床的母亲身边，吹口琴、笛子，唱歌，看到母亲脸上漾出一点笑意，成为动荡时代里这个小家庭的乐事。

1977 年，只有 49 岁的母亲过世，她没有等到长子考上大学，也没有看到他后来为大家所做的事，她不知道他在 1989 年搬离鞍山新村时流下百感交集的眼泪。她成了毛时安心里永远的背影，靠在象征着工人们在新社会地位的居室窗前，等待一家团聚。

和田林新村一起“长大”

〔人物〕**童双春**

1934 年生，国家一级演员，著名滑稽戏、独脚戏表演艺术家。

从柳州路出发，沿着田林路走到钦州路口的绿地——1986 年入住田林新村后，滑稽名家童双春每天清晨就走这条路，去绿地打拳练嗓子。

一路走过去，两边从没有高楼到有高楼，从没有店家到商铺林立，从道路泥泞到四通八达，眼见着荒僻田野变成了成熟社区，童双春从 52 岁走到了 81 岁。

2015 年，田林街道成立 30 周年。童双春说：我就好像一棵树，安家在田林这么久，已经扎根此处。

01

如今地处上海西南角徐汇区的田林曾是一片农田，直到上个世纪 80 年代，都曾属于郊县。

上世纪 60 年代后，上海自动化仪表一厂、上海玉石雕刻厂、上海电视一厂等工业企业陆续迁入，工厂周边也就陆续出现了让工人家庭安居的工房——这些煤卫合用、出口面街的三层楼房，后来成为了田林一二三四村。到了 1975 年，按照苏联的工人新村样式，田林出现了五六七村。这一批房屋一般五层楼高，一梯八户，入住者中除了工人，还有一部分上世纪80年代前后因为征地而迁入的本地农户。

1983年8月，当时的上海县人民政府批准，上海县所属龙华乡、虹桥乡和漕河泾镇的部分地区组建成田林新村办事处，归漕河泾镇人民政府管辖。1984年9月1日，漕河泾镇、龙华镇和长桥、田林等地区31.48平方公里划入徐汇区。1985年，上海市人民政府批准，同意建立田林街道办事处。自此，这里成为当时上海市新辟的12个居民住宅小区之一，这片区域亦开始从乡野变成城市的一角。

与田林五六七村相邻的，是田林八九十村，这几个新村就建于上世纪80年代前后，主要分配给了上海文艺界人士，以及一些科研院所的高级知识分子居住。这一批房子大部分都是整齐划一的灰色六层楼。每一层有三到四户人家。虽然居住面积不大，但每个家庭都有独立的厨卫设施。每幢楼下都有自己的绿化带，统一规划后小区里遍植雪松、樟树、水杉、玉兰、结香、冬青、蜡梅，窗子望出去浓荫美丽，芳草如碧。

1986年8月16日，童双春一家从黄浦区搬来田林九村。离开了市中心逼仄的煤卫合用的统间，入住新式新村房子，尽管地点有些偏僻，但对童双春一家来说，生活质量得到极大改善。

但30年前的田林还正如其名，除了民居和邮局、粮油店等必要设施之外，触目所及，真是满目田和林。暑天蛙声一片，夜里黄鼠狼出没。整个街区里只有两条公交线路通往市区。到徐家汇已经如同出短差。每每下雨，满地泥泞，人们去赶车，一脚踩下去，拔上来时鞋竟还粘在土里。

但童双春还是一下子就喜欢上了这里。毕竟新村的居住条件比原先在市区煤卫合用的生活状态改善许多。另一个让他喜欢新居的理由是，当时同住一村的多为文艺界人士。仅童双春所处的 6 层单元楼里，就有唢呐演奏家任同祥、京剧名净赵文奎、剧作家徐进、京剧名家筱高雪樵、画家朱梅邨、滑稽名家李青等。

“名副其实的文艺楼。”童双春说。上个世纪 80 年代后期，当他需要和搭档讨论剧本时，只要到楼下和李青一起商量就行了; 要出国演出前夕，遇到滑稽戏中有关于京剧的片段，他只要到楼下向名家请教就是，“真是得天独厚。”

有时别的文艺界人士出门演出，还会带回来当时很稀罕的我国台湾地区相声录像带、外国相声光碟给童双春。大家互相切磋，又日日生活起居在一起，见证着田林的变化。

作家孙甘露上个世纪 80 年代也住在田林九村，从窗口看出去，能看到对面楼的厨房窗户里，童双春在楼上做饭，李青在楼下做饭。

02

从某种意义上来说，田林具有自给自足的性质。

它不是洋派的租界遗迹，也不是传统味浓的老城厢。这里是一个全新的面向现代都市生活的小世界。

田林新村有以田林命名的中学 3 所，小学 6 所，幼儿园、托儿所 11 所和地段医院 1 所，田林路上有影剧院、图书馆和市民活动广场。加上位于宜山路的第六人民医院和漕溪路的龙华殡仪馆，整个街区已经能满足人的一生所需。

至于商业配套，田林地区最早只有一家百货商店，位置在田林路桂林路交叉口的东南角，现在已经变成了一家体育用品商店。1987年起，徐汇区区政府着手建立田林路商业街，至1990年，已设有商店116家、菜场2家、集贸市场2处。沪上各种大店、名店都在田林路上开设分店，从“吴良材”到“老凤祥银楼”“乔家栅”，从耐克、佐丹奴到麦当劳。

“当年人们说这里未来要比得上当时的淮海路，我想不太可能吧。”童双春笑言，“但果然成真了。田林路上应有尽有，生活购物实在方便。”

03

童双春住在田林九村一幢单元楼的顶层六楼。

从这里到当时滑稽剧团所在的永嘉路办公十分方便。夜里出门演出，剧团派一辆车就可以在同一上车地点把童双春和搭档李青一起接上。但有时没有派车来接，童双春和搭档也自己骑车外出演出。

一次，童双春晚上7：30在大众剧场有演出，但当天家里来了客人，大家说话聊天正在兴头上，一不注意，直到晚上7点童双春还在家里。一看时间已经不对，童双春吓出一身汗，赶紧骑自行车沿着漕溪路飞也似的赶去剧场，骑得双腿发软赶到剧场，一看时间距离开场正好还有3分钟。

那个时候，童双春就想，那些通往市区的路都会打通的，交通路线也一定会增多的。1985 年田林辖区内的公共汽车线路仅有 89 路、205 路两条，到了 2014 年，区域内有市内公共汽车线路 42 条，通往市郊公共汽车线路有 8 条，还有轨道交通 3、4、9 号线。从田林外出到市区，果然再也不是一件困难的事情了。

1989 年，童双春到国外演出。同行者都纷纷夸在境外买摩托车免税真划算。一来二去，童双春不免动心，也就买了一辆雅马哈摩托车带回上海。可是童双春性子谨慎小心，加上又有近视，因此对家人立下了几个状况绝不骑车的标准。包括：夜里不骑车、起风天不骑车、下雨天不骑车、穿西装出门时不骑车……如此一来，每年骑摩托车出门的日子屈指可数。他骑车速度又极慢，一次演出后回家，骑着自行车的李青已经回到楼里，可骑摩托车的童双春还在路上。

又有一次童双春骑摩托车沿中山路回家，在原银河宾馆位置遇到积水塘，童双春连人带车跌入。人最后挣扎着爬起来了，可是车子却扶不起来了。围观路人很多，却无一伸出援手。直到交警过来，认出童双春，又招呼大家帮忙，众人才笑道：啊，你是真的摔跤了啊，我们刚刚看你呼救，觉得好逼真，以为在拍电影，大家都在找摄像机位想避开，不敢过来呢。

如此一来，童双春更加不敢骑车了，但对这辆摩托车又极为爱护。每每在田林九村，大家就看到童双春一直在擦他的宝贝车，擦得光洁锃亮。直到 8 年后这辆摩托车被卖掉时，里程显示还不到 6 千公里。

04

2010 年上海世博会前夕，田林地区的所有老宅都被统一粉刷成鲜亮的颜色，整个田林地区焕然一新。可是住在里面的第一批居民，经过 30 年都已步入老年，童双春在那几年里陆续参加了好几次老邻居的追悼会。

他曾经和同楼的几位文艺工作者一起拍过一张七人合影。但如今合影上只有他和李青还健在，“我和李青已经把身后福地买好了，和已经去世的吴媚媚等滑稽表演艺术家都在一起。我和李青说，在舞台上我们一起演出，生活里住一幢楼，等以后也要在一块儿。”

这位曾天天早上雷打不动要走去钦州路绿地练功的老人，现在下六楼也都艰难了。他被困住了。因为不能够提物下楼，他也减少了去看朋友的频率。但他渴望能在老宅里添加电梯或者适宜于老人出行的升降设备。毕竟整个田林新村居民都面临着严重的老龄化问题。而这批完成于上个世纪 80 年代的新村房子，都是没有电梯的。

“我舍不得离开这里去买电梯房。我喜欢田林的一切。我曾经和小外孙一天八九次上下楼梯，还要和他比赛上楼看谁先到家。”

“田林长大了，但我老了。”童双春这样说。

位于四平路的杨浦高级中学

Guo quan lu

国权路是特级教师的备课路

〔人物〕**于漪**

1929 年生，特级教师。

国权路上走来一个青年女子，一路走，一路出神地想着什么。

这是 1950 年代初的国权路，一条僻静而略显荒凉的道路。路上鲜有行人，亦无店家，更遑论汽车。道路两边有些低矮平房，远处风吹稻田，枝叶起伏，一切都还是田园风光。

独自走路出神的，是青年教师于漪。从 1953 年开始，每天早晨出门去学校，她总是一路走着，一路心中默默备课，于是，一条国权路见证着她在教师道路上的成长，而她也见证了国权路的日益繁华。

01

1927 年 7 月，上海特别市正式成立，当时的国民党政权曾有意在上海的江湾五角场区域规划“大上海计划”，希望建成既有别于租界又能发展港口的“新上海中心区域”。

在雄心勃勃的计划中，这片区域包括了 1929 年上海市区外东北方向的江湾区淞沪铁路以东、浦江以西之间，北至闸殷路、南至翔殷路的土地约七百余亩。按照计划，当时总共将构筑 11 条“中”字打头的马路，10 条“华”字马路，5 条“民”字马路，10 条“国”字马路，9 条“上”字马路，13 条“海”字马路，15 条“市”字马路，12 条“政”字马路和 8 条“府”字马路，组合起来正是“中华民国上海市政府”9 个字。

然而，随着日军入侵，“大上海计划”搁浅，五角场沦于日军之手 8 年。1945 年抗战胜利后，随着租界收回，上海的行政与文化中心又转移到原租界。一度繁华的五角场成为人口稀少、交通不便的郊区，曾经规划下的五角场地区的放射与网状相结合的道路虽还保有基本雏形，却被逐渐荒置。

资料显示，至 1949 年建国前夕，五角场已经杂草丛生、野兔出没，一片荒芜。根据《1949 年上海市综合统计》记载，截止到 1950 年 1 月，五角场地区住户仅有 10612 户，工厂户、手工业作坊户、商业金融交通运输业户、机关学校医院人民团体及其他户均远远低于蓬莱、邑庙、闸北等原华界地区，更不必和卢湾、静安等原租界地区相比，甚至也不如高桥、杨思等边郊地区。

1949 年后，五角场地区的新市区和江湾区人民政府成立。1952 年，两区又合并为江湾区人民政府，到 1956 年又与吴淞、大场合并成立“北郊区”，随着开鲁、市光、市京、工农、殷行等一批新村落成，逐渐可居住 20 万人。

对于当时初到上海、刚登讲坛的于漪来说，她的许多学生就来自于这一区域的家庭，大多数的家长是普通工人，甚至是赤贫，无心也无力在学业上给予孩子们更多支持。

任课期间，她曾一户一户地走访每一位学生的家庭。有时，是在逼仄的工人新村里，撞见本身还是少年的学生正带着四五个弟弟妹妹。有时，是找到了铁路边的“滚地龙”（贫民用毛竹木片搭建的居所），有的孩子甚至还在温饱线上挣扎。还有一些学生家长在田里务农，看到老师来了，坦承自己是乡下人，并不识字。大多数家庭的居所狭小，只能摆下一张床一张桌子，且无一例外家里没有一本书，甚至贫瘠得连一张写有字的纸都难觅。

目睹学生家庭的难处，于漪决定拿出自己的津贴为学生订书订报，并自此至今一直资助着贫困的学生上学。

02

1958 年，于漪被调到上海市第二师范学校（即今天的杨浦高级中学）任历史老师，不久被要求转行教语文，当时市面上几乎没有什么教师用书，青年教师也基本没有机会去听资深老教师上课。因此，于漪只好自己独立钻研，有时为了备好一堂课，常常花 10 多个小时，甚至 20 个小时以上的时间做准备。

一次，学校请来一位演讲者在礼堂做报告，结束后于漪和同学走出礼堂，正在说：“今天的报告内容不错，谈到了学生如何求知如何成长……”一个调皮的男学生冲着于漪说：“好什么呀，他讲了 150 多个‘这个’，其他我什么也没有听到。”说着，他打开练习簿，上面画满了计数用的“正”字。这件事给了于漪很大的震动：原来，不好的语言习惯有这么大的危害，能掩盖掉讲述的内容。

她联想到自己的教学语言，是不是也存在啰唆、贫乏、有语病的问题呢？年轻的于漪下了一个决心，决定把上课要用的每一句话都记下来，然后自己修改，删除不必要的字词句，改掉不合逻辑的地方，再全部背下来，然后，再口语化。

到位于四平路的杨浦高级中学上课，于漪每天早上从复旦第四宿舍出门，花20分钟走到55路公共汽车站。这20分钟里她就把上课的内容“过电影”一样在脑子里放一遍：怎么展开，怎么发展，怎么掀起高潮，怎么结尾，这个问题下去学生会怎么回答，回答不出如何引导……一条国权路就成了于漪的备课桌的延伸，有时乘上车子于漪还在想，好几次还坐过了站。

晚上，她就去学生家逐一家访，此时，国权路已经十分昏暗，路灯间隔很远才有一盏。回到家里，婆婆心疼又抱怨：“为你把这点小菜热了好几遍。”

但这样的持之以恒，果真有了效果，于漪的口头表达能力明显提高，教学用语的文化含量增加，每次课后她还记录下学生的闪光点和自己的不足，每学期两大本教案，坚持了两年。可惜“文革”到来，一本本教案都被撕得粉碎还被点火烧了。于漪只能偷偷对天“表白”：为了吸引学生学习，“黏”住学生注意力，我确实尽心尽力了。

03

时至今日，在于漪家里，没有任何名贵的家具装饰，全家人所珍视的，就是一墙壁的藏书。多年来，于漪从不戴首饰，亦很少添置衣物，五角场渐渐开了许多商店，她都不知道。

她对上海的认识，全是基于学生的需求。上个世纪70年代，每周要上5天半的课。到了周六下午，她会带着学生去虹口公园游玩，有时去上海博物馆参观，或者步行去龙华烈士陵园和宝山烈士陵园。

1976年，周恩来逝世后，她与77届的学生一起走到五角场电影院看纪念周总理的纪录片。全体师生坐在电影院内还是长板凳的座位上，看追悼会上邓小平致悼词。那是寒冷冬季即将结束的时刻，这一天坐在于漪身边的学生，后来都有机会考进大学，再也不用上山下乡了。而于漪，也在1978年被首批评为特级教师，“冲出暴风雨，课堂里春风拂面，教育的第二个春天来到了。”

如今，于漪住在黄兴路，依旧在五角场区域内。进入新世纪后，五角场也被重新唤醒，定位为以科教智慧为特色的上海的城市副中心。曾经的荒僻农田早就成为车水马龙的热闹场所，曾经的学生也已经成为社会各岗位的栋梁，而于漪在这里走着，从青年教师到耄耋老人，走过了一个甲子。不变的，是她依然对教育的热爱。

整齐的新村楼房，看起来一模一样

控江新村，
见证产业工人的辉煌时刻

〔人物〕**管新生**

1949 年生，作家。其作品多聚焦产业工人，讲述他们的喜怒哀乐。

午夜梦回。管新生以为自己还在厂里。

刚刚一轮中班上好，衣服上还留着熔铸车间熔炉烘出的温度，吆五喝六地与工友骑自行车下班，暗夜里沿着铝材厂所在的眉州路一直骑到控江路黄兴路口。那个路口的昏黄路灯下，有个小酒铺，是工人们下班后回家前的据点。他们的嗓音很远就能听到。笑声与动静，交织成一片剪影。那些深蓝色的厂服，锃亮的老坦克龙头，和他们将要归去的工人新村，都是那个火红年代里，最令人艳羡的身份象征。

做工人去，到工厂去，住进工人新村去。那个时代的浪潮改变了管新生，也影响了千千万万上海家庭的命运。

虽然如今已近七旬的管新生已经离开工厂多年，现实中的上海铝材厂的 2.5 万平方米建筑数年前已全部拆除完毕，当年一起干活饮酒的工友或早早退休，或已下岗多年，但留在管新生心里的工人情结还在。他和女儿一起花费 12 年写了小说《工人》，只因他难忘“1968 年就进厂工作的青春”。

但也许，一切要早于入厂工作那个年份。从 1954 年那个

傍晚全家迁入控江新村开始，工人的印记就烙在了管新生的血液里。从那一年开始，工人的身份，成为管新生识别自己、观察城市的视角。

01

1951 年起，上海市政府在接近沪东、沪西工业区周边的控江路、志丹路、曹杨路、天山路、沪南的大木桥一带规划了 9 个住宅建设基地，先后建造了曹杨新村、控江新村、长白新村等 18 个工人新村，解决了一批工人家庭的住房问题。最早，只有劳模、先进工作者才有可能分到这里的房子。1954 年《解放日报》在头版刊登《在一个炼钢工人的家里》，描述了当时记者走进工人新村的所见所闻：

“控江新村在上海市郊江湾。村子内，到处栽着嫩绿的小树，一位亚细亚钢铁厂炼钢工人的家就住在这个‘新辟花园’内。一进屋子，右边可以看见整整齐齐的专用厨房，左首是清洁的盥洗室。楼上两间卧室也收拾得妥妥帖帖。洁白的墙壁，光滑的地板，明亮的玻璃窗前还有一幅漂亮的花布窗幔在迎风飘拂。房子内的桌椅、衣橱和双人床全是新的；一只新买的台钟不知疲倦地在为屋子的主人报着时刻。”到了午饭时间，记者“坐上餐桌，看见桌上摆着这样几种菜：肉丝蛋汤、茭白炒虾仁、青菜，还有满满一碗红烧肉饼”，远处“另一个工人家庭的卧室：里面有崭新的家具，窗前挂着绯色的窗幔，一只五斗橱上还安放了一瓶鲜花……”工人们争先恐后描述了解放后翻身做主的欣喜之情，以及对未来的期许。

也是 1954 年，管新生一家从常德路的弄堂房子搬迁到杨浦区的控江新村。这一年，他 5 岁。

02

1954 年 10 月的一天，管新生的父亲埋头弓腰拉着一辆很大很长的劳动榻车（一种双轮平板人力车），车上坐着管新生、他的奶奶和妈妈，妈妈怀里抱着小弟弟，从普陀出发到杨浦区双阳路，一直到了傍晚时分，这个工人家庭终于进入了象征着新时代工人地位的控江新村。

房子是三层楼工房，每一楼面四户人家，1 室 2 室 3 室均为一室户，4 室为内套的两室户，走廊里两个卫生间、一个浴室供公用，一个大灶间里四户人家的煤球炉（后来则为煤气灶）倚墙而立，外面还有一个七八平方米含一个水斗的公共阳台。房费也很便宜，管新生家所住的是一居室，使用面积大约是 13.9 平方米，房费仅为每月几毛钱。

就在大人们一惊一乍参观的当口，管新生已经不甘寂寞地奔出屋子到外面一个人“白相”去了——直到天色已暗才想到了回家。可满目尽是一模一样的三层楼尖顶房子，无论奔跑到哪里，眼中景色不变：三角屋顶，三层楼房，三面草影，宛如迷宫。最终当新村里燃亮了电灯的时候，管新生聪明地想起自己的家应该在东边某幢楼的三楼。看到有灯亮着的房子，便找了上去；灯不亮，便拐向另一幢。

就这样，几经周折，他终于找到了家——家中的灯下只剩爸爸一个人，奶奶和妈妈则去寻找失踪的孩子了……要是回到弄堂时代，肯定不会这般狼狈地找不到家门吧。

后来他想：也许，这就是工人新村文化给初遇的石库门文化一个小小的下马威。

03

“一人住新村，全厂都光荣”的顺口溜，描述了上世纪50年代工人们对工人新村的向往。

许多沪东地区的工人在解放前都是“住在阁楼上、亭子间、草棚子里的”，能住进整齐有煤卫设施的新村，都觉得面上有光。不过，工人新村的住户也不全是清一色的产业工人。与管新生住在一个楼层里的其余三户人家就各有特色。

其中一户的男主人是商店店员，直到“文革”之前，一直保持着西装革履大背头的打扮，其日常爱好是写诗和读报上的诗歌。每每清晨，听见同层共用的厕所里传来抑扬顿挫的读诗声，那就是店员在如厕了。另一户居民是富裕家庭，户主老头写得一手好字，当时在居委会的图书室誊写书籍名称、记录借阅情况。

一夕之间“文革”开始，一天店员狼狈地逃回家，裤脚管被剪坏，脖子上挂着被损毁的皮鞋，而富裕人家的老头被叫到里弄里上台接受批斗。每次开会，管新生当然也跟着去喊“打倒地主”的口号。但心里总很疑惑，眼前慈眉善目的邻居和书里写的凶神恶煞剥削阶级并无丝毫相似之处。

1968年，管新生初中毕业。“一片红”前夕，他得到上海铝材厂消息，自己将进厂做工。

后来他才知道，当时厂里主管人事的人，在档案中看到管新生住在控江新村，便问也住在控江新村的儿子是否知道此人。儿子答“一起白相到大的”。如此一来，基于某种类似于同乡保荐的认同感，在工人新村长大的管新生没有上山下乡，而是跻身当时城中最光荣的阶层——成了工人中的一员。

04

1974 年，阿尔巴尼亚中学生青年足球队在上海访问期间，参观的地方中就有控江新村。到了 1977 年，日本田径团访沪，也参观了控江新村。控江是那个时代新中国乐意向外国友人展示的幸福生活样本。

住在控江新村里的管新生，也开始学着写小说和散文。1971 年，他在《解放日报》发表散文诗《炉工之歌》，所写的也是对自己当炉前工的生活描述，“披一身霞光，挽万顷狂澜，咱手舞钢钎，不论酷暑严寒，出没在硝烟里，战斗在熔炉前！”凭一支笔，几年后管新生被借调到作协搞创作。但每个月，他还是雷打不动回厂报到——去履行在厂报上签字的主编职责，去和班组里的工人兄弟海吹神聊大杯喝酒……没有人想过有一天会失去铁饭碗。

等到下岗潮袭来，许多昔日的伙伴都被甩出原有生活轨道。管新生的妹妹、妻妹等亲属，也不得不在人到中年时再谋出路。当然，管新生也在后来的采访中，了解了许多下岗工人中涌现出的大老板和经营有方的私营业主，他们逐步购置新的商品房，渐渐远离了工人新村。

但每每走过控江新村，看着窗户里隐隐约约出现的人影，管新生的心里还是会感到一阵亲切。他知道他们都拥有做工人的记忆。那些激荡人心的岁月还是会回到他的心头。他依旧想念着熔炉前的时刻：下了班后把汗湿的外套甩上肩头，携着工友们去澡堂，那都是割头不换的兄弟，也是他回不去的年轻时光。

中国梦

03

花园上只角

玫瑰别墅

陕西南路

思南路

爱文公寓

协发公寓

陕南邨

五原路

登云公寓

文元坊

永福路

在玫瑰别墅的露台上

〔人物〕**秦怡**

1922 年生，著名表演艺术家。

金焰过世后的春天，我回到玫瑰别墅。卧室外的露台上，是他昔日遍植花卉的地方，现在因缺乏主人照顾，都已一盆盆枯萎。我蹲下去，对其中一盆小白花说："你能否再为我，再为老金开放一次呢？"

32 年过去了，我闭上眼睛，还是能想起这个法式露台上的时刻。复兴西路 44 弄，玫瑰别墅 2 号，多少快乐和痛苦的日子都在那里发生。

——秦怡

01

1914 年，法租界公董局辟筑新路，并以当时法租界公董局总工程师的名字命名为"白赛仲路"。在这条日后更名为"复兴西路"的街道上，44 弄并不起眼。

只有走进其中的人才会发现，这条弄堂里的 7 幢 3 层楼房子的颜色竟各不相同：粉绿、粉红、天蓝、淡黄……像俏皮女子陈列的不同首饰。

事实上，玫瑰别墅的第一位女主人正是一位女性——出生于1912年的蓝妮。

1938年8月，她在法租界生下女儿，孩子的父亲——孙中山的儿子孙科为她取名孙穗芬。女儿出生后，年轻的蓝妮开始涉足房产投资，看中了复兴西路。以其当时的名气和能力，她邀请到沪上4位著名的建筑师奚福泉、黄大猷、赵深和陈植进行设计。建筑师们根据这里的地形与环境，设计建造了7幢房屋。房子既有斜屋面也有平屋面，风格各异，颜色不同又互相呼应。蓝妮亲自督工，后来她入住其中具有粉色外观的2号楼。按当时的地产行情，玫瑰别墅市值达35万元。

玫瑰别墅占地面积4393平方米，每幢的建筑面积为453平方米，三层楼高，一层楼住一户家庭。这批建于上个世纪40年代的花园住宅烙有当时盛行于英美的ART DECO风格。大门装饰和内部线条中，大量使用几何造型。室内，各个房间功能均按西方人的生活方式布置，主卧有独立的衣帽间，厨房比客厅和卧室要低半层，上方有专门给客厅传菜的窗口。厨房外有供仆佣走的专用楼梯，楼上另有两个小型露台。每幢楼下设锅炉房供住户在冬季用水汀取暖，完全合适西化生活。

另外，每幢别墅前，都有一个小小的独立花园。站在2号楼蓝妮旧居的法式窗户前推窗四望，只见冬青葱郁，绿草如碧。

1947年1月10日，《文汇报》登载这样一则消息："孙院长要收回房屋，租户拒迁引起诉讼。"文中提到，蓝妮要收回玫瑰别墅4号房屋，租期未到，因此与该楼的租户发生

在这条日后更名为“复兴西路”的街道上，44 弄并不起眼

纠纷。本来是一起普通纠纷，但因为各报都提及孙科名字而闹得满城风雨。1 月 12 日，孙科让孙院长公馆秘书室登报，申明与己无关：“关于一月十日上海南京各报载，上海某处房屋纠纷、涉讼事件，有涉及孙院长者，顷奉谕声明如下：孙院长除自居之公馆外在沪并无房屋出租与人居住，至所载致某律师亲笔函件一节，绝无其事，相应更正，以免误会，孙院长公馆秘书室启，一月十二日。”

此后，时局变化，蓝妮和女儿孙穗芬分别于 1948 年、1949 年赴香港居住。

02

秦怡和金焰与家人于 1949 年冬住进了玫瑰别墅 2 号楼。

当时玫瑰别墅 2 号楼三楼的租金是一个月 40 元。金焰的收入大约每月 350 元，秦怡的收入大约是每月 270 元。因此，在支付租金之外，夫妻俩手头还颇为宽裕。

“走进玫瑰别墅第一印象就是好大好大好大啊。”秦怡回忆说，蓝妮居住的 2 号楼，每户大约有 150—200 平方米。进门后，10 余扇朝南大窗使室内采光绝佳。

约 10 平方米的露台位于客厅左侧，既能连接客厅，也能通向卧室。在之后的岁月里，这个露台让秦怡的家庭平添许多情趣——孩子们往往通过阳台从一间房转到另一间房玩捉迷藏，一路咯咯笑个不停，笑声充满了屋子。

03

誉满上海滩的“电影皇帝”金焰，生活中喜欢花鸟鱼虫。大大的露台上，他种满了月季、玫瑰，又置了大缸养金鱼，还养狼狗和猫。夏季傍晚，全家在露台上乘凉，满露台的花盛放如碗盏一般，姹紫嫣红煞是好看，花香扑鼻。但秦怡往往因此不安，常常劝丈夫要“多学习”“跟上时代”“不要分心”。

金焰不响，但终究送走了猫狗。可是他还是把种花的习惯保留了下来。一次秦怡外出拍戏，在田埂上随手摘了野花，不知不觉就把小花带回了家。回家后，她顺手把花插在了露台花盆上，之后便浑然忘了此事。几个月后她不经意又到露台上，才发现，这白色野花开了满满一大盆，二三十朵白色黄蕊的小花一起绽开了。原来金焰一直在照料着它们。

夫妇俩在花卉围绕的露台上度过许多美丽时光，偶尔也会请艺术界的朋友们上门做客。有时电视机里播放电影，金焰还和秦怡一起观看，评戏说戏。孩子们则跟着弄堂里的孩子学习打腰鼓。秦怡的小儿子当时还未生病，总是在满屋子转悠后一下子扑到正在露台上晒太阳的秦怡的怀里，一边扭股儿糖似的缠着母亲，一边开玩笑地叫着“睡在了地主的身上”。

而在儿子生病后，金焰特意加长了饭桌，翻出来后能变成工作台，可以让儿子在饭桌边吃饭、写字、画画。

1983 年，最冷的 12 月底，金焰去世。第二年春天来临，秦怡去露台时，打开法式落地窗，跃入眼帘的是因为失去主人而枯萎的花。她给花浇了水，对着曾带给她惊喜的白色野花请求：“为了我，为了老金，再开放一次好不好？”

第二天工作午休时，秦怡一路小跑赶回家去，推开露台的大窗，只见到阳光下这盆白色野花足足开了 42 朵之多。她一朵一朵数着，“小白花，小白花，你这么好，你没有让我失望，你又使我鼓起勇气去生活！”她觉得这是金焰的灵魂又回来陪伴她了。

可惜，小白花从这次盛开之后，逐渐枯萎，自此之后，它再也不抬头了，以至全部枯萎。

1990 年，秦怡离开玫瑰别墅，搬到吴兴路居住。

04

1990 年，准备叶落归根的蓝妮回到上海，住回了玫瑰别墅 2 号。

6 年后的秋天，1996 年 10 月，《解放日报》上出现了一份《讣告》，上面简明地写道：“家母孙夫人蓝妮女士于九月廿八日九时零五分逝世。享年八十五岁。兹定于十月四日（星期五）下午二时在龙华殡仪馆瞻苑厅举行追悼会。谨此讣闻。长女萱、长子振亚、次女华、幼女穗芬哀告。”玫瑰别墅的第一位女主人悄然离开了。

之后，孙穗芬一直在玫瑰别墅居住。那段时间，住在复兴西路的居民，经常能看见晨跑的孙穗芬。2011 年 1 月 1 日，孙穗芬搭车由台北前往桃园机场路上突遇车祸，当月 29 日在台辞世。

秦怡后来还去过一次玫瑰别墅。但知道有人居住在里面后，她也仅仅在楼下看了一看，不再进门。

笔者问秦怡，还会不会想去玫瑰别墅走走，这位九旬的美丽女性笑了笑说:“不用了，那些发生在露台上的故事都不在了。但我喜欢那房子，因为设计得好的房屋使家人能够团聚。现在我一个人保存着我们全家在那里的记忆。”

洋钉划过陕西南路

〔人物〕**金宇澄**

1952 年生，作家。作品《繁花》获茅盾文学奖。

由地铁陕西南路站北行，至巨鹿路的上海市作家协会，要过 3 条横马路，全程 0.7 公里。

对作家金宇澄来说，以这段路为圆心，往西到襄阳路，东到茂名路，南到复兴中路，北到延安路这一片街区，盛载了上海的复杂与奥秘。

1950 年代，陕西南路这块街区没有高架，没有地铁站。整条新乐路静谧无人，洋房林立，梧桐落叶踩下去咔嚓作响。小学生金宇澄，从陕西南路 63 弄的家门出发，手握一根 5 寸长的洋钉，一路走，一路贴墙划过去，划过“长乐邨”外墙、划过长乐路外墙，深深浅浅一路留痕，像留下了某种时间的标记。

这段陕西南路街区当时很少有行人，安静的长乐路更是附近大人小孩学骑自行车的地方。但一夕之间“大跃进”开始，陕西南路“长乐邨”围墙在几天内画满了“赶超英国”等壁画，色彩鲜艳夺目。

梧桐掩映下的幽静街区全然变样。

无数曾经独属于这个街区的时光、树木和色调，都已改换

01

陕西南路街区的洋派和幽静非自然形成，而是精心规划的产物。

1901 年，法租界管理机构公董局修筑完成了横穿界内的主干道路——勃利纳 · 宝昌路。1915 年，这条路为纪念法国霞飞元帅而改名霞飞路，也就是日后的淮海路。

对于淮海路周边的城区定位，公董局曾在 1900 年作出决议：在今嵩山路以西的扩充区内，除非得到总领事的同意，禁止建造木材和土墙组成的中式简陋房屋，必须以欧洲习惯采用砖石做建筑材料，房屋设计图则要经规划工程师批准。1912 年，公董局再次规定：主要马路如申请建造中式房屋，外立面必须为西式，才能颁发营造许可证。1938 年规定：这一路段为专门住宅区，具体可兴建的住宅样式仅包括弄堂房子、连幢房屋、单宅或双宅房屋。

街区的绿化，法租界当局要求所有道路两边人行道，7 至 10 米之间必须有一棵树，界区内的清洁力度也详细规定到，人行道面“至少每日应冲洗一次，水沟亦应每日以水冲洗”。

包括这一带静谧的本身，也来自于规划。公董局在 1933 年制定了《管理摊贩章程》，详细限定摊贩在人行道的营业位置和路段，对过境车辆则规定了“行车喇叭，应适当按鸣。不准在住宅区及夜间滥按喇叭，尤其不准同时并用多种喇叭”，对街面噪音也要求“凡商店或其他一切公开性质之机关……或其乐声妨及附近邻居时，即遵照巡捕之通告，立行停止发音”。

1950年代的清晨，若有东南风，金宇澄就能在黄浦江传来的清晰船鸣中醒来。一片安静中，只闻从淮海路传来有轨电车经过的嗡嗡声，从花园饭店传来广播的喇叭声，此外，就是铜铃的低音，由远及近。

这意味着有人牵着母马从楼下经过。往往是一个中国人或者俄国人，牵一匹白马或灰马，马脖子挂一个小铜铃。听到铃声，居民拿着搪瓷碗或茶缸出来买马奶。金宇澄也晓得新的一天开始了，他要上学了。

02

金宇澄所读的瑞金路民办小学，没有固定校址，6年上课的教室分布在好几个地方：复兴中路某个大统间、瑞金路某石库门客堂、茂名南路某洋房客厅、长乐路厢房、长乐邨居委会仓库、南昌路某洋房汽车间、巨鹿路第一小学对面的老式弄堂后间等等。

老师们就是附近里弄里的各种有文化的家庭妇女们，对于成绩不好的顽童，通常是猛拉耳朵“立壁角”。金宇澄经常逃学。他成了这片街区的观察者。

陕西南路延安路的转角，有四开间门面的大古董店，旁边是儿童艺术剧场，每周都更换儿童剧海报和剧照，对面马路也有一家西洋古董店，三四个大橱窗里摆满油画、玻璃酒具和铜雕。

陕西南路口有家“四季花店”；陕西南路近新乐路口沿马路，有一家半地下的“蓝棠皮鞋店”作坊，若站在路边能看到几位老师傅裁剪斑斓的南洋蟒蛇皮；路对面的旧货店橱窗里，永远摆一辆德制小火车，它和附近旧自行车行里摆出的旧脚踏车“三枪”或“兰苓”，是当时市区男孩最大的向往；现今“百盛”的位置，原有一家估衣店，橱窗里摆满了各式裘皮大衣和戏服；淮海路转角，当时是一家收音机商店，里面有最新的四灯、五灯、六灯电子管收音机，“留声机”和唱片；而走过淮海路，就是万兴（上海第二食品商店）；到复兴路茂名南路口就是卢湾区少年儿童图书馆，藏书丰富。

只有襄阳公园西侧路上悄然无人，但是摆满了一路的旧书地摊，公园的围墙上，挂满了待售的钩花西式桌布、茶垫、沙发扶手巾，远看一片白，像静静地下了雪。

淮海路的商业兴起于第一次世界大战后，仅1926年至1928年，霞飞路的俄侨商店就有100多家，经营服装、乐器、皮货、照相馆和咖啡馆等，短短10年就影响了街区商业格调。淞沪会战后，镜华照相馆、新光光学仪器店、上海钟表店等都从其他区域迁来，从此扎根淮海路。

到了1948年，陕西南路以东段的商家数量增至481家。旧式里弄、街面房子也都参与经营。因为侨民众多，许多经营西餐、西点的商铺也在这一街区立足。

03

在外人的想象中，上海这片中心区域意味着富商巨贾云集，但其实，它的组成结构复杂多元。

陕西南路淮海路这一带，所谓的花园住宅其实间杂了各类大小公寓、新式里弄、老式里弄、传统“街面房子”。房子环绕的深处，还藏有中式黑瓦本土民居。住客既包括早期外侨、本地工商业主、专业人士、银行职员，也有教授、律师、医生等。

金宇澄居住的陕西南路63弄内，就既有联排大别墅、独幢洋房、普通弄堂房子，也有原“祥生饭店”建筑，由大旅馆改为民居。公司职员或军人家隔壁，住着护士、演员。宁波商人或英商电车公司工人家边上，又有外省青年和手工艺人。五方杂处，一如上海本身。

在金宇澄的记忆里，当1966年全家搬去工人新村后，他对周边邻居生态一目了然。工人新村整齐划一、成分单纯——所有的居民家，包括所有的桌子和床，都在相似的房屋位置，所有邻居和同学父母都有相似职业。而在陕西南路街区，这种预设是不成立的。当你面前站着一个陌生人时，根本不会知道他来自怎样的家庭、住怎样的房子；跟新认识的同学相邀去家里玩，如同一次冒险，有可能是穿过了花园草坪进到一处洋房，也有可能转弯进入里弄的最深处，顺着陡峭伸手不见五指的楼梯，层层不断拉开电灯，最后爬进窄小的阁楼亭子间。

有一次，少年金宇澄走到今陕西南路南昌路10号地铁站附近，竟在高级公寓和店面群的围绕中，发现藏有整片的“钱家塘”本地房，迥异于几十步路之隔的西式风光。里面有传统浴室、米店、酱园，窗户里传出各家收音机广播的沪剧、江淮戏。进出住户自成一国，从外部走过，竟完全不知内里端倪。

但不论花园洋房、里弄亭子间还是中式民居里的孩子们，到了1960年代，都聚集一处，等待这一代人的“青春礼物”，是先后离开这个街区，去外地务农。

04

少年时代从陕西南路 63 弄家门出来，金宇澄在上学或放学回家途中，总能在 39 弄弄口附近看到一位白发垂髯者站立，脚下常蹲一只长毛猫。

老先生静立于门口台阶上，看浅浅庭前花草，有时他什么也不看，直视前方，似乎什么都已了然于胸。

1988 年，金宇澄回沪调入《上海文学》，去巨鹿路上海作协所在洋楼工作之后，他重新回到了这个街区，童年的记忆得以恢复，他想起了少年时代那位静立的“老神仙”，就是著名的作家和画家丰子恺。

从此，金宇澄再也没有搬离过这个街区，但无数曾经独属于这个街区的时光、树木和色调，都已改换，包括他少时经年在街区外墙留下的划痕，彼时深刻，如今早不复踪影。

Si nan lu

思南路上，一个桃花源般的存在

〔人物〕**孙甘露**

1959 年生，作家。

作家孙甘露，土生土长上海人。但人生前 20 年，他更像是这个城市的旁观者。他记得第一次经过思南路时不禁低头查看自己的衣装，建筑以无言的优雅震慑着他，“一眼望过去，不知道里弄深处的动静，只觉得这条路里面的世界，似乎十分神秘。我都不太敢进去。”

01

1959 年，孙甘露出生在军人家庭，随父亲部队工作需要，他和家人辗转住过上海西南角的漕河泾地区，住过当时还有马场的吴淞地区。他在城市的外围长大，比起里弄的曲径通幽，他更熟悉田野江滨的开阔和军营的整齐划一。

上海于他，与精巧、格调、雅致、优美等词汇都无关，而是“一个建筑的殖民地，一个由家属统治的兵营，一个有着宽阔江面的港口，一个处在郊区的工人区，若干条阴雨天中的街道，一个无数方言的汇聚地”。

直到成年后参加工作，他才进入上海的市中心，骑着自行车，作为邮递员走街串巷，重新去认识这如此熟悉又如此陌生的上海。

如果那个时候，有谁告诉这位年轻的邮递员，有一天他会作为文学读书会的发起人常年出没在里面，他应该会当做一个寓言去听。但他的确成为了这里的常客，并将“思南”和“读书”这两个词密切地联系在了一起。

到 2015 年 2 月，“思南读书会”已满周岁。王安忆、孙颙、舒乙、李欧梵、刘恒、格非、马原、韩少功以及法兰西文学院院士达尼 · 拉费里埃等知名作家、学者都曾受邀来这里坐坐，用一个周末下午的时间，来和读者见面，朗读、谈论文学。孙甘露至今记得第一场思南读书会的主题——“让过去告诉未来”。

“思南路的过去能告诉我们很多，而我们也在为未来创造思南路的历史。”孙甘露说，“我希望有一天，走到世界另一个角落，遇到一个陌生人，他会告诉我，他在年轻的时候曾走进过思南路，因为‘思南读书会’。”

02

也许思南路注定要和艺术发生一点关系，就好像虽然法国音乐家马斯奈并没有来过思南路，但思南路却是因他得名。

1914 年，当时的法租界公董局开始在法租界内修路，适逢法国著名音乐家 Massenet 在巴黎去世。为纪念他，法租界公董局就将此正在修建的路命名为 Le Rue Massenet ——马斯南路，即后来的思南路。

思南路集中体现了法国人的审美。两侧法国梧桐浓荫密布，两边林立各种优美的花园建筑。不远处，是复兴公园和天主教圣伯多禄堂，围绕着思南路的上海交通大学医学院和广慈医院（今瑞金医院）、法国学堂（今科学会堂）等著名标志，无不以艺术的建筑外观为思南路带来法式的生活格调。

1938 年 11 月 22 日，法租界决定将复兴公园周边专辟为生活住宅区。于是，沿着复兴公园南面的“辣斐德路”（今复

曾经看上去“高大上”的思南公馆，现在有了吸引更多普通人进入的理由

兴中路），大批西式花园大宅拔地而起。大量高层公寓和花园洋房、公寓楼、新式石库门里弄自此云集，也吸引了大批社会名流、政要、中产阶级和侨民入住。思南路由此承载了许多名人居住的岁月。

思南路上，有中国共产党代表团驻沪办事处纪念馆，即周公馆。在1949年前，思南路鲜有车辆通行。但在周公馆门口，军统特务日夜监视；地下党同仁，则一直在暗中行事。

思南路 87 号则是京剧表演艺术家梅兰芳先生的住宅，他曾在这里整整住了 25 年。香山路 7 号，有孙中山故居。思南路 25 号有江西都督李烈钧住宅。思南路 45 号至 93 号是受保护的“有特色的花园住宅”，65 号至 73 号的义品村别墅区建于 1921 年，弄内 14 幢西班牙式小洋房各拥有 400 平方米花园。

03

新整修后的思南公馆项目，坐拥 51 栋历史悠久的花园洋房，同时汇聚了独立式花园洋房、联立式花园洋房、带内院独立式花园洋房、联排式建筑、外廊式建筑、新式里弄、花园里弄、现代公寓等多种建筑样式，这些上海近代居住类建筑的集中地，如今成为咖啡店、饭店、精品酒店云集的时尚地标，年轻人带着相机来老建筑群落前拍照留念，游客们以来此处喝一杯咖啡为荣。人们将这里与新天地相提并论。

但是，这里还缺了什么。

2013 年 8 月，第三届上海国际文学周结束之后，文学周的策划团队意犹未尽，大家希望将上海国际文学周上的文学文化以常态化活动形式保持下去。作为上海国际文学周的策划人，作家孙甘露提议，为何不在每周举行一次读书会呢？但场地何在？这时，他得到了思南公馆抛来的橄榄枝。

“商人们并非不是爱书人。”孙甘露笑道。思南公馆免去一年数百万元租金，无偿将每周六的场地供思南读书会使用。由此一个贯穿全年、免费公益的思南读书会成形。

2014 年 2 月 15 号，思南读书会开始了第一期活动。同时，思南书集也在思南公馆开摊售书。来自上图公司、作家书店、外文书店等有特色的实体书店在思南公馆“花墙广场”以集市的开放形式，集中设立了7个露天书摊，7个书摊分别以国内最新社科艺术类图书和外版小说、作家签名本、童书绘本为经营特色，还包括一些文房雅玩和具有收藏价值的民国版期刊。人们在参加读书会后，可以去书集转一转，买一两本喜欢的书，将阅读的乐趣一路带回家。

曾经看上去“高大上”的思南公馆，现在有了吸引更多普通人进入的理由。孙甘露不止一次看见，本来到思南公馆消费的时髦女郎在思南读书会前驻足，一些外省市游客为了参加读书会特意前来，甚至连负责安保和辅助工作的公馆工作人员，也开始默默捧读书籍。人们来这片区域寻找老房子的影踪，却意外收获一片书香。

商业，改变了这一片老房子的面貌。而文学，点亮了这一片老房子的灵魂。

04

孙甘露写道：“上海是一个城市，而不是什么人的故乡。或者按我引用过的话，‘它只是一个存放信件的地方。’人们到来和离去，或者在上海的街头茫然四顾，你不能想象人们在死后把自己安置在一个信箱里。这里面当然有近一个世纪来的世事变迁所造成的影响，但这是上海这个城市的命运，如果我们无法聚拢在先人的墓畔，那么我们只能四处飘零。

“我曾经幻想，有一天在上海之外的某一个地方，在文学下午宁静的阳光中，全然以回忆的方式书写那个人声鼎沸的上海。如今，这种幻想已经荡然无存，因为我逐渐地明白，我一直就在上海之外的某个地方，比任何地理上的位置更远，由时间以我所不自知的方式令我无穷地思念它，而缓慢地失去对上海的触觉。”

这几年来，思南读书会的工作人员一直只由四五个人担纲“领衔”，包括上海国际文学周的策划人、作家孙甘露，以及分别来自出版、作协、写作和媒体领域的李伟长、彭伦、石剑峰和王若虚等人。大家的工作流程一般是：提前一两个月订好下一两个月的主题，拟定并落实到场嘉宾，每周还要制定海报，再次确认嘉宾的到场情况，以及对读者发布读书会的信息等等。他们以自己的方式，为有着百年历史的思南路注入新的意义。

所有的活动中，没有人提钱，没有一位受邀的嘉宾提钱，没有一位来的读者提钱。每个周六下午，这个商业气息浓郁的思南公馆里，读书会是个桃花源般的存在。许多常年来参加读书会的人，已经与工作人员熟识。孙甘露接待过一个女孩，说是特意从杭州赶来见一见自己喜爱的作家。

“我想起那些欧洲电影里的片段。一个少年经过一扇窗户，听见窗内传出的乐声，然后他的一生由此改变。我也希望思南读书会对读者来说，可以是这样的存在。有一天，人们说起这个地标，不仅仅因为这里曾经住过名人，或者现在被名人光顾，而是因为他们在这里读过改变一生的书，度过了一个与阅读有关的下午。”

爱文公寓，“千金买宅，万金买邻”

〔人物〕**曹鹏**

1925 年生，指挥家。

上海的南京西路，永远是霓虹闪烁的繁华模样。但只消转一个弯沿着铜仁路往北，到了南阳路，却有一派大隐隐于市的静谧。在南阳路与铜仁路的东面转角处，有三排红色砖混结构的多层公寓。公寓有三个出口，分别是北京西路 1341—1383 号，铜仁路 304—330 号，南阳路 208—228 号。人们称之为爱文公寓，而 90 岁的指挥家曹鹏更喜欢以“南阳路”呼之。他称其他地方为“住处”，却爱敬这里为“我的家”。在这个家，他度过了整整 41 年。

01

与大名鼎鼎的国际饭店和大光明电影院一样，这三排房子系上个世纪活跃于上海的匈牙利建筑师邬达克所设计，于 1932 年建成。因今天的北京西路旧称爱文义路，因此公寓被命名为爱文公寓，也称联华公寓。

早在 1926 年，邬达克设计四川中路四行储蓄会时，就与大陆银行等银行界人士结识。因此在 1931 年当大陆银行拟建

南阳路颇有异国情调

爱文公寓的时候，炙手可热的邬达克成为设计师的不二人选。爱文公寓由邬达克亲自设计，总体布置采用南北行列式，立面简洁，饰水平线条，房间内居住空间分割明确，楼梯间作竖向构图。从窗户往外望去，是在上个世纪30年代已经颇为城市化的静安寺地区。

受租界工部局管辖，在上个世纪30年代，静安寺地区已经洋房林立，商铺众多，马路整洁，电灯明亮，当地的邮政、警政、路政都已经按照西方管理方式运作，整个街区很洋气，而南阳路尤其闹中取静。1939年由福利营业公司发行出版的《上海市行号路图录》上可见，当时静安寺地区的静安寺路、爱文义路两侧开满了商号、银行、洋行，花园别墅和新式里弄穿插其间，营造出一个高尚生活区域。

在爱文公寓不远处，南阳路上还曾有公园，于1922年由公共租界工部局兴建，原名南阳儿童公园，占地六亩多，园中有沙地、秋千等儿童游乐设备，后更名为南阳公园，1949年后，为小型儿童公园之用。

在日后遇到风风雨雨时，这个公园成为曹鹏散心的地方，每日和妻子一起来这里散步打拳。

02

曹鹏自1961年8月从莫斯科音乐学院毕业回国来上海交响乐团任指挥，即入住南阳路228号4楼302室。和他同住一个单元的，是著名版画家杨可扬（1914—2010，上海人民美术出版社副总编辑）一家。

同一个单元内，两家各自有卧室和厕所，厨房则为公共使用。从此，一家做饭，两家同吃，一家有客，两家共待。从 1961 年至 2002 年，两家相邻 40 余年，始终相亲相敬，和睦如一家。

美术家王劼音记得，当年他作为美术界晚辈去拜访杨可扬时，爱文公寓里“进入镂空铁门便是停着许多自行车的门厅，登上宽大而做工细致的转角扶梯上楼，透过向南的窗户可见庭院内的绿色。杨先生住在 4 楼，和指挥家曹鹏合住一套房子”。

常年共用一个屋檐的日子，曹家和杨家之间建立起了“不是亲人胜似亲人”的感情。曹鹏有两个女儿，杨可扬长曹鹏 10 岁，膝下有一儿一女，孩子们一起长大，如同亲兄妹一般，至今还保持着很深的友谊。因为彼此熟识信任，因此平日里两家房门从来不关、不锁。有一年曹鹏去福建演出一个月，房门就敞开一个月。平时曹鹏和夫人去杨家看其新作，也从来用不着敲门。

在电视机凭票供应时，杨家买了一个九英寸的小小黑白电视机。曹鹏记得，有一次放小泽征尔指挥的音乐会，曹鹏全家人都挤到杨家房内观看，热热闹闹，亲如一家。

有一次，杨家突然一声巨响，曹鹏夫人立即奔过去。一看，原来是杨可扬家的热水瓶迸裂，就在杨可扬的脚下爆炸。但尽管声响吓人，水流满地，杨可扬却照样专心致志于木刻刀上，纹丝不动，亦不回头探看。

曹鹏夫人回家对曹鹏大赞说：这种一心钻研艺术的精神实是可敬可佩。

03

1976 年 7 月 28 日唐山大地震后，北京也受波及。一段时间内，许多北京市民露宿街头。在闻知自己在北京音乐界的朋友生活不便后，曹鹏夫妇提出，把这些朋友的孩子接到上海来过暑假。

于是在这一年，南阳路 228 号 4 楼 302 室曹鹏的居室，成为了北京音乐界二代的夏令营所在，其中有多名音乐家的孩子，包括女高音歌唱家郭淑珍的孩子。最高峰时，小小居室内竟然住下了 15 个人。

在那一年夏天，曹鹏的夫人如同学校的大队长一样，每天早上按时把孩子们唤醒，然后一一分配各种家务和作业，让孩子们自力更生、互帮互助，夜里睡前又叮嘱孩子们轮流洗澡。那一段时间，家里所有的菜上桌，盆上都放一双公筷，让孩子们都能卫生地进食。到了临睡时分，一屋子的孩子统统打地铺，乌泱泱睡了一地板。

曹鹏 70 岁时，上海交响乐团在上海音乐厅为他举办庆寿音乐会，杨可扬亲自持画“百合花”送到音乐厅。曹鹏 80 岁时，美琪剧场里上海 10 个乐团为他举行祝贺音乐会，已行动不便的杨可扬将已作好的画作“人长寿”送给曹鹏。就在那次，曹鹏和杨可扬约定：“再过 10 年，当曹鹏 90 岁，杨可扬 100 岁时，仍一起欣赏前者的音乐会，欣赏后者的墨宝。”日后他们虽然已经不在一起居住，但彼此打电话问候时，还总是互相提醒“曹鹏 90，杨可扬 100 岁，听音乐看墨宝”。只可惜杨可扬未等到约定兑现，于2010年去世。

杨可扬在医院去世后，他的女儿女婿在收拾病房遗物时意外找到父亲留下的印章遗墨。打开一看，上面竟刻着“曹鹏执棒指挥九十，可扬刀耕火种百年，可扬印章”。原来这是为了不负君子之约，杨可扬预先在病中刻下的。当杨可扬的女儿女婿将印章送到曹鹏家里时，曹鹏感慨万千。

此时距离他们两家离开南阳路已经过去8年，但互相支持的往昔岁月，历历在目。曹鹏说：“古语有云‘千金买宅，万金买邻’，在南阳路的日子里，我们和杨可扬一家就是如此。”

协发公寓里的静好岁月

〔人物〕**王小鹰**

1947 年生，上海作协专业作家。著有长篇小说《你为谁辩护》《丹青引》《长街行》等。

1972 年，25 岁的王小鹰即将第一次“上门”。

男朋友和她都是从向明中学毕业后奔赴安徽黄山茶林场务农的上海青年。难得有探亲机会，两个人将一年积攒的全部收入 50 元人民币郑重缝在棉袄里，一路小心回沪。等车到了人民广场，二人分手各自回家前，男朋友拆开棉袄，把钱给小鹰，嘱咐她翌日正式上门时买点东西带来。

然而，当王小鹰第二天从娘家出发，坐了有轨电车到五原路永福路口男朋友家公寓前，一摸口袋，才发现“巨款”竟然丢失，顿时整个人就呆了。她就这么一直呆站在门前，直到未来的公公听到声响，开门才发现。

01

如今坐在五原路 253 号的公寓里说起这件往事，王小鹰只留下幽默的语气。

然而在“文革”期间，丢失这样一笔巨款，对两个年轻人来说，实在是不小的打击。所幸后来，王小鹰的父亲又暗地里贴补女儿一笔钱，才算减少了损失。这个第一次上门就终生难忘的“打击”，很快随着日后到来的甜蜜生活而成为一件“趣闻”，也渐渐融入这幢公寓，成了王小鹰对这房子的回忆之一。

1974 年，王小鹰调回城工作。1975 年，她和男朋友结婚，两人的新房就安在公公婆婆家的这套公寓里。

长辈让出一间朝东北的小房间，小两口买了床和大橱等家具,加上公公送的一个书橱,就是小家庭起航的全部家当了。

成婚当天，王小鹰带着所有的嫁妆：两个人造革箱子、两床薄被、两床厚被、两床棉胎坐在黄鱼车上，丈夫在边上骑一辆自行车，从娘家出发到婆家，这就算是迎娶仪式了。但那是 10 月份的上海，整个街道安静美丽，五原路上两边梧桐掩映，地上都是金黄落叶，心爱的人在身侧，新生活就要展开，这简朴的婚事带给王小鹰的是满心欢喜。

彼时“文革”还未结束，阴沉空气盘旋中，公公的公寓里，一半房间还被贴着封条。墙粉剥落，小两口就自己带了一桶粉来刷墙。虽是在动荡岁月里，毕竟小家安稳地建成了。爱好文学的王小鹰还从公寓处眺望,不远的地方就是巴金居所，离心仪的作家这么近，她很满足。站在阳台上深深呼吸一口空气，她已经深深喜欢上这个地方。

02

王小鹰没有住过上海的石库门，也没有住过工房，她大部分的居住经历都是在公寓度过。

五原路梧桐掩映、安静美丽

公寓里弄住宅是在花园里弄住宅基础上发展起来的。《上海住宅建筑志》资料显示，上个世纪30年代至40年代中，由于上海地价昂贵，营造商从建造花园里弄住宅转向建造公寓里弄住宅，其总体布置比较紧凑，每幢房屋的每层可设几套居住单元，再由若干居住单元集合为一个建筑群体，其绿化由分散转向集中，成为公共绿地，以节省用地；寓外取消围墙，代之以弄口大门，其外观与花园里弄住宅相仿。同独立式高层公寓的明显区别是，其楼层一般在三至四层，以一梯二户至四户居多，每户可各自关断。

上个世纪30年代，随着西风东渐，公寓的建筑造型崇尚洋化，有西班牙式、日本式等，屋顶盖机制瓦，一般为二坡顶，也有四坡顶。外墙多用水泥拉毛或汰石子等，也有用清水墙面的。室内布置及装饰讲究适用、简洁，居室面积缩小，较多采用壁橱；阳台一般不再挑出，而在起居室前设较深的凹阳台；室内设备较好，每户一般设两套大卫生设备，有的还设有煤气、暖气装置。到上海解放，此类住宅共有91.6万平方米，占里弄住宅的4.73%。公寓里弄住宅以其总体布局划分，有条状型公寓、点状型公寓、蝴蝶型公寓、花园型公寓，也有自由式和行列式公寓，但较多的为半独立式、独立式和联列式三种。而大部分公寓房的设计者，都是第一批留洋回国的中国设计师。

1921年，毕业于美国宾夕法尼亚大学、获建筑学士学位的范文照（1893—1979）回到中国。他于1927年开设私人事务所，应邀与上海基督教青年会建筑师李锦沛合作设计了八仙桥青年会大楼，并结识了建筑师赵深，并与后者一起开设了范文照建筑师事务所。他坚决反对“拿西方格式做屋体，拿中国格式做屋顶”的折中主义，大力提倡现代建筑，还提出了“一座房屋应该从内部做到外部来，切不可从外部做到内部去”这一由内而外的现代主义设计思想，他在沪留下的美琪大戏院、集美公寓、协发公寓都是这一思想的产物。

王小鹰居住的五原路253号协发公寓，就是范文照设计并建于1934年的咖啡色多层公寓，原本为四层楼建筑，后在“文革”时被加盖为五层。楼下有汽车间、工友住房和锅炉间，每层楼就住一户人家。王小鹰和长辈所共同居住的这套房子，1949年前曾是昆曲泰斗俞振飞、言慧珠伉俪的故居，宽敞的客厅曾是大师吊嗓子练身段的舞台。

03

在王小鹰丈夫的记忆里，最初住进这套公寓的感觉是令人欣喜的。

宽敞的客厅里，法式大落地窗将户外绿树的浓荫都纳入视野。客厅和过道之间又设有气窗，使得空气流通非常合理。屋内有三个卫生间互不干涉，数间屋子彼此独立，又通过过道连接。在他的童年回忆里，孩子们总是喜欢坐在打好蜡的地板上滑来滑去，假装是在溜冰场游戏。上个世纪80年代，著名翻译家草婴也曾住在这幢协发公寓里。而几步之遥，在五原路288弄，则是“三毛”之父张乐平先生的故居。

1978年，王小鹰考取华东师范大学中文系，1982年大学毕业到《萌芽》杂志做小说编辑，1985年调到上海市作家协会从事专职创作。在轮流照顾婆家和娘家的长辈之后，2011年，王小鹰又再次住回五原路协发公寓。

这个黄金地段不仅与华东医院比邻，方便她照料老人，也与上海图书馆和文化广场相近，使她能一直接触参与喜欢的文艺活动。曾安静到没有一辆车通过的五原路，现在也热闹些了，但毕竟还是幽静的。王小鹰在昔日自己的新房、如今的书房里支起数个新书架，在这里写字、绘画、弹琴，悠然享受公寓里的书斋岁月。

陕南邨教会我的事

〔人物〕**周克希**

1942 年生，著名法语文学翻译家。

巴黎应是异乡，却让人想起故乡了。周克希说，是因为陕南邨的缘故吧。

上世纪 80 年代，数学老师周克希赴法进修黎曼几何。初次走出国门造访巴黎，本应觉得拘谨，但那里的街角景色却让他感到熟悉——在巴黎市中心的老房子身上，他分明看到了故乡上海的痕迹。这是他熟悉的陕南邨，和陕南邨所在的复兴路、淮海路的轮廓。

这种外部环境上的呼应，也奇妙地唤醒他内心的声音。这位复旦大学数学系高才生、华东师范大学数学系教师，在回国后开始翻译文学作品，并最终在年届五旬时放弃教职，正式转行，成为上海译文出版社编审、法语文学翻译家。

人生有些决定性的时刻就在一瞬间。在巴黎，并没有任何人劝他改行。但巴黎高师充满哲人余韵的氛围，还有那与童年居所相似的街角景色，却提醒周克希，去找回初心。

01

作家马尚龙说，老上海人能领会一些秘不外宣的差别。

比如陕南邨的“邨”，与工人新村、郊区农村的“村”，虽然在现代汉语里是同一个字，但前者却特指上海市中心的高档里弄公寓。

陕南邨旧名亚尔培公寓，位于亚尔培路（今陕西南路）151—187号，坐落在陕西南路东侧，辣斐德路（今复兴中路）北侧，东近迈尔西路（今茂名南路），北近霞飞路（今淮海中路），建于1940年。四层混合结构，点状公寓16幢，32个单元，二层砖木结构楼房3排，37个单元，另有汽车间86间。全部建筑面积23147平方米，占地面积1.62万平方米。

作为独立式里弄公寓的典范，陕南邨和新康花园一样，其大体格局是：单元一般呈正方形或接近正方形，平面为四开间，一梯二户，三面开窗，不与其他住宅联接建造。由于利用点状空隙得当，通风采光俱佳。楼梯盘旋，地板磨石，钢窗蜡地，细节之处均颇为考究。

陕南邨设计之初，每套本应为一户居住，包括起居室、卧室、餐室、厨房、浴厕间和佣人卧室等，分前后两段：前面为主要房间，室内均有壁橱，卧室与浴厕间相通，隔墙为起居室，在起居室南端设有半圆形八角亭相通，起居室与餐室之间设活动拉门分隔；后面为次要房间，即厨房间、佣人卧室及小间套卫生间，以及为佣人使用的便梯。而且每幢公寓均单独设锅炉间、煤仓以及垃圾管道等。户外绿化宜人，四季常青。

1949年前，陕南邨多为外侨居住，而1949年后，原本一户面积内，多由几户合住。虽然有些逼仄，但房屋整体设计品质上乘，地段一流，并留有欧式生活痕迹。在很长一段时

陕南邨

间里，言谈间流露居住在陕南邨，依旧是令人称羡的身份象征。

02

周克希一家，于1950年代入住陕南邨。此时原本一套四居室房屋，已经为两户合住。外侨留下的配菜间、壁橱等，后来也渐渐被改装他用。虽然此时一幢楼里人员较多，但彼此来往并不密切。在周克希的印象里，陕南邨里的邻居，多为医生、教授、记者等知识分子，彼此十分客气又保留着各自隐私空间。在上海当时大部分的老弄堂里，居民们彼此赤膊相见、沿街乘凉、当街吃饭的市井生活，于陕南邨里是看不见的。

周克希也几乎没有和邨里小伙伴一起疯玩的记忆。他总是文文静静读书。母亲当时在出版社工作，借书十分方便。高峰时期，周克希几乎一天一本书地阅读着。有时带去课堂里，在台面下偷看，兴味更加。苏联小说《匪巢覆灭记》（葛·布良采夫著）和《维嘉·马列耶夫在学校和家里》（诺·尼索夫著）让他印象深刻，但很快他脱离中学生趣味，开始爱上《傲慢与偏见》等文学作品。

陕南邨内的知识分子中，有不少文化名人。著名记者舒宗侨、电影明星王丹凤、电影艺术家陈叙一、作家黄裳等都是邻居。在周克希的印象里，这些名人日常进出从无架子。邻里们见到这些名人，也不会特意探头打听，或在外炫耀。有段时间，周家的保姆去王丹凤家帮佣，回来后，背后不说新东家是非。这种刻意而为的修养，多多少少是陕南邨里心照不宣的公寓文化。

而且，这种有修养的疏离感，并不意味着冷淡无情。

1986年，《新民晚报》记录了这样一则轶事：当时年过七旬的舒宗侨曾给卢湾区环卫所写信反映，楼道粪池堵塞，导致他们楼里20多户人家的抽水马桶无法使用。两天后环卫所的工人冒雨赶来疏通管道。居住在底楼的舒宗侨见工人浑身淋湿，唤他们进屋避雨，工人们则表示要赶紧干完活，再去别家抢修。舒宗侨于是打开所有的窗户，让室内灯光照亮窗外花园前的粪池。工人们说："老人家，你快把窗户关上吧，太臭了！"舒宗侨说："你们不怕臭，我怕什么？"说着泡来两大茶缸的热茶，硬是递给清洁工，并为他们拍了十几张彩照，准备送给这些清洁工留做纪念。这位中国最早的战地记者，还录下了当时的粪车声、雨声，预备以后向人们宣传。

因此，并不仅仅是建筑，而是建筑里面的人，使得陕南邨成为老上海人心中高档生活的象征。上个世纪末，电影《天梦》和《大上海屋檐下》拍摄时，均借在陕南邨中取景。电视剧《孽债》的部分外景地，也在陕南邨。

2010年，上海举办世博会时，陕南邨的鲁雅萍家庭被确定为"世博人家"接待家庭之一。半年时间，她家接待了四十余批外国友人。女主人在家中悉心保留下老上海风情：有80多年历史的沙发、70多年历史的钢琴、玻璃镶套的黄铜把手、半个多世纪前的法式烤箱、镶嵌在墙壁内的活动熨衣板，还有西洋梳妆台等。每每外宾来访，他们一家三口，还会热情地用制作本地特色点心、演奏民族乐器等方式，积极向世界展示上海文化。这一年，为纪念陕南邨的比利时籍设计者，连来沪的比利时王储菲利普王子一行都应邀到陕南邨的鲁雅萍家做客。

这是上海引以为豪，且乐于向人展示的一面：考究的建筑和雅致的生活，得体的居民和适当的礼仪，彼此相得益彰。

03

不过，留给周克希的陕南邨记忆也并非都是玫瑰色的。

童年搬入陕南邨时，沪上外侨正在陆续撤离。陕南邨附近不远处有个药房，贩卖酒精。周克希曾目睹落魄的白俄裹着脏兮兮的衣服，到药房买来酒精，兑些水径直喝下去。那种流离失所、老无所依的感觉，给他留下很深印象。

而到了周克希青年时代，时局动荡，在机关工作的父母受到不少冲击。由于楼下就是一家加油站，安全隐患始终是个问题。1969 年，文化广场失火，十几人命丧火海，成为上海解放后最大一次火灾。这让本来就担心居家安全的周克希情绪更加紧绷。那天，周克希下班后，从华师大骑车回家，远远看到家的方向有浓烟冒出，第一反应是以为加油站失火，吓得飞一般往家骑去，到家时几乎腿也软了。万幸骑近了一看，不是自家冒烟。

到了上个世纪 70 年代，周家的两间房间中的一间，曾被迫关闭 3 年之久。直到婚事迫近，周克希再三申请后，终于封条启封。进门时，只见房内已经积尘寸许。那短短几年时间，户外的世界已经斗转星移。而被封闭的屋内，这一小片空间中，时间似乎不受侵扰。

在那段非常时期里，陕南邨内曾有一位女住户，受罚日日扫街。有人经过时多看她几眼，她就硬气地岿然不动；若经过的人和她打招呼，她也必立定，回报以微笑。那笑容，让人能忘记眼前的处境，好像是置身顶文雅的社交场所，被女主人微笑招待了。这种不卑不亢的风度，是陕南邨教会周克希的事。

2003年，在法语文学翻译领域深耕多年的周克希夫妇受邀赴法。同行者中有人对巴黎不以为然，“都是老房子，这么旧。”周克希闻言，笑而不语。有过少时居住经验的他，能很快领会巴黎的好。

这种领悟，也是陕南邨教会周克希的事。

五原路 212 弄的丹青情

〔人物〕**汪观清**

1931 年生，从事连环画创作 30 余年，连环画作品有《红日》《雷锋》《周恩来同志在长征路上》《南京路上好八连》《斯巴达克》《从奴隶到将军》等。

磨墨铺纸，汪观清习惯一天从画桌前开始。

在远离市区喧闹的青浦别墅里，汪观清在最宽敞的一间屋子里放置了一张约两米的长桌作画。屋内的陈设皆为中式，而为室内送进亮光的几扇大格子窗，却是法式的。这是他特意仿造五原路 212 弄大华新村 1 号洋房三楼居所而设的窗户样式。

大华新村，是汪观清在 1956 年入住的地方，是他比邻上海人民美术出版社的住所，是他见证并参与了连环画繁荣鼎盛时代的地方，也是他至今无论走到哪里，都会魂牵梦萦的“家”。

01

五原路 212 弄大华新村内，是一批建于 1947 年左右的花园里弄房屋，均为混合三层独栋住房。17 幢房屋建筑面积共计 7226 平方米。

法式的大格子窗

其中，五原路 212 弄 7 号住宅为曾参与淞沪抗战的抗日名将张发奎（1896—1980）旧居。抗日战争胜利后，张发奎任广州地区受降官，主张严惩田中久一，后在广州和海南任职。解放前夕，因为张发奎的身份，其住所非常安全，由于他当时不住在上海，其秘书莫振球是中共秘密党员，安排中共上海地下党市委书记张承宗迁至张发奎寓所居住。当人民解放军向上海郊区发起攻击时，当时上海局和上海市委的刘长胜、吴克坚、沙文汉、张承宗等人就在张发奎家里指挥迎接解放军，这里成为中共地下党迎接上海解放的地下指挥部。

资料显示：1949 年 1 月，人民解放军渡江在即，根据中共中央上海局的指示，张承宗部署各党委开展反破坏、反屠杀、反迁移，护厂护校斗争，秘密组织了上海人民保安队和宣传队。工人、职员、学生、教师参加人民保安队 6 万人，参加宣传队 4 万人。对国民党机关、海关、邮电、铁路、水电煤气、公共交通、银行报馆、工厂企业、学校医院的财产档案做好保护工作，为共产党接管做好准备。1949 年 3 月，国民党侦察并破坏了上海市委机关的秘密电台，逮捕了报务员秦鸿钧和电台领导人张承宗的弟弟张困斋，张承宗也险遭不测。上级指示刘长胜、张承宗等撤离到解放区，但他们却毅然致电华东局，坚决要求留在上海指挥迎接解放的战斗。5 月 12 日，人民解放军包围上海，开始攻入市区，直到 5 月 27 日上海完全解放，张承宗和市委通知全党 9000 余名党员、10 万人保安队和宣传队员连夜出动，进入各岗位，配合迎接解放军。绝大部分工厂机器照常运转，学校继续上课，商店开门营业，水电煤气电话从未中断，市政交通正常，甚至警察照常维持秩序。

五原路212弄大华新村16号和18号，原为中国近现代规模最大的百货店之一——上海大新百货公司创始人蔡昌（1877—1953）为其子女所建，1947年，蔡昌携家人移居香港。1949年后，该处房屋二层曾为知名电影音乐指挥家陈传熙（1916—2012）的居所。陈传熙曾为《南征北战》《渡江侦察记》《红色娘子军》《林则徐》等一大批经典电影音乐执棒指挥，并在五原路度过了50多年岁月。

而吸引汪观清1956年选择这里的主要原因，是因为从1954年开始，他开始在长乐路上海人民美术出版社工作。当时几乎他所有的画家同事和朋友，包括离此不远的五原路288号"三毛之父"张乐平和延庆路141号著名画家程十发，都是以上海人美为圆心，安下住所。

02

汪观清成婚早，30岁不到时已经添了五个子女。一家人住在五原路212弄1号三楼，大约有两间，面积共45平方米。洋房一楼为客厅和厨房，二楼还有其他住户，屋子前面有个小花园，还有一株宝塔松。一切都是安居适宜的。

当时，连环画家的每月工资高达百元。除此之外，画家还为各报社和杂志社绘画速写、插图，因此业余收入也颇丰。由于当时摄影设备有限，遇到晚上的文艺演出，要摄影记者拍摄后再冲印，十分花费时间。当时解放日报社往往请汪观清等画家去文化广场等演出现场第一排直接对着舞台速写，这样可以及时编排版面。有时《支部生活》杂志的记者也会在夜里八九点来到五原路，带着稿件请汪观清现场配插图，大约一个小时内即可完稿。一幅连环画的报酬在3元到20元之间，一张报社的插图或者速写稿费在10元左右，按照当时物价，可以在锦江饭店宴请10人还绰绰有余。当然也有辛苦的时候，有时为了完成上级交代的任务，要在一周内赶出两个月工作量的连环画，汪观清凭着年轻，不吃不睡地画完，再昏睡三天。在这段相对舒适的岁月里，汪观清购买了西服、欧米茄手表，养活一大家子人还显得颇为宽裕。

1955年，时任上海人美出版社副社长的黎鲁鼓励几个年轻人在创作之余加强理论学习，每个月举办一次研讨，分析行业内水平高、反响好的作品。当时，贺友直、江南春、郑家声、夏书玉、周公和、洪荫培和汪观清7个人，就决定每月到汪观清家活动。一来此地离人美出版社不远，二来宝塔松下浓荫清凉，汪观清家里还置有当时罕见的大冰箱，是聚会的好场所。往往几个青年画家一起吃汪观清夫人给大家做的徽州炒面，饭后就在树下边喝茶边聊天。因为是7个人，又自称是“七片离鲜花有距离的叶子”，因此就戏称自己为“七叶社”。

当时，一批优秀画家都聚集在人美，为了搞好创作，纷纷下基层体验生活。有时汪观清去浙江写生，有时贺友直要去淮河下生活。因为通信不便，总也不能凑齐，因此“七叶社”活动四次后就无疾而终。没有人会想到，仅仅一年后，这个五原路里宝塔松下纯业务探讨聚会的组织会被定性为“七人反革命小集团”，出版社领导也因此降级为普通编辑。

03

受这件事的影响，汪观清主动要求去郊区农村下放劳动，直到 1959 年才回到上海，不久，又去黄山茶林场蹲点两年。1961 年夏季，刚满 30 岁的汪观清为创作《红日》来到孟良崮写生半年。

站在当年拉锯战的制高点上环视，只见周围大石块上的弹痕犹新鲜可辨，草丛石缝里的锈弹头弹壳和马骨还俯拾皆是。亲历战争的老乡们，争先恐后向这位来自上海的连环画家描述当年的炮火如何密集轰击，数万解放军如何英勇攻占山崮。半年采风时间，汪观清在孟良崮创作了 270 幅画稿。

与此同时，在上海五原路的居所里，夫人一人独立支撑全家，五个孩子年纪尚小，一旦有人生病，真是叫天不应。有一次几个孩子同时生病，因为没有帮手，夫人带着一个孩子先去医院看病后回家，再带另一个孩子去医院看病，如此轮番作战，心力难支。

但只要汪观清回到家里，必定会让几个孩子围绕画桌左右。和有的画家反感工作时幼儿在侧不同，汪观清着力鼓励培养孩子们的绘画兴趣，指点写生技巧。他在家里放照片时，儿子汪大伟、汪大刚都是小帮手。后来在几个孩子分赴各地插队时，他还书信指导他们在当地劳动之余不忘写生。

进入上世纪 70 年代，收入骤减的汪观清再也不能支付五原路的房租了，便申请换到安福路一间小屋居住。但在五原路播下的种子，日后却萌芽长大，汪大伟后来成为画家、上海大学美院院长，汪大刚成为摄影师和广告人。一家三代中，共有 10 人目前从事美术工作。

在如今青浦的别墅里，全家不论寒暑，依旧保持了每周开车来和老人聚会的习惯。在刻意按五原路法式格子窗式样安装的窗下，汪观清的第四代已经爬上画桌，开始学着画画了。

登云公寓里好读书

〔人物〕**王纪人**

1940 年生，原上海市作家协会副主席、原上海电影评论学会会长。

小时候，王纪人住在淮海中路成都南路口的仁寿新邨。记忆里，父亲的怀抱最暖。

他会俯身下来，弯腰逐一抱起王纪人和他的小姐姐，把他们放入三轮车车座，然后父母上车，和孩子们一起出发去天蟾看戏。车轱辘沿着淮海中路滚动。一边走，父母一边还要给孩子们掖紧膝盖上的小毯子，惟恐他们受凉。这是王纪人至今藏在内心深处的画面。

所以，当 1987 年 7 月，已为人父的他得到一次搬家机会时，王纪人毫不犹豫选择了登云公寓。最大的理由，是因为登云的地址也在淮海中路。这样他的成长回忆就能和儿子的成长回忆有了重叠和传承，关于一条路的情结和故事，就能接着说下去了。

01

登云公寓，旧名"又斯登公寓"，地处淮海中路 2068 号，临近华山路口。

在公寓楼下，可见上海市人民政府2005年10月挂牌“优秀历史建筑”，上面写道：该楼为钢筋混凝土结构，约1930年代建。现代派风格。建筑形体简洁，外观为暗红色面砖，檐口略做装饰。

资料显示，这幢外观呈法国城堡式建筑，用地面积3133平方米，建筑面积2277平方米，西立面南立面为褐紫色耐火砖墙面，入口及阳台檐部有白色水泥线脚装饰，绿色钢窗，东立面北立面为米色砂浆抹面。建立之初，主楼七层，内部有一架老式电梯，电梯房于中间突起。这一高度曾是当时淮海中路上的第一高楼。公寓底层有传达室、储藏室及勤务人员休息室，二至七层每层有大小套间各一套，总共12套，大套间140平方米，小套间70平方米，每个套间都有客厅、卧室及附属用房。公寓楼南部前有一个花园，四周绿树环抱，显得十分清雅。

《上海住宅建设志》资料显示，上海的高层公寓始建于20世纪20年代，至30年代进入盛行时期。由于上海地价暴涨，土地极为宝贵，高层公寓可以获得更多的建筑面积，以牟取高额租金，因而房地产商纷纷把投资转向高层公寓。同时，上海建筑施工队伍经过早期兴建高楼大厦的实践，在施工技术和建筑设备等方面都已达到相当水平，设计人员也积累了有关上海土质的耐压力和建筑物的沉降率等方面的技术资料，为大量建造高层公寓提供了条件。于是，高层公寓建造数量逐渐增多。到1949年中华人民共和国成立前夕，上海八层以上的高层公寓共有42幢，建筑面积41.3万平方米，占全市住宅总面积1.75%。

02

王纪人的父亲，在淮海中路中段的新式里弄仁寿新邨，用“两条大黄鱼”为一家人顶下一个门牌号。王纪人在那里生活了整整 47 年。淮海中路对他来说，曾经就是上海的一切。他在这里长大、读书，由父亲带着学会欣赏戏剧，成年后去天鹅阁谈恋爱……对淮海中路的浓浓情意，就此深植。

1940 年王纪人出生时，淮海中路还有一个同样有名的名字，叫霞飞路，在上世纪二三十年代，这里曾经名店林立，市声喧哗。许多商品的到货与欧美一线城市几乎同步。王纪人记得，小时候霞飞路上有许多白俄开的西餐馆。有一家店门口的招牌，是霓虹灯管弯曲而成的花体 DDS 字样，从店门口飘出的咖啡香、里面供应的俄式大餐和进进出出的高鼻深目的外国人，都让王纪人初识异国文化风情。

日占时期，上海沦陷，这条商业街也没有从铁蹄下幸免。王纪人记得，曾有日本士兵冲到普通市民家里，不由分说，剪断收音机上所有收听短波的装置，变相进行舆论控制。而夜里，王纪人也曾惶恐地惊醒，听见自家楼顶上，传来日本士兵跑来跑去的声响，那是他们在搜捕什么人。有一次父亲回家，忿忿不平地告诉母亲说，如今在经过路口时，中国人竟然要对站岗的日本兵脱帽鞠躬。大战前夕，母亲也带领一家老小在窗玻璃上贴牛皮纸防震。全家如临大敌、如履薄冰，这份战时的阴影和屈辱，深深改变了淮海中路的格局。

1949 年前的淮海中路街区，也并不像如今影视作品描绘得那么高尚体面。王纪人记得，他和姐姐一起上学途中，每每要经过一个垃圾箱，经常看到里面有弃婴。有时是死去多时的婴儿，有时是活生生的、还在挥动小手的婴儿。究竟是什么样的人家，遭遇了什么样的境遇，让他们遗弃自己的孩子呢？自己也还是小孩子的姐弟俩不敢细想，本能的畏惧，让他们宁可绕路，也不愿再从这里经过。

1949 年 5 月，上海解放，9 岁的王纪人站在淮海中路上，见证解放军的入城仪式。衣装朴素的军人骑着马、开着车从淮海中路上经过。从此淮海中路有了全新面貌。

03

因为喜欢淮海中路，所以 1987 年在置换住房时，王纪人选择了同样也位于淮海中路的登云公寓。

此时他已经从北京大学毕业多年，在上海师范大学做老师，长年发表作品的他也已经加入中国作家协会。登云公寓内，当时多是机关干部和知识分子居住，环境幽静，彼此都很知书达理。读书人几乎是第一眼就喜欢上了登云公寓老派的雅致和情调。王纪人家的两间屋子不大，却临窗可见树木葱茏，正是写作者安放书桌的好地方。对一个家庭来说，这也是一个很适宜在和平年代培养孩子长大成人的地方。

虽说家不过从淮海中路一头到另一头。但在 1987 年，登云公寓靠近的淮海中路西端，相比商业繁华的中段，显得十分冷落。当年的徐家汇还没有多少商业设施，因此王纪人一家每当要购物，还是选择回去熟悉的淮海中路陕西路至重庆路一带。不过，爱看电影的他们，倒是从淮海电影院换到了衡山电影院，后来为怀旧，再特意去国泰。

只有吃饭是个大难题。因为家里人都不善烹饪，而且周边商店稀少，购买食材不便，因此漕溪路靠裕德路处中兴百货底楼的小吃铺就成了一家人的食堂。但仅仅几年后，进入上个世纪90年代的徐家汇“像被《哈利·波特》里谁的魔法棒击中一样，几乎一天一个样”，徐家汇商圈很快蔚然成气候，汇金、港汇、东方、美罗城等商厦依次出现，每一家店面的开张，都引来如潮人流。每一次都以为这么大规模的人山人海是极限，但下一次更多的购物者出现，不断刷新王纪人的认知。

自此，王纪人一家凡是要购买衣物及大小电器，乃至荤素食材，一般都去徐家汇商圈选购。不久后，上海图书馆也搬到淮海中路近高安路，这让王纪人更高兴了。登云公寓外，先是华山路扩建，后来淮海中路又翻修，几年前十号线通车，让这个曾经显得有些偏僻的淮海中路一角也被盘活了。

这繁华的样子，和童年熟悉的淮海中路中段商店林立的样子，有相似，又不同。王纪人说：“若要问我最喜欢徐家汇的究竟是什么？其实还不是方便的购物环境，而是在平整掉大中华橡胶厂后精心构造的徐家汇公园。在这寸土寸金的上海十大商业圈之一、四大城市副中心之一，竟然用如此大的手笔，泼墨似的一下子泼出了8公顷的绿色，那绿树、绿草、绿湖和镶嵌其间的富有后现代情调的平缓建筑，宛如在急管繁弦似的城市节奏中，增添了一个美丽的休止符。”

如今，他常常顺着这“休止符”边散步边街拍回家，然后在登云公寓家里，临窗读几页书，或写一篇约稿。

Wen yuan fang

愚园路文元坊里的“小老大”

〔人物〕**梁波罗**

1939年生，著名演员。电影代表作有《51号兵站》《小足球队》《小城春秋》等。

刚满5岁的梁波罗趴在窗口，远远看见钢琴老师走进弄堂，就一溜烟地逃了。从自家三楼的房间跑出来，径直逃到四楼邻居杨家，蹿上露台，背靠烟囱，缩成一团。直到妈妈和奶奶遍寻不得，脚步声快要传到四楼来了，杨家姆妈心领神会，立刻朗声掩护，“没有看到过哦。”

梁波罗躲在安全地带偷笑不已，也就渐渐敢直起身子来了。露台上，沿着倾斜的红瓦，可以爬到屋顶斜坡的顶端，梁波罗抱着烟囱向下俯瞰四周。那一刻，空气都显得格外自由。这是1942年后，历经颠沛流离的家人在上海安顿下来后第一个住处，也是承载了梁波罗所有“少年不识愁滋味”的家——愚园路608弄文元坊。

01

愚园路得名于愚园，1890年，宁波富商张氏在静安寺东半里许的地方建造公园，根据记载，这个园林中西合璧，园

露台上，沿着倾斜的红瓦，可以爬到屋顶斜坡的顶端

内既有传统的亭台楼阁，假山上的花神阁题有辜鸿铭诗文，也有球场、弹子房、动物园等时兴事物。1900年，容闳等人正是在此园南新厅发起中国国会，柳亚子的南社也曾在此雅集。不过，到了1917年至1918年间，园林几易其主后终废。最后的痕迹，只留下这条愚园路。

愚园路不长，但却是上海西区一条名人荟萃的道路。不足3公里的道路上，沈钧儒、李济深、黄炎培、施蛰存都曾居住。今天的愚园路1376弄34号曾为《布尔塞维克》编辑部旧址，瞿秋白、陈独秀、罗亦农等都曾在这里工作和居住过。

不过，愚园路更为世人所知的，是浓荫掩映下道路两边纵深入里弄内的花园洋房和新式里弄，处于愚园路608弄的文元坊就是其中一员。虽有名字，但住户皆以门牌号“六零八”称之。

这一排建于1938年的房屋均为砖木结构，与周边的渔光村等差不多同一时期落成，皆为当时供高级职员、知识分子等小康家庭居住的新式里弄。走进文元坊内，里弄左右两边的房子风格各异，一边单体，一边联体，底层均有小院。一些房屋的外形为西班牙式，外设券柱外廊，作断檐山墙；有的房屋的外墙为水泥拉毛饰面，清水砖墙窗框。上海市人民政府在1999年9月23日将这里列为优秀历史建筑。如今走入“六零八”，还能看见81号挂有纪念当代工笔画家华三川（1930—2004）旧居的铭牌。

02

梁波罗祖籍广东，生于西安。刚刚出生时母亲奶水不足，托人寻觅到一位河南籍的奶妈哺乳，不久就长得圆头圆脑，胖乎乎如一个小皮球。父亲听到众人夸赞，一高兴就唤长子为“Paul”［与英文“球（ball）”谐音］。苦了河南奶妈怎么也发不出这个音，硬生生地叫成“波罗”。几年后，梁波罗的弟弟出生，父亲郑重其事为两个儿子分别起名为“梁仁”和“梁义”，但梁波罗已经用“波罗”一名注册上幼儿园了，老师推托不愿再改，如此一来，奶妈为之起的乳名，也就沿用下来。

战乱中，全家先后从昆明到越南河内，之后又取道香港。最终，一家人落户上海，父亲梁博开始在中华影业公司发行课工作，梁波罗则在文元坊 67 号三楼度过了四年纯真时光。

03

67 号是一幢独立洋房，共有四层，房东太太和两个儿子住在底楼，二楼住着一位音乐家，四楼则是杨家。梁波罗的母亲毕业于南京教会学校汇文女中，从小喜欢文艺的她，希望长子能成为一名音乐家，因此，早早买了钢琴，放在家里阳台上，还高薪请来家教授琴。

梁波罗的家教是一位中年妇女，架金丝边眼镜，斯文而严厉。梁波罗每当爬上琴凳，双腿悬空时就开始犯困。勉强学会了拜厄练习曲第一册，他再也不愿忍耐，只要一看到钢琴老师进弄堂就开始逃学。母亲无奈之下，最后只好谢绝了老师，卖掉了钢琴。几年后，长大的梁波罗开始对音乐产生兴趣时，却惆怅地明白，自己再也没有条件学习钢琴了。

不过，父亲梁博却是个极喜爱时尚事物的人。在上个世纪 40 年代，父亲曾一时心血来潮买了挎斗摩托，带着儿子外出兜风。摩托声音很大，每每驶入弄堂，先声夺人，无人不知是梁波罗的父亲回来了。父亲还喜欢抽烟斗和雪茄，喜欢听歌听戏。当时百代公司每出新唱片，不出几天，家里就会出现。周璇、白光的嗓音，梅兰芳、言菊朋的唱腔，平·克劳斯贝、狄安娜·窦萍的歌声，伴随着梁波罗长大。虽然当时他完全不知道歌词的含义，却能一字不差地从头到尾唱下来。

“文革”结束后，梁波罗重回影视界，后来又独辟蹊径在歌坛上展露身手。1984 年，中国唱片公司广州分公司为梁波罗录制、发行了《梁波罗独唱歌曲》音带，这是新中国成立后电影演员出版歌唱专辑的第一人。儿时依偎在父亲身边听唱片的日子，似乎是一段提前了很久的人生预告。

04

2013 年，静安区对辖区内老房子进行修缮。因为顾及愚园路文元坊是保护建筑，必须使用原始工艺和原始材料，因此修缮设计方案和施工方案调整过多次。为保护建筑的原貌，如果找不到完全一样的原始材料，就只在保持原样的基础上“小修小补”。甚至，为了保持实木楼梯原样，施工方将楼梯木板一片片拆卸加固，翻个面重装回去。

为了翻修屋顶解决漏水问题，施工方还花了几个月向老工匠师请教原始工艺，查阅原始档案资料，确认房屋结构和建设用材，从动拆迁小区和旧货市场“淘”来材质相同的瓦片、砖块和木料，收集后用于整修。由于文元坊的外部砖墙采用贴面方式，青砖被切割成薄片后贴于外立面作装饰，施工方多次进行“模拟修补”，确定可以使用同样的“贴面”技术，替换部分破损砖墙。

就在同一年，纪实频道要为梁波罗录一个专辑节目，邀请梁波罗再回文元坊“忆旧”。一进弄堂，他就心里暗暗一惊。房子还在，砖墙还是过去的样貌，但却又完全不是过去的感觉了，青藤爬满了房屋的墙壁，当年的小树也都已经很高了。曾经那么熟悉的里弄，触目皆是陌生的。但他还是去了曾经住过的 67 号，所幸房东太太的小儿子还居住原址。对方看到梁波罗，高兴地打开珍藏的箱子，取出一卷被包裹得里三层外三层的东西给梁波罗看。打开一看，原来是一卷印有上个世纪 40 年代一众女明星照片的挂历，是当年父亲梁博在中华影业公司工作时带给邻居的礼物。

那一次，梁波罗面对故人，多少往事涌上心头。他去了小时候住过的三楼，又不由自主去了四楼，恰好杨家姐姐也还在，就邀请他故地重游走上露台。斜坡还在，红砖依旧，但他当时已经 74 岁，再也不能像小时候那样翻上去抱着烟囱看周边景色了。

永福路的“上只角”情结

〔人物〕**孔明珠**

作家，以“孔娘子”之名，在多家媒体开设美食随笔。她是我国知名作家、出版家、文学史家孔另境的女儿。

少女孔明珠，在四川北路长大，13岁提篮买菜当家，熟悉各种菜场米店，会挑各色小菜鱼虾。但在1960年代末的一天，她到住在康平路的“过房好姆妈”家里去“白相”，对方带着她去淮海路买吃食。孔明珠忽然发现，自己浑然不会买东西了。

买东西原来不是进店买了过秤就行的。原来，吃醉鸡，要去“三阳盛”挑；吃白斩鸡，定规要去一趟“小绍兴”；吃千张包，只吃湖州产的；吃肉骨头，指明苏州出的……回到家里吃鲳鱼，好姆妈的丈夫是拿一只旧的铁锅，用正宗的刨花木屑，到煤气灶上慢悠悠烟熏的。原来好姆妈家，喝的酒、饮的茶、用的调料都有典故。到了饭席上，吃的东西价钱未必贵，但在座的人碰杯、吟诗，皆能引经据典。

上个世纪60年代末70年代初，上海西区老派“上只角”人家，用这么一套考究，震慑住了少女孔明珠，也叫她从此对这块地方、这里的人梦萦魂牵。

她吃了饭出来走在安静的马路上，沿着康平路宛平路余庆路高安路来来回回走，一路小鸟啾啾、梧桐缤纷，沿街几乎没店，隔绝喧嚣。她心里认定，这里应当是自己后半生的栖息之地，“我将在那里修炼成真正的上海女人”，她这样说。

1993 年，她赶上一次动迁机会。几经搬迁，最终入住永福路。从此从看风景的人，跻身为自己向往的风景中的一员。

01

永福路所属的湖南路街道，至今都代表着上海多种风情里的一面。

在寸土寸金的上海，这一区域是稀有的全境无大型工厂的高档住宅区，烟尘噪音少，庭园绿化茂盛，环境幽静。街道内共有花园住宅 576 幢，公寓 68 幢，文艺界、工商界人士以及侨眷、学者等居住较为集中。而这些人物的故事和经历，反过来又为这些道路增添韵味。一如当年少女孔明珠怀着某种憧憬漫步这些道路上，今时今日这一区域，依旧是外地游客喜爱的景点之一。每逢节假日，都有游客会沿着这些静谧的道路行走，一路拍照留影。

其中的永福路名气不是最大，但一直是最幽静的道路之一。上世纪 80 年代，英国驻沪总领馆（曾在永福路 244 号）和德国的驻沪总领事馆（永福路 181 路）都在这条路上。当时，永福路不通公共汽车，也难得有社会车辆经过，住户很少。在孔明珠眼里，连领事馆门口全副武装的部队战士日夜站岗巡逻也是好看的，因为，“那些士兵一律年轻英俊，身材挺拔，遥遥相对，站在英、德领事馆门口，就像欧洲美男子阿波罗雕塑似的，秀美而高贵。”

上世纪 80 年代末，上海出国热中，这条幽静的道路骤然热闹起来。当时，两个领馆门口常年有人排队，等待一周一次与签证官面谈。孔明珠也记录下那队伍，是“压抑着一股紧张和兴奋的感情，但没有多少人会互相交谈，他们心里都有一些底，不愿意透露给竞争对手。他们的表情矜持，有一些高傲在里头……他们常常掏出来看一看‘大哥大’，显摆一下，外松内紧。而手机变到玲珑精致以后，他们反倒偷偷地掏出来，走到街角压低声音说话了，外紧内松。”

02

永福路上，深藏着美丽的建筑。

在永福路 52 号，有一幢建于 1932 年美丽的西班牙式花园洋房，原业主是法国传教士布哈德。房子外立面是鱼鳞状水泥拉毛米色墙面，平缓的筒瓦坡顶。住宅入口面向东北，券式门楣盖着红色筒瓦，底层大厅对称设置的 4 扇落地门与外面的拱廊相通，门楣上都有精美的铁花装饰，并有一对大理石螺旋形石柱。

永福路 68 号上有一幢良友公寓，住过不少文艺界名人和科学家。良友公寓的对面有一幢四层楼豪宅，是解放前上海滩报业大王史量才的私宅之一。孔明珠眼里，那房子有“灰色的外立面，端庄敦厚，屋檐、窗栏欧风设计。主人旅居国外难得回家，每当宴请宾客，整幢宅院霓虹闪烁，人影幢幢。主宾穿着中式服装，有胡琴声、喝彩声传出来。年三十晚上和年初五，那个院子是永福路上鞭炮放得最酣畅的。”

位于永福路上的上海教育出版社，则为这条路带来另一

永福路上低调的豪宅林立

种味道。孔明珠记得，出版社进进出出的知识分子均穿着整齐、严谨，戴一副眼镜，中规中矩。出版社门口有个书店，每年有两次最繁荣的时候，就是中小学开学前。“他们供应的教参，原本应是给教师看的，而家长却要想方设法弄回家给小孩子看，早早地掌握老师教学的走向，领先一步。有一次队伍如长蛇般，有一个住在隔壁的记者新闻敏感性发作，赶快回家拿出相机去拍，结果被一群家长痛打，眼镜都掉在地上踩碎了。”

03

一个大概是女人才能留意的细节是，当孔明珠还住在四川北路时，每次经过西区，就会比较两地女人着装风格的不同。

四川北路的女人，固然也很新潮时髦，但“四川北路的女人大衣胸前扣子是要扣紧的，穿毛衣外面是要套罩衫的，连衣裙裙摆是中庸的不长不短……而西区的女人，一切都是没有定规的。”

在四川北路上，父母会带着孩子沿街吃饭，但在永福路，孔明珠连下楼去楼道里的信箱取报纸也不敢穿睡衣；在四川北路上长大，楼上楼下邻居之间分享着一切生活琐事，但在永福路住了 20 多年，她还不知道隔壁邻居的名字；在四川北路上，沿街商铺林立，叫卖声和车水马龙声整日不停，曾使孔明珠头疼，但在永福路上，亲友来访常常尴尬地空着手上门，因为“你们家周边竟然没有一家水果店”。这使她又想起小时候去康平路。大约因为这些高档住宅区太过安静，买东西实在不方便，因此每一次购物，也势必要考究，讲究品质。

在孔明珠笔下，“永福路的街坊平和安详，常常会有一掠而过的老人让你觉得面熟，他们的脸上往往浮着些见过世面的宽容，晚饭过后，有年纪很老的夫妇挽着手臂出来散步，喁喁私语，好像美国电影《金色池塘》里的简·方达和凯瑟琳·赫本……八点半钟的时候，暮色落下，居委会的摇铃声准时而至，煤气呀，门窗呀，大家要当心呀，一声声温软的劝告隔窗穿入，细丝般抚慰你的心灵。”

孔明珠确信的是，自己会像一棵树一样，在这片平和安详里扎根。

04

弄堂屋檐

南文德里
四川北路
淮海路
江苏路
钱家塘
光明邨
愚园路
徐镇老街

左手美专，右手棺材铺

〔人物〕**戴敦邦**

1938 年生，画家。

过了 77 岁回头看，戴敦邦现在十分肯定——自己去学绘画是命中注定。

因为连他童年的居所都在向他做某种暗示：原卢湾区永年路 223 弄 13 号 3 楼，南文德里石库门，位置正处于贝勒路（今黄陂南路）和菜市路（今顺昌路）之间。而在当代美术史上，前者是恒庆里丁聪家族举办第一届“漫画会”的地方，组织成立了中国的第一个漫画协会；后者是上海美术专科学校 1923—1952 年间的校址，是刘海粟等大师掀开中国现代艺术教育史上第一页的场所。

如同上海孕育无数故事的里弄一样，南文德里如今早已经被抹平，消失在了城市建设更新的步伐中。但戴敦邦难忘，正是在这条无甚名气的小弄堂里，在一代漫画大家和一代美术大师成才的两个“摇篮”的夹角处，来自江苏镇江的一位普通的逃难皮匠之子，一边涂鸦一边长大了。

01

美术，不总在书本画册里，也在街头上。这是永年路南文德里教会戴敦邦的事。

1912 年 11 月，时年 16 岁的刘海粟和朋友们在上海乍浦路 8 号创办西洋美术学校，校名为上海图画美术院。创始人刘海粟在《上海美专十年回顾》中称：“民国元年的冬天，乌君始光在昆陵计议创立美术院于海上……所以在元年的十一月，我们就本校的态度树起鲜明的旗帜，创立上海图画美术院。”参与者汪亚尘也对创立之时的情景有过一段追溯：“民国元年的冬天，我每天早晨到乌始光家里去补习英文……我会到海粟的那一天，三个人同到乍浦路日本人开的西洋料理店——宝亭午餐，正在叙餐，从窗门中望出去对面墙上贴了一张招租条子，餐后就去赁定那间房子。十三年间的上海美专，就是从此处起点。”

学校于 1919 年成立校董会，校董会主席为蔡元培，刘海粟为校长，校董有梁启超、黄炎培、孔祥熙等。也是在这一年，学校开始招女生。1921 年，学校易名为上海美术专门学校。1923 年，学校迁往菜市路（今顺昌路）440 号永锡堂浙绍会馆。1925 年，菜市路校舍落成，学校随之乔迁。1930 年，改校名为上海美术专科学校，简称上海美专。美专的出现，不仅影响了里面师生的命运，也改变了周围的居民。

戴敦邦少时顽劣，他就喜欢待在里弄的地上、壁上随手涂鸦，有时看到门口“着奇装异服者走过”，不免怔住观看。这些怪人有时会到南文德里居民们的弄堂口买菜或者到“老虎灶”上去打开水。少年默默注视着这帮怪人，一边听大人讲“这些都是美专的学生”，一边留了心。

到了七八岁时，他和伙伴翻墙进入美专校舍。看见仓库里堆放着各种洋人石膏像、裸女人体雕像，一群小孩子无不面红耳赤、瞠目结舌，个个如被钉住一般，只顾站着呆看，完全不会动弹了。直到校工发现顽童，追着赶过来，孩子们才一哄而散。但雕塑和石膏像的线条之美，还是给戴敦邦带来极大冲击。

02

但在上个世纪40年代，并无更多美术作品可以给“开了眼界”的戴敦邦继续“过瘾”。他所能做的，便是努力省下饭钱，收集各种有图案和画像的香烟牌子，直至集齐一套水浒传一百零八将的香烟牌子。

也许是对绘画艺术的饥渴，戴敦邦还和街头一个人人避之不及的店结下情谊。这就是在弄堂口的棺材铺。他迷恋于店里的老师傅能用金漆在棺材上描绘出各种图案。有时是花草，有时是动物，有时是一幅表示苏武牧羊或者二十四孝里的人物故事场景。别人远远看到棺材一角已很忌讳，避之不及，但少年的戴敦邦却完全心无旁骛，可以放学后就猫在店里，看师傅在棺材上绘画，直到掌灯时分绘画师傅手酸收铺，他才恋恋不舍地离开。棺材铺里的绘画，让戴敦邦百看不厌，能“妙笔生花”的老师傅成了他当时心向往之的“最伟大的人”。

对绘画的迷恋，也使他一度觉得，校门口对面不远处，一个独臂残疾人开设的专为逝者画肖像的铺子，是天底下最令人神往的地方。有好一阵子，戴敦邦天天一下课就去磨着那残疾画师，一时到店里买炭笔，一时又去买画纸，百般讨好求学。

但画师对这个整天出没的少年十分警惕，始终不肯授业，终究戴敦邦想"将来就吃这行饭"的心思落空了。

03

第一次正式学习绘画，是戴敦邦入读小学后，受到金世荣（瘦熊）老师的启蒙。等到读中学时进入敬业中学，戴敦邦考进了校内的学生美术小组，他绘画的才能和兴趣得到了中学老师的极大鼓励，开始系统学习写生、透视等技法，从棺材铺和逝者肖像铺子里受到的滋养，终于得到了正规的指导。

学堂里的戴敦邦偏科严重。虽然语文历史地理成绩不错，但数学却常常零分交卷，父母为其升学前景担忧不已。尽管戴敦邦在课堂分数上没机会一尝成功感，可是只要一到学生美术小组，他就浑身自在。他是校内出黑板报的好手，绘画水平一直得到老师表扬，最后还成了少年宫美术小组的负责人。

然而，父母并不能理解戴敦邦的爱好，相反，大人们认为这是不务正业。一次，母亲在家里搜出戴敦邦好不容易集齐珍藏的一百零八将香烟牌子，不问青红皂白，就搬出炉子在里弄公共地带当众付之一炬。戴敦邦当时不过 10 岁左右，心疼难忍，似肉被剜去一块。

站在南文德里中央，面对着心爱之物慢慢被化成灰烬，小戴敦邦敢怒不敢言。而母亲还犹自怒道："小赤佬不学好，将来会赌博。"

"和赌博有什么关系啦！这是我不吃饭省下来的钱买的！

收集到一百零八将多少不容易！”时隔60多年，想起那一幕，戴敦邦还是激愤不已。

“后来我画《水浒传》，为一百零八将造型，别人问为什么我画出了人物的叛逆不屈之气，因为我至今对父母当时的行为感到生气，胸中还有一股子逆反之气。”

04

在中学老师的慧眼识珠和大力支持下，戴敦邦报考了上海艺术师范学校并被高分录取，从此再也不用为可怕的数理化发愁，每天就是愉快地绘图作画。两年后，学校并入上海第一师范学校，戴敦邦1956年从这里毕业，同年任《中国少年报》美术编辑；1957年任中国福利会《儿童时代》美术编辑；1976年入上海工艺美术研究所，编绘《传统题材画稿》丛书；1981年任上海交通大学美术研究室副主任。

日后赴京创作时，他认识了同为上海人的丁聪夫妇。等到转了一圈说起来才发现，大家在上海的住处竟然咫尺之遥。

原来早在上海美术专科学校初创之际，丁聪的父亲丁悚就担任了学校的教务长。1933年前后，丁悚组织成立了中国的第一个漫画协会。丁家恒庆里9号的房子，就成了当代漫画家的聚居地。而这里，也是童年和少年时代的戴敦邦无数次经过的地方。

只不过现在，他不再是当年要翻墙去看大师的孩子了，他有了自己在画坛的一席之地，他始终称呼自己是“民间艺人”，就像当年邻里称呼棺材铺里的画师一样。

国际影星
从淮海路弄堂走出

〔人物〕**邬君梅**

1966 年生，演员。

26 路公交车从淮海中路上开过。

偌大的车厢内，售票员像一个出巡的国王。只有售票员能独占一座一桌，然后在到站时从车窗里伸出小旗子敲打车皮指挥上下客。

1970 年代的街头，女孩邬君梅就这样艳羡地站在路边看着，对着车厢内的身影心向往之，“太神气了！我将来如果能做这车队的售票员就好了。”

4 岁到 14 岁，她住在这条上海最知名的商业街上。少年不识愁滋味，彼时的她并不知道命运将赐予她的世界，远比车厢内的那一方天地广阔。

这条街将见证她从孩童出落成少女，这条街将要教会她穿衣打扮，这条街会启蒙她的审美和想象力。但在当时，她对这一切都浑然不知。

站在淮海中路上，看着 26 路公交车开过时，少年邬君梅没有想到，有一天她会现身国际影坛、周游世界。她的想象力，当时还没有超越这一条街。她只想做一个售票员，每天能来来回回看淮海中路的风景。

淮海路永远是一个舞台

01

邬君梅是正宗的“上海小囡”，小时候跟着父母住在南京西路附近。她 4 岁时，与父母搬到了淮海中路 1412 弄 25 号乙外婆家居住。

母亲朱曼芳也是著名电影演员。等邬君梅长大后，遇到演员达式常，对方还告诉她：你母亲端庄美丽的容貌令人过目难忘，当年你的母亲走在淮海路上，总会有人忍不住回头看。相比之下，身为长女的邬君梅当年更像个淘气的小男孩，带着妹妹在淮海中路 1412 弄的老房子里穿梭捉迷藏。弄堂里所有的支弄纵横交错，彼此相通，像一个迷宫，也像一片森林，她们在弄堂里玩耍，熟悉每一处转角。

当年她们居住的房子，是一片老旧平房中的一间，在邬君梅的记忆里，犹如“一个四合院”，围绕着天井的厢房上有美丽的彩绘玻璃和木刻。据说这里原来是一户居民及其兄弟的房子，后来才住进其他住户。邬君梅一家四口的居住面积不过 20 平方米左右，要如厕只好用马桶。厨房逼仄，屋内潮湿。记得入住的第一个晚上，一开屋子门，房间里的“鼻涕虫”就蠕动着出来迎接他们，不曾见过这虫子的邬君梅大呼小叫。

与人们对淮海路的建筑都“洋气”、住户皆“高大上”的印象不同，在这条弄堂里的住户，多是一些普通的小手工艺人、裁缝、车夫。居住条件也很一般。每年夏天落雨，弄堂里必要“发大水”。阴沟里的臭水全部翻出来，也只有小孩会觉得好玩。

此外，因为居住空间的狭小，不管愿意或者不愿意，人们都得和周围左邻右舍彼此分享隐私。但这样的紧密关系也滋生着非凡的友谊。夏天，父亲用大锅子买了西瓜瓤，一家人就在天井里坐着公然吃着，弄堂里人人如此，旁人看着这场景也觉得很风凉很幸福。有时邻居做了饭菜，也会端过来让这新邻居一家品尝。少女邬君梅在这里结识的闺蜜，友谊保持至今。

朱曼芳和丈夫去干校，把年纪尚小的邬君梅和妹妹两人反锁在屋内，沉甸甸的锁挂在门外，料想这小姐妹能安分待在家里。但等父母一离开，调皮机灵的邬君梅就取了钥匙，从窗口叫住经过的邻居，递出钥匙央求邻居帮着开了门，然后越狱成功一般，到弄堂里“打游击”、捉迷藏、“扮家家”，足足闹腾一天，算着父母快回来了，则赶紧回家，又叫邻居锁了门，再从窗户递回来钥匙。等到爸爸妈妈回家，看到的是乖巧长女揉着面粉做馒头，认真照料小妹的镜头。

也就是在这些弄堂游戏中，邬君梅发现自己最乐此不疲的游戏是扮演电影里的主角。有时孩子们看了《红色娘子军》，她就拿皮带往腰里一扎扮吴琼花；有时大家看了《三笑》，她就要演秋香。但那一切举动在当时只是单纯的孩子气的模仿，邬君梅彼时想也没想过，有一天自己会真的出现在银幕和荧屏上。

02

尽管天性淘气调皮，但日后成为大明星的邬君梅也同样擅长扮演高贵优雅的形象，这一切，或许离不开淮海中路给她的滋养。

1849 年 4 月 6 日，上海道台麟桂与法国驻上海第一任领事敏体尼磋商，在压力之下开设法租界。其最初的范围为：南至城河，北至洋泾浜，西至关帝庙褚家桥，东至广东潮州会馆沿河至洋泾浜东角。此后，租界范围又多次扩张。1900 年，法租界顺宁波路西进，筑西江路、宝昌路，其交接处在今重庆路，东为西江路，西为宝昌路。1906 年 10 月 10 日，西江路、宝昌路统称宝昌路，1915 年宝昌路以法国将军霞飞命名，从此唤作霞飞路。

到了 20 世纪二三十年代，这条长约 4 公里的商业大街开始成为商业中心，随着流亡上海的俄国侨民把谋生活动中心移向霞飞路，这条路成为了女帽头饰业、女服童装制作业、西式食品业和新式布匹百货业林立的道路。其中，欧罗巴皮鞋公司、哥利郭里夫公司、特卡琴科糖果点心店、特卡琴科兄弟咖啡餐厅等，都享誉沪上。沿街店铺里展示着几乎与世界潮流前沿同步的高档生活消费品，堪称上海城市的时尚之源，也在上海人心里，深刻烙下这条路是“洋气”“精致”代名词的印象。

1950 年，霞飞路更名淮海路，以纪念淮海战役的胜利。到了“文化大革命”期间，资料显示：淮海路上的店名纷纷更改，商店的门面与招牌被漆成“红海洋”，商店橱窗变成大字报栏、大批判栏，一些特色经营被视为“封、资、修”而取消。到了“文革”中后期，一些商店冲破阻挠，开设一些与时代合拍的特色经营。1969 年，东方绸布店（原大方绸布商店）开设衣片柜，周边的女士终于又有了购物添置衣服的去处。淮海路上的哈尔滨食品厂、海燕食品厂开设早夜市，供应刚出炉的新鲜面包。

03

随着淮海路上商业的慢慢复苏，渐渐长大的邬君梅便成了“锁不住的女儿”，和小姐妹到淮海路上手拉手逛街，成为每周例行的“功课”。

她和闺蜜从红房子西餐馆出发，一路买包子、吃咖喱饺、吃哈斗、吃冰糕、吃掼奶油、吃拿破仑，一路吃过去，沿途一路看衣服、试鞋子，一直逛到外滩再回家。周周如此，毫不厌烦。

淮海路用这种方式，教会邬君梅穿衣打扮，也用路上的风景熏陶着她成为丽人。她说她当时多么希望能离开这条弄堂，去更广阔的世界看看。但等到日后真的在大洋彼岸，午夜，却还是一次一次梦回这个居住过的弄堂里；梦里一条条支弄还是纵横交错，但走着走着却觉得荒凉了。这几年她回到上海，女友问她要不要回住过的弄堂看看。邬君梅真的去了，但老宅子已经不复踪影，新建了许多房子她都认不出了。

在少女时代，在总是玩不够的“扮家家”的游戏里，邬君梅往往演完了电影里女主角的戏份还犹嫌不足，她总是拿出长姐的优势，要求妹妹在家里假扮记者，来采访自己这个“电影大明星”，一问一答，乐不可支。如今想来，弄堂深处，这孩子气的懵懂，竟成为她一生事业的预演。

“笛王”从钱家塘深处走出

〔人物〕**陆春龄**

1921 年 9 月生于上海，上海音乐学院教授，著名笛子演奏艺术家。

陋巷也有乐声，陆春龄闭上眼睛回忆说，那乐声交关美妙。

每到夏夜到来，一天工余之后，聚集在小路空当处吹拉弹唱的，不是训练有素的乐手，而是白天在外修理鞋子的、给人开车的、工厂做工的……他们演奏《欢乐歌》《云庆》，有时是《慢六板》。握鞋楦子、方向盘的手，此刻灵巧地在琵琶、笙和笛子上跃动。闻乐而来的邻居，便也搬着板凳、打着赤膊、扇着衣襟来听。

这是 1927 年的上海，在当时还叫霞飞路的淮海路的路南，在当时还叫环龙路的南昌路的路北，有一个钱家塘。没有人能想到，在钱家塘的街巷里，一个叫“陆海根”的男孩对这丝竹着了迷。就在这一年，他拜皮匠为师，正式学笛。这一根“竹管筒”将为他插上翅膀，去到陋巷里的人想也不敢想象的宽广世界。

01

淮海路欧式建筑林立，两边梧桐成荫。上了年纪的人，都记得这条马路过去法式风情浓郁的样子——解放初期，沿街还有外侨兜售马奶，路边的西餐店和女装店也足够让人眼睛“开洋荤”。但在这样一个高尚生活社区往南一转，竟藏有钱家塘这么个自成一格的棚户区。

画家贺友直画过钱家塘，他说：“钱家塘的地方却交关闹猛，其处有虞永兴南货店，有混堂（澡堂），有酒店……住在这区域里的中国人多是苦恼的一群。这地块首先是淮海大楼消失了，再后来连转角处的第二食品商店一起被扒平了，这中间也曾闹猛过一阵，办过襄阳市场及小菜场。现今沿淮海路建起现代气派的大楼，南昌路一边是地铁 10 号线的进出站口了。其变化之大足以令人呆脱！”

老报人秦绿枝笔下对钱家塘的记忆，也离不开西餐街背后的“混堂”。1956 年的一天，惟恐自己要发烧的他去陕西路的钱家塘环龙浴室泡了澡，闷出一身大汗，再到小木屋吃奶油蘑菇汤和炸猪排，还买了一小扁瓶装的张裕白兰地喝了两口，回家倒头便睡，第二天居然好了。

1949 年前，在淮海路街区，大部分洋房和新式里弄里，多住着富裕阶层和职员家庭，但钱家塘的居民则多是底层务工者。弯曲复杂的弄堂，显示了这里自然生长的痕迹，对一个初来乍到者，这里几如迷宫一般。

陆家的祖祖辈辈都住在这里，靠着祖上流传下来的一亩地过活。陆春龄的祖父以卖鱼为生，祖母种菜卖菜，父亲陆金生起初在跑狗场为狗放笼子，后来又去黄浦江边做小工。一次陆金生在淤泥中打桩，不慎被浪头卷进江中，工友们吓得惊呼，以为陆金生就此丧命，好在一个巨浪推上来，竟又把他托了上来。劫后余生的陆金生身上多处骨折，回家后卧床不起，也不敢再去江边工作，后来经人介绍当了汽车驾驶员。

1921 年，陆春龄降生时，深爱长孙的祖父，特意请人算了八字，为他取名“海根”。小男孩的到来，也给家族带来好运。有个建筑包工头看中了陆家的地，拟在这里建造石库门平房，条件是各得五分。就这样，陆家告别了一直栖身的棚屋，第一次住进了砖砌的房子。陆金生和弟弟陆山男各得一半，这就是后来的南昌路 551 弄乙支弄 11 号老屋，如今这里已经又建起了高档住宅大楼。

02

陆家虽然生活拮据，却和睦抱团。同住一屋的叔叔陆山男，能吹笛子和芦笙，堂叔陆妙福也能弹琵琶。陋巷里还有个老皮匠叫孙根涛，虽然靠修鞋为生，但琵琶、洞箫、笛子、二胡无一不精。这样几个人聚在一起，就形成了一支以陆妙福为首的小乐队，每天晚上收工回家后，就在陋巷里吹拉弹唱。

笛子，如同乐队里的王子，声音最明亮突出。听着叔叔伯伯们乐声长大的小海根，对这乐器着了迷。有时乐队不演出，他也会寻到孙根涛的修鞋摊前，缠着老人吹笛子给他听。大家看小海根这么如痴如醉，就怂恿他向孙根涛拜了师。海根恭恭敬敬对皮匠鞠了一躬，师傅则回赠一支竹笛。

1930 年，陆海根入市立比德小学读书，改了学名“春龄”，与此同时，已经能吹出许多曲子的他，开始加入叔叔伯伯们的乐队，参与陋巷里的露天音乐会了。

祖母起初是反对的。

她追在春龄背后说："侬这个小囡，介勿懂事体，饭也吃不饱，吹个笛子，长大了能靠这根竹管筒吃饭吗？真是没出息。"

但春龄还是曲不离口。在小学里，他吹笛子的名气渐盛。1949 年之前儿童节是每年 4 月 4 日，1934 年的这一天，在比德小学校长的推荐下，陆春龄第一次登上了西藏路南京路口的一家商业电台，演奏了《虞舜熏风曲》。消息一传出，钱家塘轰动了。陆春龄的堂伯家有一台收音机，闻风而来的亲友聚在收音机边，边听边叫好。连过去反对春龄的祖母也乐得合不拢嘴。只有孙根涛一言不发，他静静听着电台里陆春龄演奏时的技法、速度，等到春龄回来后，孙根涛一一指出纠正。然后，师傅对徒弟说："你会成名的。"

03

尽管成了点小名，但陆家还是贫困。读到初二，春龄辍学回家，跟随父亲，去祥生出租车公司做司机。

为谋生计，后来陆春龄到江南造船厂做过工、踏过三轮车，1949 年之后还开过卡车运送病人，但不论去哪里，他总是随身带着笛子。在开车载客的间隙、在日本人抵赖车钱之后、在"拿摩温"工头不注意的时候、在目睹法国巡捕打人的时候，静静吹上一曲，借此抵抗命运，也由此守住内心。

一度，他还给滑稽名家姚慕双、周柏春的师父何双呆和沈笑亭开自备车，接送二人演出。时间久了，何、沈见陆春龄开车稳妥、做事仔细，又会吹笛子，就让他在他们滑稽戏双档开演之前，先来一段江南丝竹暖场。有心的陆春龄十分感谢提携，1949 年后遇到姚、周，还开玩笑说，大家差点就做了师兄弟。

在那段日子里，笛子是陆春龄谋生的帮手，也是工作之余的精神寄托。只要一有空，他就去民间各路丝竹名家家中拜访切磋。为了去当时紫韵国乐社笛子名家朱少梅举办的家庭音乐会学习，节省车钱的他从南昌路一直步行到杨树浦，最后第一个到了现场。这股毅力和好学的劲头，为他赢得了口碑。

04

1952 年，苏联芭蕾舞团访华，提出要听一下中国民乐。由此，上海市文化局火速从民间艺术人才中挑出吹笛子的陆春龄、拉二胡的许光毅、弹琵琶的凌律等人，这就成了日后上海民族乐团的前身。

正在华东空军后勤部卫生处开大卡车的陆春龄，从此正式走上职业演奏家的道路。后来，凭着这支“竹管筒”，陆春龄先后 8 次受到毛泽东主席的接见，出访过 70 多个国家和地区，让英国、法国、罗马尼亚、印度、泰国等国家首脑都聆听到笛声的曼妙。

上世纪 60 年代至 80 年代，陆春龄去江苏大屯煤矿、山东莱芜铁矿、南京 9424 铁矿、江西安源煤矿、海南石碌铁矿等地慰问演出。为了让不能到剧院的一线矿工也听到演奏，他匍匐进入井道，每到一个作业点，就拿出笛子，为矿工吹唱。一次转了 6 个巷道回到矿上后，听说一位老矿工因为身体不适没下井，陆春龄又拎起笛箱，找到老矿工，为他一个人一口气吹了七八首曲子。

这是钱家塘的经历教会陆春龄的事：不是衣香鬓影的场合，座中也没有挑剔懂行的耳朵，但这些辛勤的工人，比任何专业人士都发自内心地懂得音乐的力量。

搬着板凳，坐在皮匠修鞋摊前听笛声的时候，陆春龄就明白了：这劳动中的抒情，质朴纯粹，一如生命本身的喟叹，也比任何渠道，都更接近艺术的真谛。

锦园里厢的小胖子

〔人物〕**曹可凡**

1963 年生，全国人大代表，上海广播电视台首席主持人。

1970 年代初，长宁区愚园路，午休时分。

雷锋小学的孩子从学堂一拥而出，整条安静马路顿时变得热闹，只见孩童里有个小胖子，笃悠悠独自走着，并不急着和同伴打闹，而是先到路边水果摊，挑上一只大鸭梨，当场啃起来。

小嘴巴吃得不得法，胖乎乎双手顿时沾满梨汁，可爱的模样把摊主也逗乐了，而小孩嘟囔着嘴，一边正色说："我嘴巴干死了，先借一个梨，妈妈晚上会来付钱的。"

妈妈下班回来果然来付钱。因为小胖子家就在马路斜对面，愚园路 805 弄的锦园里。不仅周边的摊贩熟识其父母，整个弄堂里的人至今也津津乐道——

那个皮大王小胖子曹可凡，后来成了大家在电视上见到的著名主持人。

01

锦园，得名于荣毅仁伯父、著名荣氏家族的缔造者荣宗敬的名字。

这条弄堂里人人皆知的“皮大王”长大后成了著名主持人

1933 年，中国近代著名民族资本家荣宗敬在上海的生意正处于巅峰时期。为了解决其在上海办面粉厂、棉纺厂时公司高级职员的住宿问题，荣家出资，在公司附近原荣家网球场的基础上，建造了 32 栋三层楼房。因为荣宗敬原名荣宗锦，所以就把这个员工宿舍区命名为“锦园”。这一名字，也与荣家 1929 年在原籍无锡小箕山购地建造的私家园林“锦园”遥相呼应。

这 32 幢楼房，全部为砖木混合结构三层楼房，分布于东、南、西三方，弄口朝北。每幢建筑面积 103.8 平方米，总计建筑面积 3322 平方米，总体成“TT”字形。锦园内，不仅较一般里弄宽敞，且遍植绿树，昔日在园中央还有一个喷水池，尽显荣家气派。入住的职员家庭，一户人家单独居住一幢房屋，内里钢窗蜡地、煤卫俱全，生活条件较同时代的居民优越不少。

而有趣的是，因为入住的高级职员家庭几乎清一色全是无锡背景，因此整条弄堂里，无锡话成为通行语言，无锡的风俗礼仪畅行无阻，居住其中，宛如住在一个小小的无锡村内。

02

曹可凡曾外祖父王尧臣和胞弟王禹卿同样也是来自无锡的商人。两兄弟曾在荣家的茂新面粉厂工作，并很快成为荣家的左膀右臂。成熟起来的王家兄弟，试图与同为荣家得力干将的浦家兄弟一起另立门户、自主创业。荣家闻讯后，主动出资入股，最终，荣、王、浦家的"三姓六兄弟"合作创办了福新面粉厂。因为经营得法，很快从一个厂扩展到八个厂，王家兄弟还协助荣家在沪建立了面粉交易所和纱布交易所，在上海商界创下一番天地。

曹可凡的祖父曹启东，十几岁时来沪工作。正是在福新面粉厂里，这个家境寒微的青年从最底层做起，逐渐成为公司高层。最终，王尧臣把自己的大女儿许配给了他，还让曹启东成为福新的"财务大总管"。虽是入赘，但王尧臣十分开明，结婚以后，曹启东夫妇并不随王家同住，而是一直生活在锦园里。

曹启东夫妇先后育有四子二女，其中，曹可凡的父亲是长子。战局动荡的年代里，颇有远见的曹启东将两个儿子都送去海外读书，但把长子和幼子留在身边。低调寡言的曹启东，先后经历上海被轰炸的惨状，经历抗战和内战的混乱，处理过复杂的各方势力要挟，又最终迎来上海解放。锦园深处，他和他代表的一群无锡籍的商人，参与并见证了那个时代民族资本家的兴衰往事。

03

1963年，曹可凡出生时，全家还在锦园深处，过着无忧无虑的生活。

曹可凡的父亲当时从圣约翰大学毕业，在中国纺织机械厂担任工程师，每月工资109元，在当时实属高薪。祖父手里还有面粉公司、棉纺公司的股份，每年都能拿到分红。但随着“文革”爆发，定息成为一纸废文，父亲被迫下放劳动，工资停发，小康的生活顿时陷入困顿。

红卫兵还曾冲入家里，将曹可凡一家三口全部抓到外面去“游斗”。一起挨批挨斗的大人，每人脖子上都挂着一块牌子，上面写着他们的“罪行”。曹可凡当时还小，只有三四岁，但即便如此，红卫兵还是替他准备了一块小一号的牌子，同样挂在脖子上，被押出去和大人们一起游街示众。

锦园的房屋也被“就地压缩”占去了大半，全家人只能被赶到阁楼居住。然而曹可凡的父亲却依然坚持着往昔生活习惯。他每天早上四点起床，先在弄堂里打一套杨氏太极，坐20路公交车从愚园路赶到外滩，去中央商场里喝一杯咖啡，再看上一个钟头的书报杂志——那时在中央商场，还能看到日文版的《人民中国》，这也是仅有的阅读外国文献资料的途径——然后再坐公交车去杨浦区军工路上班。

但家里很快入不敷出，直至典当度日。喜欢理工科的父亲过去在家收藏了许多日、德、英、俄文版的专业书籍，在全家经济最困难的时期，父亲变卖了三分之二的外文书籍来维持家中开销。

1972年,美国总统尼克松访华,随着两国关系走向正常化，远在海外的亲戚们渐渐与父亲有了联系，美国的叔叔给曹家汇来美金，香港的亲戚也会时不时给上海寄些罐头火腿等。随着“文革”结束，曹可凡父亲的工资又重新调回原价。但令这个历尽劫波的家族在意的不是财富本身，而是参与建设国家的理想，并不曾因个人得失而中断。

1981年，在落实政策后，曹可凡的祖父捐资50万元，政府又拨款50万元，建造了现在的普陀区少儿图书馆。

04

尽管童年也曾挨批受苦，但天生的豁达乐观，让曹可凡成为弄堂里人人皆知的“皮大王”。

因为同乡和同事的双重身份,锦园的邻里彼此十分熟悉。曹可凡从小就知道谁家的糖罐子藏在何处，谁家的茶几上放着几块巧克力，他都能协同小伙伴一起去弄到手。有一阵子，弄堂里有人家为装修在路面上堆放了黄沙，曹可凡就和小伙伴在黄沙里挖坑，上面覆盖了蛇皮袋，又撒上薄薄黄沙，做成陷阱，等到经过的倒霉路人一脚踏空跌落，他就和小伙伴们欢呼离去。受伤的人来追究时，曹可凡又溜得最快。事后他带着糖果来“安抚”挨了骂的小伙伴，可伙伴们一尝糖果又马上吐了出来。原来是曹可凡把肥皂切成小块，包上糖衣给伙伴们吃，就为了看看大家的窘样。

喜欢吃水果的他，也曾因为水果受伤。

一次放学后，曹可凡一边吃梨一边走路，不料被身后的三轮机动车撞到，还被不知情的司机挂在车上带了一段路。直到路人惊呼，他才被救下。事后曹可凡被诊断为左脚胫腓骨骨折，因着这次受伤，家里拼命给他补充营养，等到腿好了，小胖子的体型就定了调，从此成为他的一张标志名片，陪伴着他出现在荧屏上。

一件有意思的事是，因为锦园所在的愚园路是西区高档住宅密集的地方，因此不少名人大家都曾在此居住。等到曹可凡长大开始做访谈类节目，好几次在与嘉宾的聊天和采访中，都不期而遇愚园路的“邻居”。每当这时，他总是又自豪又亲切地说：“我知道这里，因为我也住在愚园路上，我的家在锦园。”

四川北路的吴韵悠长

〔人物〕**高博文**

上海评弹团一级演员，现任上海评弹团副团长，中国曲艺家协会理事。

沿着长长的四川北路向北走，依次经过红星书场、群众电影院、虹口区工人俱乐部、永安电影院。

说书演员用惊堂木拍打案桌的声响，从红星书场的门内传出来，能叫外面经过的路人也微微一怔，驻足片刻。一路沿着四川北路走到这里，直听到这熟悉的声音传到耳中，高博文整个人就快活起来。

上世纪80年代的四川北路，繁华热闹，商铺林立，但这处书场对高博文来说，才是宇宙中心。门帘一撩，他就能进入书场的空间。像一个猛子扎入水中，在这里，他能整个身心浸润在心爱的评弹世界中。这条承载了他全部童年经历的马路，奇妙地用这个场域，向这个男孩揭示了未来属于他的道路。

01

如今想来，他真的是被四川北路宠爱长大的孩子。

受宠到什么程度？

就是半夜里高博文忽然想吃锅贴，外公必定会骑着自行车出门给他去买。有时楼下的饮食店关了门，外公就一路沿着四川北路向南骑到武昌路给他买来。又或者夏天天气热要吃棒冰，楼下川公路的小店里只卖小棒冰，那高博文自然是不依的，要一直沿着四川北路走去海宁路买到大雪糕才罢休。

这里的外公外婆和高博文并没有血缘关系，但并不妨碍他们把整条四川北路都营造成宠爱高博文的乐园。

上个世纪 70 年代，随着父母单位调配房屋，高博文一家四口住到四川北路川公路 1589 弄的老石库门房子士德里。房间小小的，只有十几平方米，至今也没有卫生设施。父母都是双职工，工作辛苦，无暇照顾一对小兄弟。当时高家的老人已经负责带了哥哥，才 6 个月大的弟弟高博文没人照料。妈妈抱着他，沿着四川北路一条条弄堂找过去，打听哪家有空，可以帮忙带孩子。就这样，住在对面弄堂的一对老人，成了高博文童年的寄养家庭。高博文从此就多了一对“外公外婆”。

外公外婆自己的孩子当时在外地，老两口就把全部的爱都倾注给了高博文。母亲向老两口支付的贴补钱早已用光，但外公外婆还心甘情愿自掏腰包，买来各种好吃的给高博文补身体，让本来体弱多病的高博文变得强健起来。

一次回自己家，看见母亲炖了鸡汤，高博文毫不迟疑，捧着一大碗像喝水一样灌下去。母亲在边上急着大叫，说这是要供全家人几顿吃的量。小高博文还很疑惑不解，因为在外公外婆家，这么一大碗鸡汤，向来都是他一个人的份呀。

在物质极度匮乏的年代，高博文备受宠爱地长大了。外婆当时是居委会的一名干部，弄堂里的向阳院电视机当时是

四川北路，曾繁华热闹，商铺林立

个稀罕物，每次播放节目整条弄堂的人都要排队观看。作为外婆带的孩子，高博文却总有特权坐在第一排。他跟着电视里的节目说说唱唱,不经意间,蛰伏体内的文艺细胞被激活了。

02

“走走看看南京路，买卖请到四川路。”在上海长大的“70后”“80 后”，对这句宣传语莫不耳熟能详。

作为全市著名的市级商业街之一，四川北路商业街南起北苏州路，北至大连路。拥有鲁迅公园、多伦路文化名人街和虹口足球场等文化体育资源，全长 3.7 公里。1994 年的一份数据显示，四川北路区属商业网点 401 家，营业面积 5.12 万平方米，年营业额 30 亿元，占全区商业的 19%。

其实早在清光绪二十九年 (1903 年)，工部局就开始越界延伸北四川路（武进路以北部分）至江湾厂金家库。1912 年至 1938 年，这一区域由江湾乡划归闸北市，后来曾属于当时的上海特别市闸北区。1947 年开始改称虹口区和北四川路区。

解放前夕，四川北路区域内共有 40 条道路。1949 年后拓宽四川北路永安电影院附近瓶颈地段，并改建路面。1989 年，辟通武进路 250 弄虬江支路间长 400 米的非机动车道，延伸了乍浦路。1990 年 , 拓宽吴淞路、溧阳路。

过去，四川北路区域内居住着不少日本人、俄罗斯人、犹太人、印度人和军政要人，故电影院、舞厅、咖啡馆、按摩院等消费场所较多。位于四川路海伦西路口的永安电影院，始建于 1924 年，曾为上海歌舞伎座。解放后，改称“永安电影院”，为虹口首轮影院。1997 年，永安电影院被改造，现为海虹永安大厦。位于横浜桥北侧，还有一座建于 1928 年的“广东大戏院”，这里就是“群众影剧院”的前身。群众影剧院走过去，就是“红星书场”。

03

说不清楚，是先在四川北路上留意到红星书场，再开始留意到评弹，还是先从收音机里听惯了评弹，才开始注意到红星书场。

炎炎夏日的傍晚，士德里家家户户拿着板凳门板到马路上支起桌子乘凉。男人们在弄堂里打赤膊、吃饭、洗澡，但高博文不肯。他宁可躲在晒台上，衣服衬衫穿得好好的，像去看演出一样，拿着一台收音机，从五点到七点，一字不落地听电台的戏曲节目。他尤其喜欢听里面的评弹，反反复复收听，直到不需要听见念词，仅仅凭一声叹气，就能判断出是哪位名家演出。

1982 年的一天，高博文第一次推开了四川北路上红星书场的门。那天的演出阵容是苏浙沪青年评弹演员汇书，那天的演出曲目有《珍珠塔》等传统剧目。看场的门房看到高博文年轻，以为他是误把书场当录像厅，还特意提醒。但等到散场时，已经有热心老观众开始向这个年轻人讲解评弹，他们是多么开心有年轻人也喜欢这门艺术呀！也是从这一天开始，高博文一脚踏入这个繁花盛开的声音世界。

《虹口区志》显示，境内书场一般均从茶楼书场演变而来。

境内第一座茶楼书场为1923年在张桥路12号开设的长盛茶园。接着吴淞路的通河园、天水路的奇芳居先后开业。20世纪30年代开业的有民华楼(1949年后改为大众书场)、四美轩、长森茶园3家。20世纪40年代又有通海、天同、日升等13家茶园相继开业。上个世纪50年代又增加龙津、复兴2家。1952年，原纽约夜总会改为红星书场，此时虹口的书场总计22家。

当时虹口地区的书场演出，南部乍浦、吴淞、东长治等地区以绍剧、评弹为主，以适应苏南、浙江籍等居民的需要；中部的新港、虹镇、同心等地区以维扬评话和苏北鼓书为主，以适应扬州等苏北籍居民的需要；北部的江湾地区以沪书和浦东说书为主，以适应本地籍居民的需要。不过，随着文化需求变化，书场逐渐减少，至1966年全部停止活动。改革开放后，茶楼书场只有天水路奇芳居一家恢复，不久停业改行。正式书场只有红星书场一家。

有趣的是，上个世纪80年代，正是港台流行文化在沪上青少年中最风靡的时候。高博文喜欢评弹，也喜欢“四大天王”。同学给他弄来一瓶“摩丝”，他用它梳了头发，晚上连睡觉都舍不得侧身，就怕把发型压扁了。他还一直求着爸爸，帮他翻录磁带。爸爸皱着眉头，一脸嫌弃，但还是帮他翻录了港台劲歌金曲，也翻录了评弹。磁带翻磁带，声音变得越来越轻微，就像那个渐渐远去的年代，许多东西都随着岁月逐渐消逝。

在四川北路上，高博文长大了。四川北路也不断变化。1988年，红星书场筹资改建，后来临时改做商场。曾萦绕其间的吴韵落幕，但得其滋养而成长起来的高博文，此时已经是上海评弹团的正式演员。像当年红星书场让他爱上这门艺术一样，他开始向更多年轻人讲述评弹的魅力。那条曾经繁华的四川北路的故事，便因为这个昔日男孩的记忆，一直存在下去。

弄堂是城里人的故乡

〔人物〕**陈村**

1954年生，作家。

1966年，陈村12岁。傍晚，他在自家晒台上洗了澡，便顺着斜坡爬到假三层的屋顶上去，夜色四合，暑气渐散，但坐在瓦片上，屁股下面还是温热。

从这幢位于江苏路733弄的三层楼房屋顶看出去，南面是华山路，北面是延安西路，举目四望皆是些平房和石库门房子。因无高楼遮挡，少年能一直看到天际的霞。再过一会儿，弄堂里唯一那户有电视的人家要开电视了，陈村可以保持一个姿势一直远眺着人家的窗口，直到那荧屏跳出“再见”二字。

如今，是都“再见”了。这老房子和老晒台、老窗口和老弄堂都已经消失不见了。

01

今江苏路，在1943年前皆称忆定盘路，Edinburgh Road。得名于苏格兰首府爱丁堡，属于上海公共租界在沪西的越界筑路。

所谓越界筑路，是当时外国租界的常用手法。早在

1864 年，当时英美租界工部局从静安寺向北扩张，越界修筑极司菲尔路（今万航渡路）至梵皇渡，随后又修建了极司菲尔后路。

这一新形成的三角区域比邻苏州河，依靠水路北可至真如，南可至法华镇。至 20 世纪初，租界工部局为振兴曹家渡地区，先后越界修建了白利南路（今长宁路）、忆定盘路（今江苏路）、康脑脱路（今康定路）和星加坡路（今余姚路）等。其中，于 1906 年修建的忆定盘路是工部局越界填浜筑路而成，这条南北向马路北起白利南路，南至海格路（今华山路），全长 1649 米。

因为比邻租界，地价又相对便宜，因此忆定盘路两边，一批洋房别墅、高级住宅兴建起来。上世纪二三十年代，又陆续有中央一村、月村、忆定村等住宅兴建。今外滩 18 号曾是麦加利银行，而麦加利银行襄理的住宅就位于今江苏路 796 号。但另一方面，江苏路比邻当时有“沪西小上海”之称的曹家渡。曹家渡上林立的布厂、丝厂、翻砂厂的底层工人，周边来此贩卖营生的小生意人也多需要住所。一些房地产商便在江苏路两边置地建房，因此这条路上新式里弄旧农民房屋相连，洋行职员的别墅与草棚陋屋相邻。

至 1949 年前，今江苏路街道境内有荣丰纺织一厂、泰利机器厂等 132 家工厂及手工作坊。商业集中在江苏路中段，有 344 家商店。到了 1956 年，今江苏路街道范围内有上海第七纺织机械厂、上海装卸机械厂等工厂 50 家，商店及事业单位 279 家，昔日的忆定盘路，成为了沪西地区热闹的街面。

02

在陈村两岁时，经母亲工作的电器厂安排，一家人入住江苏路733弄这幢平房的三楼。20平方米的房间里住下一家，月租2.54元。陈村是遗腹子，上面又有3个姐姐，家人自是对他百般呵护，什么家务也不用他沾手。

于是他便多了许多闲暇时光，以家为圆心，陈村到处闲逛，沿着这些昔年租界当局越界修筑的路，四通八达地到处玩耍。

当时顺着武夷路可以去看火车通过，步行20分钟可以到静安寺、徐家汇或者中山公园任何一点。等到小伙伴们有了自行车，那只消10分钟就能骑到中山公园。一群男孩子找到公园比邻的弄堂逃票翻墙进公园，然后在树木花丛里兴奋地大呼小叫。孩子们也会从竹篱笆上抽出一根，顶端沾上面筋，就可以去树上粘下知了来取乐。又或者成群结队地到兴国路上，各自占领一处为挖防空洞而堆积出来的泥丘，划地为营相对"打仗"。那时候，真是全身有用不完的精力。

733弄的居民，大多是些店员、工厂工人。那时大家都没什么钱，也不看什么书，整条弄堂里，只有一户居民订有报纸。弄堂里居民区、民办小学、街道工厂混居。陈村家楼下底楼就曾开设弄堂小学，听到楼下孩子闹得实在不像话，二楼的住户便用木棍敲击地板以示抗议。而孩子们则合力举起拖把柄敲击天花板以示回击。

弄堂里有一间街道工厂，名为"吉大厂"，专做拉手。"文革"期间，孩子们跑到工厂的电镀车间，问师傅讨要毛主席像章。如果工人不给，孩子们就去弄堂里，寻出工人停放的自行车一辆辆拔掉气门芯算作报复。工人们下班后发现，自然恨得牙痒。但这生气也像是亲戚间的拌嘴，没过两日，工人们便又和弄堂里的人们和好了。有天工厂失火，整个弄堂的人都奔走相救，连还是小孩子的陈村都取下厂里墙壁上的灭火器去抢救财产。因为用不来灭火器，最终他只是喷了前面的工人一身。

上个世纪 60 年代末，工厂买了一台电视机，在当时实属稀罕。本来是放在工厂的食堂给工人们看节目的，但不知怎么居民们知道了，便都要拥来看。是夜，工厂如遭攻城，厂房的前门后门门口皆是不断要求拥入的居民，声潮响亮，场面渐趋失控，而食堂前方，巴掌大小的英雄人物正在荧屏里慷慨激昂。

日后陈村在看《巴黎圣母院》中雨果写到奇迹王朝为救艾斯米拉达而强攻巴黎圣母院的情形，就会想到弄堂里的这个夜晚。最终，厂方让步，电视机关掉不开，谁也不看。整条弄堂里，唯一能沾上精神文艺生活的东西，也便就此噤声。居民们散了也就散了，没人想着要去弄点别的什么看看，大家又回归日常生活。只有陈村开始感到了没劲。

03

从这个弄堂向北到愚园路，就是傅雷临终的住所，而往南到华山路，是言慧珠最后的家。虽然同样生逢十年浩劫，但在陈村度过少年时代的这条弄堂里，风云未曾漫浸进日常。

陈村后来想想，所谓大家所向往的上海，和这弄堂里的平常人家，好似生活在平行空间。那些上海引以为傲的建筑，和他们没什么关系；上海引以为傲的那些人物，和他们没什么关系；上海那些惊天动地的变故，和他们也没什么关系。这条弄堂，在最要紧的时日后，也照旧是在刷马桶的节奏中醒来，在晴好的天气照旧能听到卖白果的老汉歌唱，夏天的弄堂也照旧摆出牌摊和棋摊，母亲下班回家，也照旧是洗手拆了鳗鱼做圆子。大家实实惠惠地生活着，在勉力过下去的时候力求一点生活的质量，仅此而已。

开始感到没劲的陈村，有意识地向朋友们借阅书籍。他借来了《斯巴达克斯》，看到了毕加索的画片，知道了伦勃朗，在磁带里听到了贝多芬，他整夜抄写《草叶集》，后来又借到了莎翁剧本。越是阅读，越是觉得饥渴。他和朋友躲在华山路上，对着路上走过的情侣射出焰火，情侣被吓了一跳，但四下张望却不见人。少年们偷乐不已，他们不觉得自己在捉弄人，只觉得自己是“丘比特”在射箭。

事易时移，少年们都长大了。周边道路上的泥丘还是好玩，树上的知了还在鸣叫，逃票去公园依旧刺激，但都不再让他们满足了。等到1971年插队离沪时，陈村已经不是那个沿着江苏路疯玩的少年了。

待到回沪、考大学、成为作家、因病驼背后，陈村还是独自经过江苏路的这幢房子，拍了照。那是老房子动拆迁前的一次告别。城里人是没有什么故乡的，但这条弄堂，他却视为故乡。陈村尽力直起身子，和往昔的日常岁月告别。

生活在光明邨的风与味之间

〔人物〕**马尚龙**

1956 年生，作家。

此光明邨不是彼光明邨。前者是位于淮海中路 586 号的光明邨大酒家，后者是作家马尚龙家的所在——淮海中路 584 弄 1-4 号的光明邨，现代式多层公寓建筑，原名为飞霞别墅，占地面积 366 平方米，建筑面积 816 平方米。邵厚德营造公司承建，钢筋混凝土结构，1941 年竣工。

与美食比邻而居，是一种怎样的体验？出生并成长在这里近半个世纪，马尚龙对淮海路的概念、对上海的概念、对摩登生活的概念，全部始于这一条弄堂。

年幼时从家所在的四楼晒台俯身看下去，就是光明邨大酒家的后门，如果风向变化，还会带来光明邨的香味道，微微升到四楼的晒台。马尚龙说："如果我恰好是在'咸菜过过泡饭'，这一缕似有非有的香实在是害人——吃了两碗泡饭，还想再吃两碗。"

可是对于有 7 个孩子的家庭来说，在物质匮乏的年代，即便是长身体的年纪，这个"奶末头儿子"（上海话"最小的儿子"之意）的早饭份额也就仅限于两碗。

只好空对着风带来的香，默默咽口水了。

永远人头攒动的光明邨大酒家

01

今时今日走在淮海路上，两边时尚名店林立，往往使人容易忽略这条商业街有别于沪上其他商业街的特色，正在于它首先是一个住宅区。淮海路商业的兴起始于上世纪 20 年代之后，当时上海的经济进入畸形发展阶段，先期开发的公共租界区域地价飞升，而淮海路所在的法租界还处于待开发阶段，升值潜力明显。

随着法租界当局对住宅环境和外观的严格规划，今淮海路两边慢慢出现一批新式里弄、公寓、大楼等现代民居。小康阶层的人口逐渐聚拢到这里，愈来愈稠密，使得沿街商铺应运而生。

1916 年宝康里有了大东食物号。两年后日商在今普安路口设立了专营皮鞋的高冈洋行。1926—1928 年，今淮海路上的俄侨商店有 100 多家。抗日战争爆发后，大批华商又从闸北、南市等地迁入淮海路以求租界庇护。到了 1948 年，仅陕西南路以东段的商家就从 330 家增加到了 481 家。

商业的繁荣，离不开商业街背后居民区的消费。而现代商业社会的文化，也在潜移默化中影响了周边的居民。

02

1956 年，一户普通宁波生意人家最小的儿子马尚龙，出生在光明邨的弄堂里。从外面看，光明邨的整个建筑外墙立面装饰简洁，强调横线构图，窗户横向间均匀间以绿色墙面，纵向间横贯浅黄色宽带状墙体，外墙转角作圆角处理，平屋顶。几步之遥，就是鳞次栉比的热闹商铺。但只要一回到弄堂里，一切都是静谧有序的。

相比在石库门生活，居民们彼此在逼仄的空间里交换所有的隐私，当时光明邨的住户已经有了独立的煤卫设施。邻里之间的关系，更类似于今日公寓楼里的氛围，彼此客气而矜持，孩子们也并不去弄堂与同龄人厮混，而是各自在自家房间外的晒台游戏着。

母亲家教甚严，不许孩子们打架，不许捣蛋，不许出言不逊，不许欺负弱者，也不许不争气。

“我小时候以从来不去弄堂玩而自豪。”马尚龙说。停顿了一下，他又说，长大了想想，也是有点遗憾。

03

光明邨大酒家因为卖熟食而热闹起来后，排队的人往往就顺着秩序一路排到了光明邨弄堂里。逢年过节前，那求购的队伍有时要排到弄堂底的人家门口了。简直像一次围剿和包抄。

马尚龙想：据讲光明邨的鸭翅膀蛮灵的，但翅膀到了光明邨，真是插翅难逃了。

不过，50多年前，光明邨大酒家还未以熟食取胜，而是以肉包菜包闻名。那时候的店招牌还是光明邨点心店。大人给小马尚龙5角现金，半斤粮票，可以带上“钢宗镬子”（上海话“铝锅”之意）去买上10只包子。为显出老吃客的气派，要对着柜台大声叫道“五菜五肉”，以表示自己很懂行话。

“师傅一听就晓得是一直吃的朋友，实际上面孔就不像。有辰光排队排上去，一笼馒头卖光了，只好等，里头是菜馒头的麻油味道飘出来，外头是西北风吹进去，人就立在了风味当中。”

到了谈恋爱的年纪，人们到这里买上 4 只包子，带着女朋友就近去复兴公园逛一逛，也是很不错的选择。可惜在这个街区，所有适龄的青年都没有逃脱插队落户的命运。

由于父亲在“文革”中受到冲击，被勒令去弄堂里扫街，为了维护丈夫的尊严，母亲挺身而出，主动去弄堂里扫街。从此，这条窄窄的弄堂，带给马尚龙不同的感受。每一处清洁，都是母亲的劳作。

最艰难的时候，家里整整半年没有收入，全家靠典当度日。第一个卖掉的是一台平时为节电从不开启的电风扇，之后是父亲的香烟盒和金笔，再然后，是卖掉了家里的梳妆台。看着家中的一部分随之而去，全家闷闷不言。但这个梳妆台卖掉的价钱，的确撑着全家渡过了难关。

随着上面的大哥大姐奔赴祖国各地上山下乡，曾经备受呵护的马尚龙因为留沪而开始背负起照料家庭、承担家务的责任。姐姐去黑龙江后，每月从 32 元补贴里节省下 15 元寄到上海家中。小弟马尚龙每月就带着米袋准时去邮局等那笔汇款，然后从成都路背米回家。

全家都掰着手指，等着这一袋米来下锅。

04

如今回想起来，马尚龙说：“我早饭吃过大饼油条粢饭糕，也在店里面吃过面，但是从来没有在早上走进点心店吃过一碗面。早上可以到点心店吃一碗面的人，不是等闲之辈，要有钱，还要有闲，吃一碗面，从排队买筹码，到坐在位子上等，吃好面差不多要一刻钟了，当年早上有闲的人是不读书的人、不工作的人，那么就是小开之类了。”

普通人家去光明邨，只能去吃馒头。有时是只买一个馒头。而买单个肉馒头的时候，店员还会“在馒头下面衬一小张油纸，拿着就不会很烫手。店员不必拿了油纸去衬馒头，是用铝合金夹子夹起馒头在一叠油纸上一沾，便沾起一张油纸”。

后来光明邨门口炸过油条，做过油炸的“一口鲜”点心，开过麦当劳，又再次因为卖熟食而爆红。店门口经历热闹、冷清又再次变得人头攒动。弄堂却从未变化。只是住在弄堂里的少年长大了，哥哥姐姐们也都四散在各处结婚生子，像从这里长出的一株蒲公英一样，呼地一吹，大家就都飘走了。

而植物的茎还在。那是浸润在风与味之间的弄堂晒台上的记忆。如今，为了让年事已高的母亲免于登楼，马尚龙家人为母亲买了电梯房居住。但在陪伴母亲的时间里，他有时又觉得自己还是乖巧不下楼的少年。

物质匮乏的年代已经过去，普通人家如今也想什么时候早餐去店里吃面就能去吃了。闻着肉香过泡饭的岁月，一去不返。只有往昔在这条著名马路上的居住经验，就好比“肉馒头下衬着的那张油纸”，馒头吃下去了，香味道还留在油纸上。

Xu zhen lao jie

热闹徐家汇，曾有条徐镇老街

〔人物〕**谢春彦**

1941 年生，画家、美术评论家。

74 岁的画家谢春彦有个幻想，比如说请来神仙，请他暂把如今坐落在徐家汇的东方商厦和港汇广场轻轻地挪开一下，那么虹桥路上，就会现出先前逼仄拥挤甚至有些脏乱的徐镇老街来了。因为那里，曾是谢春彦的家。

1953 年来沪入住，到 1970 年代离开，很长时间里，这条街和以此为圆心的小世界，对谢春彦来说就意味着上海。屋内，年迈的外婆与他在小房间里相依为命，屋外，中西文明交汇、五方杂处的环境也让他在这里触摸到了海派文化的第一课。

01

徐家汇的形成可上溯至明代。明朝万历三十五年（1607 年），文渊阁大学士、科学家徐光启丁忧回乡，葬父于蒲汇塘、肇家浜和李漎泾，并在法华南、徐家汇西面建立农庄别业，其后裔亦在此结庐守墓，三水汇合处人口渐密，遂成集镇。1847 年，耶稣会在徐家汇设立总院，建天主教堂和藏书楼等，此处成为天主教在沪活动中心。传教士将徐家汇东自今日天钥桥路、西至文定路、南起斜土路、北至虹桥路不足1.5平方公里的地区称为“徐家汇教堂区”，教堂、学校、医院等随之兴建。

据《上海城区史》记载，清朝咸丰年间，太平军进入上海后，英法两租界借口防御，分别筑路于徐家汇，取名徐家汇路（今华山路和今肇嘉浜路北侧部分）。为避战乱，附近居民涌入这一区域居住，人口激增。1908年，富商在徐家汇兴建石库门房屋和店家，邮局、电灯、自来水等设施也陆续出现。当

东方商厦和港汇广场所据之地，曾经是“徐镇老街”

时的徐家汇镇老街（官方名为徐镇路）为通达七宝、泗泾的交通要道。沿街两侧，东段是老式二层楼房，西段为砖木结构瓦平房。店肆众多，市面繁荣，有复顺肉庄、彩云茶楼、同兴菜馆、同泰面粉点、义生粮食号、豆腐店、胡琴记营造厂、生泰棉花店等等。清晨时分，近郊农民和小贩来此设摊卖鱼。

抗日战争爆发后，江淮地区难民大批流入境内，多数以拉人力车或提篮小卖为业。他们就地搭棚而居，形成南平民村、北平民村、辛民新村、市民村、小花园等“四村一园”。1949年后，

随着城市的发展进程，对老街的改造一直在进行中，至1990年年底，徐镇老街居民大多迁居，境内共建新工房227幢，随着徐家汇商业圈的兴起，具有100多年历史的徐镇路也最终消失，取而代之的是热闹的商厦以及虹桥路徐家汇延伸段。

02

在那个战乱频仍的年代，来自徐镇老街的谢春彦母亲嫁给了山东籍的军官父亲，随部队的征战而迁移。1941年，谢春彦生于军中，在湖南诞生，之后在山东长大。到了12岁时，少年谢春彦被上海的外婆带到膝下抚养。丧偶的外婆当时在徐家汇路1102号的大中华橡胶厂工作，祖孙俩租住在徐镇老街43弄的平房内，因为外婆工作的关系，谢春彦入读橡胶厂的附属小学德元小学，几年后又考入徐汇中学，从此渐渐在上海扎根。

在少年谢春彦眼里，日常走在徐镇老街里的居民，由三种人组成：一种是土生土长的徐家汇居民，大多温饱无虞；一种是外省市来的移民，多在附近工厂做工；第三种，是一些底层侨民，包括一些流亡白俄或者是沿街卖牛奶的印度人。走出老街，右拐向南一直到天主堂、育婴堂这一带，各种小摊位林立，被称作"江北大世界"。说是"江北"，其实并不完全是江北人士的场地，而是用来形容这一带摊位集市的大众化。唱戏曲的人白粉撒地为界，就粉墨登场；唱滑稽和"小热昏"卖梨膏糖的，张嘴就是戏谑。此外还有南北木偶傀儡戏，有耍棒打拳摔跤卖狗皮膏药耍猴子的，也有集邮摊、旧货摊、旧书摊、修理买卖矿石收音机钢笔电筒的摊子。来沪十几年里，谢春彦从未去过南京路、淮海路，也不知道西藏路“大世界”的盛况。在他眼里，眼前五光十色的“江北大世界”，就是上海文娱生活的荟萃之地。

虽然徐镇老街的住户多为底层平民，但比起当时住在肇家浜棚户区的居民来说，生活条件还是略胜一筹。肇家浜原是横贯上海县的大河，西起龙华港，向北沿今漕溪路至徐家汇，转而向东沿今肇嘉浜路、徐家汇路、方斜路、复兴中路，在复兴东路外滩注入黄浦江。但在战乱年代，从苏浙逃难来的难民沿河搭建棚户为家，产生的垃圾壅塞河道。1880 年后，肇家浜改从日晖港（瑞金南路）流入黄浦江，因为肇家浜与日晖港呈直角，因此水流放慢，淤泥沉淀，渐成死河，抗日战争后，大批难民又来此聚集，臭水沟肇家浜成为上海主要的棚户区。

少时，谢春彦曾去居住在肇家浜的同学家里玩，一进门就被臭气熏得惊呆，那股味道令他难以忘怀。而更让他难以忘怀的是，居住期间的居民照常起居，似乎对臭气浑然不觉。

03

“徐家汇教堂区”对徐镇老街的影响，也是潜移默化。老街上的居民虽然识字不多，教徒却不少，大多为人既和善又诚信。谢春彦记得，有户邻居曾带自己去徐家汇天主教堂参加活动，第一次步入其中，就看到了恢弘的内景。令他感到意外的是，当时教堂里的外国神父虽然高鼻深目，身穿法袍，但一旦开口，国语流利。在与本地居民聊天时，神父还能用徐家汇本地方言交谈。

几年后，随着初中毕业临近，对前途感到茫然的谢春彦，想到了去报考宗教学校以谋求自力更生。一日，他不知道哪里来的勇气，自行走到徐家汇天主教堂的神父住宅外。在贸然敲门后，竟真有一位神父开门了。他低头见到谢春彦，颇为诧异。而谢春彦一鼓作气，索性开口："听说神学院招生，我想问问我能不能报考？"神父听后，回答他"并没有招生这件事"，转而又问少年："你为什么要考神学院呢？"谢春彦如实回答："其实，我就想能继续读书。"

对前途的茫然以及对知识的渴望，让谢春彦感到了不满足。即便放学后再去"江北大世界"嬉戏，有趣的玩意儿还是那么多，他却不能再望之开怀了。而纵观整条徐镇老街，也鲜有读书人。唯一可看的读物，是来自徐汇中学藏书楼的藏书，再者，就是华山路上两家旧书店，这里成为谢春彦和伙伴最喜欢去的地方。在旧书店里，无穷无尽的旧报刊和旧日名家的画册打开了通往另一个世界的窗户，让他流连忘返。

1957年，谢春彦在徐汇中学读完初中，考入上海行知艺术师范学校（后归入上海第一师范学校）。在这里，他慢慢走上了绘画道路。毕业几年后，他成为报社的通讯员，认识了画家刘旦宅、戴敦邦，大家一起参加报社组织的绘画创作。

"文革"中，外婆病故，谢春彦就独自住在徐镇老街上。朋友们偶尔来看他时，大家就去老街上买些下酒菜、猪头肉，花上2角7分钱买些最便宜的烧菜用黄酒，在狭小的房间里，他们一边泼墨挥毫，一边聊天喝酒，到了傍晚，彼此扶醉而归。

如今回想起来，这段经历对谢春彦来说已全无艰困，只有“斯是陋室，唯吾德馨”的快意。

一个城市所拥有的历史，可以体现在建筑和道路的变更中，也体现在每一个生活于其中的人的记忆之中，房屋或者道路虽然会被拆除、新建、推平、再造，但生活史却长存心间，是为城市“软历史”。上个世纪末，已经搬离徐镇老街的谢春彦经过东方商厦和港汇广场时，曾驻足久久凝望，别人眼里的购物点，曾是他的家。

05

梦开始的地方

中山医院

多伦路

新乐路

中福会少年宫

汾阳路

上海音乐厅

南市区少年宫

绍兴路

上海大剧院

文化广场

天蟾逸夫舞台

市西中学

圆明园路

永嘉路

复旦大学

徐家汇

Zhong shan yi yuan

中山医院
为何没建在法租界

〔人物〕**陈灏珠**

1924年生，复旦大学附属中山医院专家，中国工程院院士。

1948年夏天，结束了五年医学学习的大学生陈灏珠，因为成绩优异获得到上海中山医院实习的机会。经历多年战火频仍、辗转流亡的日子后，这位当时24岁的青年早已习惯了随时奔赴未知之地。此前，因为日军侵袭，他从出生地香港逃难至广东韶关，又辗转到江西永新、赣州唐江、福建长汀求学。当时的上海对他来说，不过是又一个陌生的地名罢了。

一路旅途奔波之后，这个大城市就在眼前了。没有见到想象中的灯红酒绿、车水马龙，在一片静静的平地中，远远伫立几幢带有中式风格的建筑。这，便是由中国人创立的第一所大型综合性医院——当时名为国立上海医学院附属中山医院（现为复旦大学附属中山医院）。

日后成为中国工程院院士、中国著名心血管病专家和医学教育家的陈灏珠，在第一次走向这几幢建筑物的时候，并未曾想到，从今以后，他的生命与此地不可分离。

01

中山医院位于医学院路 136 号近枫林路，1994 年 2 月被列为上海优秀历史建筑。其中的五层楼主楼是钢筋混凝土结构，外墙用红砖，部分墙面为仿石饰面。顶楼前后有仿清式栏杆望柱围护的平台，其上覆盖单檐歇山顶，上盖黄色琉璃瓦，屋脊为清式吻兽。中国传统风格和现代派风格相结合，平面呈工字形，北向围合成广场。

在陈灏珠的记忆里，直到 1948 年他首次来到医院时，这幢有着金色琉璃瓦和歇山顶的大楼还是略显突兀地矗立在一片平地之中。医院周边荒凉一片，南面不远处的斜土区域内不少地方还是平民的坟场。医院周边不仅商业设施缺乏，甚至也几乎不通车。每周一次只有一辆邮车会在医院前停留一小时，为医院职工提供邮政服务。有时为了购物，医生护士们需要朝北步行半个小时，直至走到淮海中路，才能略略感受到上海的城市繁华。

事实上，中山医院本来完全可以设立在当时与之只有枫林桥一桥之隔、更为繁华的法租界，但之所以最后选址在当时还十分偏僻的枫林路，是因为医学教育家颜福庆（1882—1970）心里怀揣着一个中国医学梦。

颜福庆是上海宝山人，1904 年毕业于圣约翰大学医学院，五年后又获得美国耶鲁大学医学博士学位，同年还于英国利物浦热带病学院进修获得热带病学学位，1914 年获美国哈佛大学公共卫生学院公共卫生学证书，翌年与一些同道合作创办中华医学会。

有着金色琉璃瓦和歇山顶的中山医院大楼

1924年2月，在南京举行的中华医学大会上，时任湘雅医学院院长的颜福庆发表演讲，倡议在我国东部地区创建一流的中国医事中心。1927年第四中山大学（后改称中央大学）在上海吴淞建立医学院，颜福庆担任院长，1928年租赁中国红十字会总医院作为综合性教学医院，颜福庆兼任医院院长。

在20世纪30年代，当时上海有市民300余万，而医院病床不足5000张，且多为外国人在租界设立的医院，收费昂贵，让一般患病的百姓望而却步。颜福庆倡议创建上海医事中心，计划的核心是创建一家设备齐全、规模宏大的为国人服务的医院，让普通的中国人也能就诊。这，就是中山医院的雏形。

经过多方筹款，最终从各界筹集100万银元，其中60万银元用于建筑，20万银元用于设备，20万银元作为基金。1932年上海医学院从中央大学独立，更名为“国立上海医学院”。1934年，洛氏基金会把法租界天文台路135亩土地捐赠给上海医学院，准备用于建设医院。但翌年，颜福庆出售天文台路一部分土地，在华界枫林桥换置100亩土地，用以建造中山医院和上海医学院。他的想法很简单，一家属于中国人的医院，应该完全建立在中国人的土地上雪中送炭，而不应该再建造于租界内锦上添花。

中山医院邀请当时上海各界领袖组织成立上海医事实业董事会。经过董事会投票决定，由基泰建筑公司设计图样，森泰厂承包建设。如今，根据《筹建上海中山医院计划概要》所记载，中山医院当时系按最新式医院设计，建病房楼一座、门诊处一所，分设特别门诊处及儿童门诊处等。医院设病床

500张。1935年6月正式开工。名人史量才的家属又捐赠量才堂一幢，附设在中山医院内，与医院同时竣工为开办护士学校之用。

因为是为中国人自己建造的医院，因此基泰建筑公司免去了设计费，上海水泥厂及中国水泥公司赠送了建造所需的水泥，当时的财政部税务科免征水泥税，恒大洋行又捐赠卫生器具等给予大力支持。

终于，在1937年4月1日，宋氏三姐妹中的大姐宋霭龄为中山医院揭幕剪彩，当时实际开放病床300张。这里成为医学教育家颜福庆理想中的“上海医事中心”的起点，也为国立上海医学院提供了教学基地。

02

虽然这是国立上海医学院的附属医院，但在1948年夏天，时任中山医院院长的沈克非教授做出一个决定——一所优秀的大学应该要避免“近亲繁殖”，要从国立上海医学院以外的其他医学院引进优秀毕业生。就这样，在这一年夏天，江西国立中正医学院的优秀毕业生陈灏珠来到了上海，踏进中山医院的大门。

当时，中山医院沿袭欧美国家的医生培养制度，实习医生被要求24小时住院值班，住院医师也被要求24小时住在医院宿舍里。刚刚参加工作，陈灏珠成为医院里最年轻的医师群中的一员，从实习医生做起到住院医师，再到主治医师，整整五年都吃住在中山医院里。病人有任何危急的变化，实习医师和住院医师都要第一时间出现在病房里。

上个世纪 40 年代，医院里没有什么娱乐活动，对于实习医生来说，所有的时间都要用来学习和工作。虽然正值青春，但青年医师不要说结婚，连谈情说爱也不被允许。医院主楼顶楼最靠近琉璃瓦和歇山顶的地方，因为冬冷夏热条件不怎么好，因此就不被安排为病房而做了住院女医师和实习女医师的寝室。青年男医师每每走过楼下，也都不免爱慕地抬头看几眼。

但忙碌的工作和病人的需求，的确容不得他们太多关注医学以外的事情。每天清晨，实习医师 7 点左右就要到病房检查病人，为病人进行抽血验血、打针输液、测量血压等诊疗工作，等候主治医师来查房，预备着汇报新入院病人的病史、老病人的病情变化情况，随时回答问题。内科查房往往就要一个上午。下午，实习医生要接诊新病人，写病史，做记录，整理各种医疗文件。到了下午 4 点左右，实习医师要陪住院医师再次查房。晚上回宿舍前，还要自己再去查房一遍。夜里还要看文献、读书，直至 11 点入睡。往往半夜里，又会被值班护士叫起来去查看病人的突发情况。工作虽然辛苦，但青年医师也因此受益匪浅，“病人不会只在医师上班的 8 小时内出现状况，医师 24 小时住院，可以随时给病人提供帮助，也可以观察到病人所患疾病的发展和诊治过程，是一次很好的学习和实践的机会。”

虽然 1949 年之后，实习医师和住院医师 24 小时值班制度因被认为不够人性化而取消，但陈灏珠却保留了 24 小时随叫随到的习惯。1954 年，陈灏珠成为主治医师，开始在医学界崭露头角。按照当时不成文的规定，成为主治医师就不必住在医院里了，可以结婚了。陈灏珠是在一年之后才结的婚，夫人也是同行，是华山医院的一名护士。婚后很长一段时间，他就住在医院附近的家属宿舍里。只要病人需要，10 分钟内就能到达医院。

如今，91 岁的陈灏珠在上海生活了 67 年之后，对上海大部分街区还是颇为陌生。一些著名景点，都是外地朋友来了，他才陪着去一次。人生前 24 年，他在动荡和漂泊流亡中度过，但以 1948 年为界，他再也没有离开过中山医院。

Duo lun lu

多伦路的居住者与设计者

〔人物〕**郑时龄**

1941年生，建筑学专家，中国科学院院士，法国建筑科学院院士。

1952年，清晨中的多伦路，曾经是和平世界里不起眼的一个农贸市场。

海派味道浓郁的弹格路上，熟悉地形的小商贩们一早就将各自的摊位摆开，蔬果鱼肉沿路横陈，周边的居民即聚拢来问价挑选。11岁到18岁，无数个清晨，少年郑时龄曾在这样的市井景象中穿过多伦路。他的家就在这里，多伦路166号。

后来他长大读书、去外地工作，时隔近半个世纪后，作为建筑学专家又回到多伦路。但这次不是为了怀旧，而是参与主持多伦路文化名人街的设计。童年熟悉的街景和历史上的名人足迹相对应，昔日的深厚感情与自己的专业知识相结合，对于郑时龄来说，多伦路意味良多。

01

多伦路不长。

从热闹的四川北路拐进来，呈“L”形的道路也就550米左右。早在20世纪初期，这里还是宝山县一条无名小浜，直到1911年，英国传教士窦乐安将今201弄以南狭长小路及路

鸿德堂

西的小浜填浜拓宽，进行越界筑路，并以他自己的名字命名为窦乐安路，1918 年又与 201 弄以北较宽的道路相连接，形成现在的路况。

上个世纪二三十年代，多伦路路面属华界当局管理，抗日战争期间成为日本海军保甲区。各种势力混杂中，短短一条街上既有国民党大员白崇禧、汤恩伯、孔祥熙的公馆，也回响过鲁迅、郭沫若、茅盾、叶圣陶等先辈的足音。

《虹口区志》《上海名建筑志》和《上海名街志》资料显示，1924 年，日本海军陆战队司令部就建在多伦路附近，先后策划了“一·二八”、“八一三”事件。1927 年 10 月到 1930 年 5 月，鲁迅夫妇住在多伦路上景云里，并在景云里一连迁了三个门牌号，在此期间，鲁迅写下了《为了忘却的记念》《二心集》等。与敌为邻的岁月里，鲁迅在景云里 23 号住宅的一扇玻璃窗还被流弹打出了一个圆洞。虽是著名作家，但鲁迅的生活也不宽裕，许广平曾说：“购置的家具，每人仅止一床、一桌、两椅。”不过鲁迅在景云里的家，正对着茅盾家后门。1928 年 9 月作家柔石也迁入景云里 23 号居住。日后与鲁迅先生结下深厚友谊的日本人内山完造先生，也在附近落脚。

同一个时期里，1927 年 11 月，郭沫若从香港秘密抵达上海，与安娜和孩子团聚，潜居于窦乐安路 110 号（今多伦路 201 弄 89 号）的一栋坐东朝西的二层楼房子。当月 23 日广州民国日报刊载《蒋总司令通缉郭沫若之通令》后，郭沫若决定携全家去苏联，但临行前他却得了斑疹伤寒，经内山完造的安排住进日本医生石井勇诊所治疗，病愈后于次年离沪去日本。

1930年2月16日，上海新文学运动者讨论会（即左联筹备会）在今四川北路、多伦路口拐角处998号的公啡咖啡馆召开。这一当时由日本人经营的咖啡馆因较为隐蔽，常有左翼进步人士在此活动，中共闸北第三街道党支部也常在此开会。同年3月2日，在今天的多伦路201弄2号（窦乐安路中华艺术大学），鲁迅、夏衍等人发起组织的中国左翼作家联盟成立。他们许下铮铮誓言："我们的艺术不能不呈献给'胜利不然就死'的血腥的斗争。"

除去居住其中的名人典故丰富多彩不说，仅从建筑角度看，多伦路沿街20余幢公馆、洋房建筑，包括了英、法、日、荷、西班牙等多种风格。其中，位于多伦路250号的孔祥熙寓所建于1924年，立面及内部呈伊斯兰西班牙建筑风格——穆迪扎尔建筑风格，雕刻装饰及彩色贴面佐以阿拉伯纹样，在上海近代建筑中独树一帜。位于多伦路59号的鸿德堂建于1928年，具有中国宫殿式元素，顶上却设钟楼，作为西方宗教建筑而采用中式建筑的风格，在国内也具有代表性。而永安里的近300幢新式里弄（石库门）建筑群，更是目前上海中心城区内少见的海派居住区，它们与周边山阴路、溧阳路、甜爱路一带"历史文化风貌区"的特色建筑一起相得益彰，成为海派建筑的"露天博物馆"。

02

祖籍广东惠阳的郑时龄，1941年出生在四川，抗战胜利后全家搬到上海居住。一家人在多伦路166号的居所位于永安里右门处，在一幢三层楼房子的顶楼，一层是沿街的商铺。父亲过世后，母亲在溧阳路的工厂上班。郑时龄有两个姐姐，虽然出门的多伦路上就有小菜场，但买菜不是他的任务，不过每天去复兴中学上学都要从这里出入。永安里对面的四川北路上有三家书店，买不起时还可以租书回家看，成为郑时龄最喜欢的去处。

当时虽然日日沿着名人的足迹走过，但少年时代，郑时龄对此并无特别深入的了解，只是依稀听邻居或同学说，有些建筑里住过一些大人物。

上个世纪50年代的多伦路，已经褪去昔日的传奇色彩，住在这里的住户都是中下收入的普通市民。逼仄的环境里，郑时龄一家只能在晒台上搭块木板放灶台做饭。朝西的小房间闷热无比，夏夜里，他也常常提了毛巾去晒台洗澡。等到郑时龄长大一些考入复兴中学后，他总是从多伦路步行去上学。那时的街区，邻里间风气淳朴，夜不闭户，路不拾遗，由于大多数房子没有卫生设施，居民们总要一早出来倒马桶。

等到大学毕业，郑时龄即被分配去外地工作。

03

再次重逢是多伦路的重生之际。

1997—1999年，时任同济大学副校长的郑时龄主持团队为多伦路文化名人街进行城市设计。当时已经成功设计了许多建筑的他，站在童年熟悉的街道上感叹："建筑是一个创造人性的场所，又融入文脉。优秀的建筑必定与所处的城市空间有着共生的关系，不虚张声势，不事张扬，不霸道，不摆出一副纪念碑式的架势去统帅城市空间，不去破坏城市空间的和谐。优秀的建筑考虑使用者的需要，以城市的公众利益为追求的目标。”

经过郑时龄团队的设计，多伦路重新恢复了弹格路，充满故事的老房子也修旧如旧，团队新设计的“夕拾钟楼”与整条街浑然一体，又成为L型道路的分割点。1999年10月，充满浓郁文化气息的多伦路文化名人街向中外游客撩开面纱，这里成为一张集名人故居、海上旧里、文博街市、休闲社区为一体的上海名片。

郑时龄后来说：“在上海之前的建设中，我们比较注重经济而忽视文化，经济的发展缺乏底蕴，现在大家都觉得上海的文化有没有认同感已经成为核心问题。过去，我们总是把西方的认同拿来作为我们的认同，这样我们的文化认同也会失落。多伦路唤醒的城市记忆中，包含了郭沫若、鲁迅、叶圣陶、冰心等文化名人，他们都曾经在这一带生活过，走在这条街上，也是城市记忆被唤醒的机会，我想人们即使再过一百年仍然不会忘记他们。”

Xin le lu

新乐路上，写下《红旗颂》

〔人物〕**吕其明**

1930年生，作曲家。主要音乐作品有《红旗颂》《白求恩》《铁道游击队》《霓虹灯下的哨兵》等。

1965年，在新乐路147号5楼朝北的小房间里，刚刚30岁出头的吕其明奋笔疾书。

在他的窗外，是上海旧日法租界的住宅，不远处是热闹的淮海路，充满异域风情的梧桐叶摩挲着，谈笑风生的都市青年在街上走过。但这一切都丝毫不能映入作曲家的眼帘。

他心中涌动的，是千千万万革命烈士鲜血染红的旗帜，是自己的父亲在英勇就义前写下的绝命诗，是自己10岁参加新四军后亲历见证过的战斗场面……短短一周，在新乐路公寓小小的房间里，他写就《红旗颂》。这是他献给父亲的赞歌、烈士的赞歌、红旗的赞歌……而这首曲子也将从这个房间开始，传唱至祖国大江南北。

01

直至上世纪初，新乐路周边，还是人烟稀少，一片沟浜菜地。今淮海中路987弄一带，原称钱家荡（塘）；新乐路还是白茫茫一片宽阔河道，被称作“白洋河”，四周多为坟丘、菜地。居民集资在河上建桥，横跨今新乐路上海首席公馆与圣母大堂之间，取名“沈家木桥”。清光绪二十七年（1901 年）法租界的殖民者越界填荡筑宝昌路（今淮海中路）、善钟路（今常熟路），至 1914 年后这里成为法租界的一部分。1932 年，法租界开始扩张，公董局在此填河筑路，工程一直持续到 1935 年。

新乐路原名亨利路（Le Rue P.Henry），据悉取名于在与义和团一战中丧生的法国海军军官 Paul Henry。短短的小路，曾是流落上海的白俄侨民的汇聚之所，其中新乐路 55 号，正是东正教圣母大堂。

圣母大堂建成于 1936 年 2 月，为典型的拜占庭建筑和俄罗斯东正教教堂风格的建筑，中间顶部为大的半圆穹顶，南侧一幢两层楼房，为神职人员住宅。以此为原点，周边入住大量外侨，也为社区注入“洋派”的生活气息，1934 年起，在原新乐路街道范围内陆续建成新康花园、上方花园等。1937 年抗日战争开始后，豪绅巨贾、达官贵人、帮会头目以及外籍侨民，纷纷涌来这一地段造屋定居。杜月笙、何应钦等在此都曾拥有别墅，一时，这一地带成了繁华的商业地段和中上层人士集聚区。原新乐路街道并不大的范围内，就有花园住宅 252 幢、公寓 52 幢、新式里弄 924 幢、旧式里弄 761 幢、新工房 36 幢。

02

但在 1957 年至 1970 年，入住新乐路的吕其明，感受到

新乐路 55 号，东正教圣母大堂

的不是十里洋场的“洋气”或“小资”，而是艰苦和阴冷。他与家人被分配入住新乐路 147 号 5 楼的公寓房，也是原来外国侨民的公寓。

这是一幢修建于 1930 年代的建筑，房屋内部的设计全然西式。或许因为早年公寓的设计中，附带有锅炉集中供暖，因此就忽视了上海冬日的采光问题。

公寓内部结构设计上，分为一层楼四户人家，两户全北套，两户全南套。当时吕其明一家分到的是全北套公寓，即三间房间的朝向都是面北。而在上个世纪 50 年代，因为物资匮乏等缘故，公寓的锅炉供暖功能又已停用，因此每到冬天，三间小屋终日没有阳光，阴冷异常，晒出去的毛巾滴水结冰。

每年冬季，吕其明在房间内工作谱曲格外辛苦，不仅必须全副武装，把所有的大衣、棉袄都穿上，在室内坐着头戴皮帽子，还要冻得鼻涕直流。1961 年，长期在这种阴冷环境工作的吕其明，因为营养不良和工作辛苦的缘故，罹患哮喘病。但即便如此，他依旧视新乐路为创作生涯的宝地。

1949 年转业到上海电影制片厂后，吕其明的上海足迹，先后经过华山路范园、今上海戏剧学院内“新实验空间”小楼——昔日西餐俱乐部“台尔蒙”内。1951 年赴京工作后，他又于 1955 年回沪，先入住愚园路，后来在 1957 年被安排住到新乐路，一直到 1970 年搬到上海新村，并最终于 1983 年入住江宁大楼至今。

在新乐路的三年岁月，见证了吕其明创作过程的一个高峰期。一批传唱至今、家喻户晓的作品正是在那三间终日不见阳光的朝北房间里，被他以极大的热忱和激情创作出来。

03

1956—1957 年，在新乐路上，吕其明完成了电影音乐作品《铁道游击队》，由他作曲的电影主题曲《弹起我心爱的土琵琶》后来成为全国人民传唱几十年的经典。1958 年，他一年完成了 7 部作品，其中《铁窗烈火》这部电影，正是以 1948 年在上海工人运动中就义的王孝和烈士为原型。在烈士牺牲的土地上，作曲家写作这一部作品，也体现了吕其明对上海城市精神的理解。

上个世纪 60 年代，随着“上海之春”的出现，吕其明几乎每一年都有新作品通过这一平台问世。1960 年到 1966 年，他完成的电影音乐作品有《六十年代第一春》《红日》《霓虹灯下的哨兵》《白求恩大夫》《大庆战歌》等。为了写出大庆油田中石油工人的奋战精神，他还去黑龙江实地下生活，住在草原的地窝子里，用原油燃烧的小炉子取暖，目睹工人为祖国献石油的澎湃激情，他为能参与这伟大的时代而自豪。

那时，上海音乐家协会党组是“上海之春”的权威领导机构，由贺绿汀、丁善德、孟波、黄贻钧、钟望阳、瞿维和吕其明组成。1965 年 2 月，上海音协党组在研究各单位报上来的作品时，老前辈们建议让吕其明赶写一部作品，黄贻钧建议，曲名就定为《红旗颂》。在兴奋和激动中，吕其明接受了这一艰巨的创作任务。“当时，我对歌颂伟大祖国的作品向往已久。但题材太大，不敢轻举妄动。如果不是‘上海之春’，没有老前辈们推一把，就可能没有了《红旗颂》。”吕其明后来曾这么说。

《红旗颂》以红旗为主题，描绘了1949年10月1日中华人民共和国成立时第一面五星红旗升起的情景。同样，它以宏伟庄严的歌唱性的旋律，表现了中国人民在红旗的指引下奋发向上的英勇革命气概。而在战火中成长的吕其明对红旗的感情，更是比别人深厚。

刚满10岁，吕其明就随父去淮南抗日根据地参加新四军，先后在二师抗敌剧团、七师文工团、华东军区文工团任团员。1945年9月抗战胜利后，新四军全部由皖江地区向山东撤离，曾担任安徽无为县抗日民主政府县长的共产党员父亲吕惠生由于叛徒出卖，身份暴露，不幸被捕，同年11月就义时年仅43岁。牺牲前，吕惠生在狱中写下绝命诗："忍看山河碎？愿将赤血流。烟尘开敌后，扰攘展民猷。八载坚心志，忠贞为国酬。且喜天破晓，竟死我何求！"

这一年吕其明15岁，他加入共产党，决定接过父辈们竖立起的信仰旗帜。当想到先烈在红旗指引下战斗的场面，和1949年在开国大典上升起的第一面五星红旗的情景，无数往事涌上心头，在上海公寓的书桌上，吕其明选择单主题贯穿发展的三部结构，短短一周写就《红旗颂》。

《红旗颂》创作出来后，首先在上海电影乐团排练厅里试奏。后来经过前辈建议，《红旗颂》从15分钟删减成9分多钟，更精炼流畅。1965年5月，第六届"上海之春"开幕式上，《红旗颂》由著名指挥家陈传熙指挥，上海交响乐团、上海电影乐团和上海管乐团联合首演。嘹亮小号奏出以《义勇军进行曲》为素材的号角音调及主题音乐。紧接着，双簧管奏出深情旋律。中间的颂歌主题变成铿锵有力的进行曲。第三部分是主题再现，表现亿万人民尽情歌颂的情绪。尾声的号角雄伟嘹亮、催人奋进。台下的吕其明心潮澎湃。

在新乐路，吕其明埋头创作，后来又谱写了一大批作品，同时，1959 年到 1965 年期间他带职在上海音乐学院作曲系深造，攻读本科，学习了五年作曲、两年指挥。

从洋派的新乐路，到上音所在小资的汾阳路，再到热闹的淮海路，住在这里的几年中，吕其明坦言一次也没逛街购物过。沿路风景对吕其明并无意义。那几年除了工作就是不舍昼夜地埋头创作，家里没有聚会，少有访客。在吕其明的印象里，几乎所有的同事在那样一个火热的年代，都以极高的热情投入时代的建设。在上海漫长的冬天里，他裹着棉袄创作不止，哮喘病发。最后因为身体原因，吕其明一家被安排到上海新村居住。回首新乐路的岁月，他感叹自己在那里度过了人生一个“如痴如醉的创作高峰”。而诞生于那间朝北屋子里的音乐，也曾陪伴几代中国人，成为人们共同拥有的红色旋律记忆。

中国福利会少年宫，被称为“大理石大厦”

中福会少年宫里
安放着的童真

〔人物〕**张济顺**

1949 年生，华东师范大学思勉人文高等研究院教授，曾任华东师范大学党委书记。主要从事中国近现代史、上海史研究与教学。

1959 年，张济顺 10 岁，中福会少年宫 6 岁。在延安西路 64 号的院子内，一个少年和一座少年的家园，在新生的城市中相遇。

即便已过去了近一个甲子，张济顺也不能忘记初见这幢恢弘建筑时内心的震撼，一切就如屋名——好一个富丽堂皇的宫殿。在这“宫殿”里度过的岁月，从此在张济顺的心里，也在无数青少年心里，留下难以磨灭的印记。

01

19 世纪 60 年代，英籍犹太人埃黎斯 · 嘉道理到上海经商，由于经营得法，到了 1863 年，他已经成为上海煤气公司老板和五六十家工厂的大股东，其子也来沪协助父亲。经过数十年的奋斗，嘉道理家族在地产、电力、煤气、建筑、橡胶等行业获得巨大成功，老嘉道理本人成为上海犹太总会会长，并在上海捐建了多所学校和医院，成为与沙逊、哈同齐名的犹太大亨。

老嘉道理原先的住所毁于一场火灾，妻子也不幸在火灾中罹难。为此，他委托朋友为他另外寻地建房，但朋友却将钱财挥霍一空。老嘉道理最终委托英商马海洋行斯金生建筑师，在今延安西路64号设计居所，1924年初竣工，1929年又加建一层，至1931年全部建成。这一欧式皇宫式样的大楼，仿巴洛克风格，内部装饰极尽奢华，占地约一万五千平方米，耗银一百万两。

建筑楼下为舞厅、餐厅、会客室、休息室、娱乐室等，楼上为卧室，有浴室6间。大厅穹顶垂下水晶吊灯，室内多用金箔贴饰，因此视觉效果华美异常。因为室内多用大理石砌筑，楼梯、壁炉、浴室及石壁上的雕刻均用大理石制作，据说这些大理石都是专船从意大利购得，价格不菲，因此人们又称其“大理石大厦”。

可就在嘉道理家族入住大理石大厦不久，二战开始，大量欧洲犹太人逃难至上海。嘉道理家族在沪积极发起组织救援，一时之间，上海所有的犹太社团和社会救济组织都云集在大理石大厦，决定建立“上海援助欧洲难民委员会”联合帮助难民。嘉道理家族还出资创办了上海犹太青年学校，专门招收欧洲犹太难民的子女。然而，随着1941年日本人进入上海租界，老嘉道理被关入闸北集中营，1944年在贫病之中受尽折磨而死，家族财产也全部被日本人掠夺，大理石大厦被日军当做军事指挥机构。

直到1945年8月，日军投降，第一批登陆上海的美军与老嘉道理的两个儿子取得了联系，困居大厦内的两兄弟兴奋之余，当夜打开大厦所有的电灯，欢庆战争结束。不久，这里就成了美国、澳大利亚和英国军人的活动中心。1949年后，嘉道理家族结束了在上海的业务，致力于在香港发展。

1953年儿童节前夕，在宋庆龄的建议下，大理石大厦被改作中国福利会少年宫。从此，这幢见证过上海犹太家族风云变幻的私邸，开始为城中千千万万的红领巾服务。

02

红领巾与少年儿童队，是中华人民共和国成立后孩子们获得的新称呼和新身份。资料显示，当时全称还是“上海少年儿童队”的组织在1949年年底建队。到1952年4月底，上海的少年儿童队已在613个学校中建立了队部。当时全市队员共96769人，其中中学生27547人，小学生69222人。

在一切向苏联学习的年代，上海也参考苏联城市建设少年宫的经验，将城市里最好的一批建筑供给孩子们做活动场所。1953年5月起，中福会少年宫即成立了19个小组，共计组员600人，分为生物、理工、化工、航模、美术、音乐、舞蹈、文学等8种。少年宫的图书馆里共有图书44000册，每天约有800人到这里进行活动。到了1953年8月，在中国新民主主义青年团第二次全国代表大会上，“中国少年儿童队”改名为“中国少年先锋队”。

1959年，在复兴中路第二小学，上小学三年级的中国少年先锋队队员张济顺，因为口齿伶俐、从不怯场，被学校推荐到徐汇区少年宫参加一次活动。她在台上落落大方的表现，吸引了台下一名中福会少年宫老师的注意。这名老师事后建议张济顺的老师，“推荐这个小孩来延安西路 64 号试试吧。”

1959 年暑假，张济顺第一次来到中福会少年宫，开朗聪敏的她很轻松就通过招考，被分入戏剧队。从此之后的 5 年时光里，每周一次，她都会到这座恢弘的“宫殿”报到，来自东海舰队文工团的退役军人和来自上海戏剧学院的专业老师会为孩子们上戏剧课。

03

能参加中福会少年宫的活动，对当时的孩子们来说已经是一种荣誉。而这荣誉中的荣誉，是在外宾到访时，成为代表小伙伴发言的“小主席”，或者献花和献红领巾的少年。

1960 年 9 月 14 日下午，时任几内亚共和国总统塞古 · 杜尔在周恩来总理的陪同下访问了中福会少年宫。在 1000 多名参加欢迎式的小朋友中，张济顺被选去献红领巾。

为了出席这样的正式场合，张济顺当天穿上了白色大圆领双绉真丝衬衫，着红色背带裙，化了淡妆，一对大辫子上扎了大蝴蝶结。献红领巾的一对少先队员事先被告知：男孩给周总理献，女孩给杜尔总统献。张济顺手捧红领巾，内心却十分羡慕男同学，“为什么不让我给周总理献呢？”

在同学们奏响的鼓乐声中，宾客们进来了，这是张济顺一生中最接近周总理的时刻。眼前穿着灰米色中山装的总理十分可亲，毫无架子地拍拍两个孩子的脑袋，问：几岁了？

读几年级？“那双浓眉，还有炯炯有神的眼睛，真是令人印象深刻。”多年后，当张济顺读到“扬眉剑出鞘”词句时，脑海中立即浮现的，就是她少年时见过的周总理。

04

虽然在童话般的地方学习知识，但在上个世纪五六十年代，外界的风云变幻依旧侵漫进“宫殿”，潜移默化地影响着其中的孩子们。

比如儿童们在排练话剧时，话剧的题材内容就紧扣战备时代特征。张济顺表演过的儿童剧中，包括讲述在金门和台湾特务斗争题材的《英雄小八路》，也有《最后一颗手榴弹》等。因为咬字清晰，张济顺和同学们还被邀请去市作协，朗诵作家和诗人为“反美”主题撰写的诗歌。

在与苏联关系融洽的日子里，常常有苏联儿童到少年宫交流。几乎每一个在少年宫学习的上海孩子，都结对一名苏联笔友。张济顺也曾和一名莫斯科男孩通信多年。男孩书信里描述苏联生活，还常常寄来印有苏联风景的明信片，这曾是当时一代人憧憬的生活范本，张济顺也深信“莫斯科的今天就是我们的明天”。然而随着当时中苏关系交恶，通信中断，后来张济顺销毁了所有的信件，这一段生发于少年宫的纯真友谊，不曾在大时代中幸免。

1964 年，到了退队年纪的张济顺结束了在少年宫的活动，但几年后“文革”中的一天，她忽然又被要求去少年宫“揭发曾经任课的老师”。被吓呆的孩子什么也没有说。但就在那天，离开少年宫前无意瞥到的景象，让张济顺永远记得：那是在大厦的浴室里，竟然有满满一浴缸被丢弃的小提琴。这是她第一次感到，大理石大厦的石壁，原来会泛出阵阵寒意。她并不知道，5 年后她就要去吉林下乡插队，从此与上海一别多年。

2003 年，中福会少年宫建宫 50 周年时，张济顺回宫参加庆祝活动。时隔多年又站在这幢恢弘的建筑中，她惊奇地发现，房子还是那幢房子，“但却不似记忆中那样大了”。

也许因为自己经历得太多，回头看这承载过童年美好时光的地方，大理石大厦，竟显得小了。

汾阳路 150 号：站在画院外的少年

〔人物〕**施大畏**

1950 年生，上海市文联主席，上海中国画院院长。

夹道梧桐，一片金黄。深秋时节的汾阳路，美丽之中略带感伤。施大畏至今还很喜欢在这个季节走过此路，踩到梧桐落叶时，脚下“咔擦咔擦”脆响。对他来说，这金色就是汾阳路的颜色，这脆响就是汾阳路的声响。

汾阳路 150 号，在今日许多游客眼里，是一家餐饮企业；在许多老上海的回忆里，是白崇禧的故居。但在施大畏眼里，那里过去是，也永远是他心中的绘画启蒙地——1960 年 6 月 20 日，上海中国画院正是在这里宣告成立。

01

位于原法租界的汾阳路，于 1902 年因法租界越界筑路而生，原名毕勋路，得名于法国驻华公使。1943 年汪精卫政府以山西省地名改为“汾阳”。全长 815 米的道路，北起淮海中路，南至岳阳路，高档花园别墅聚集于此。

汾阳路 150 号的洋房与这条道路几乎同龄。

1919 年左右，法籍冒险家司比尔门在沪大发横财后，起建法国古典主义建筑风格私家花园。总共有三层高的洋房建筑形体为方形和椭圆形结合，自东墙下直上二楼阳台有一条螺旋形大理石楼梯，南立面底层由 8 个台阶跃上统长露天平台，中间为宽敞的爱奥尼克柱式的大门廊。

从外部看，白色立面的建筑犹如一架优雅的白色钢琴，雍容典雅。抗战胜利后，白崇禧入住这里，因为房子白，主人又姓白，人们开始称其为“白公馆”。1987 年春，白崇禧之子、著名作家白先勇访沪时还曾旧地重游，步入白公馆舞厅，回忆往昔居住其中的岁月。

02

1949 年后的“白公馆”，迎来新的使命。

1956 年，根据国务院指示，上海成立“上海中国画院筹备委员会”，1959 年 9 月，筹委会的画家们入住汾阳路 150 号。

翌年 6 月 20 日，正是在这个花园别墅内，上海中国画院正式成立。首任院长丰子恺，副院长王个簃、贺天健、汤增桐。首批受聘的画师 69 名，包括张聿光、朱屺瞻、吴湖帆、钱瘦铁、张大壮、江寒汀、来楚生、陆抑非、陆俨少、应野平、唐云、谢稚柳、程十发等海派名家纷纷到此办公。同年 10 月，邱陶峰、陆一飞、吴玉梅、汪大文、毛国伦等青年画家调入画院。

在这些青年画家的回忆文章里，当时的“白公馆”不啻为创作的天堂。幽静的洋房里，青年们在前辈大师的指引下每天自愿加班到夜晚，创作热情高涨。就在这一年，画院曾创下全院动员分5组深入上海各乡各厂，回来后13天创作作品75件的纪录。

然而好景不长，“十年浩劫”即将开始。

1966年，风雨欲来前夕，一个学画不久的少年怯生生地站在了汾阳路150号大门外，他踮起脚按门铃，朝圣一般透过门缝打量着院内的“圣殿”。门房开了门，少年告知来意，他来这里拜会自己的老师毛国伦。门开了，当时才16岁的施大畏诚惶诚恐地进入院子，也就此步入了上海中国画院的天地。

03

对16岁的施大畏来说，眼前这些穿着中式衣服、背着双手，沿着院内小溪一边散步一边观看水中金鱼的老先生们，真是神仙一样的存在。

当时“白公馆”的花园里有一架暖棚，不少画师就蹲在暖棚里对着花卉写生。暖棚边上有一间裱画室，施大畏曾斗胆走入其中，惊讶地看见屋内高台上堆满了画家们刚刚绘制的作品。每当画师和裱画师一起完成一幅作品的装裱后，将之挂起展示的瞬间，是屋内喜悦的巅峰，似乎整个空间都被这幅作品点亮了。纸卷散发的光彩夺目，叫少年不能挪开眼睛。他站在角落分享着这还不属于他的喜悦，心生极大向往“我也要成为其中一员”。于是，每天上午，带上母亲做的馒头等干粮，他就风雨无阻从南市家里出门，步行三刻钟到汾阳路，然后一待就是一天，认真跟着老师学习。

然而 1966 年下半年，画院的业务悉数停止。施大畏再次进入别墅时，惊见美丽的小溪已经被大字报专栏围住、暖棚和裱画室也被批判专栏隔开，散步的老先生们都被作为“反动学术权威”遭遇批斗。昔日娴雅幽静的艺术氛围荡然无存，取而代之的是人人自危的斗争环境。

在去别墅三楼寻找自己老师的途中，施大畏不经意看见“白公馆”原本豪华洋派的客厅里，堆满了所谓的“文化垃圾”。他悄悄走过去，抽出来看时，这些“垃圾”竟然全是程十发、朱屺瞻等大师的作品。一屋子的瑰宝杰作就被当做废弃品堆满了整个房间，叫他愕然，也叫他沉默。他细细观摩着这些“垃圾”，心里明白这是自己学习的机会。

陈巨来曾记录过，他在 1967 年、1968 年间曾与丰子恺一起在汾阳路的画院里扫街。别墅花园大，冬季落叶满地，两人负责将叶片聚集后全部丢入一个大泥坑中焚化，一起观看火光。在无人时，二人相对默默，各踞小石坐下，取香烟狂吸，各自坦然。在特殊年代，老一辈的画家们被贬受辱，不能泼墨挥毫，因此遇到真心喜欢艺术的孩子，即愿倾囊相授。施大畏至今记得，他将自己的绘画带去画院，谢之光等老先生们略略添上几笔后，整幅画面“死灰复燃”般的神奇。

对这幢楼里的画师们，他依旧高山仰止地仰望着。

1967 年，工宣队进驻画院，大师们的日子更为难过。此时被分配到上海第二建筑工程公司 206 工程队当油漆工的施大畏，还是时不时跑来这个院子。虽然亲眼目睹大师们获罪，却不能动摇他对绘画的向往。在那个被扭曲的时代里，他帮着临摹大师的作品以作为批判时使用的材料。但就在这特殊的临摹过程里，他一边画，一边拼命从中揣摩学习。

1971年，画院的画师们分批到奉贤“五七干校”参加劳动。密集的运动开始了，在这样艰难的夹缝中，画家只要一拿起笔，还是本能地去创作。已经参加工作的施大畏记得，有一次当他到达别墅三楼时，看见刚刚下放劳动回来的画师们齐聚一堂，各自伏案。房间四壁，挂满了画家带回的农民速写、工人速写和山川矿厂的写生。墙上还挂着鲁迅的肖像和警句。风暴之中，眼前热火朝天的创作景象令人欲泣。

04

1974年，画院搬迁至岳阳路安下新家。1978年，在“文革”中受到冲击的38位画师经复查全部得到平反，同年举办了“贺天健、来楚生、谢之光遗作展”。1979年1月，画院在上海美术展览馆举办“迎春画展”，画家们终于迎来了春天。

1980年，施大畏连环画作品《朱德同志在井冈山》由上海人民美术出版社出版。同年，他和韩硕的作品《我要向毛主席报告》在第二届全国青年美展上荣获二等奖。1986年，施大畏正式调入画院。他完成了一个16岁站在门外时连做梦也不敢去想的事，他终于以一个画师的身份走进了这幢别墅。

从岳阳路到汾阳路距离不远，进入上个世纪90年代，有时午休时分，当时已经当上上海中国画院院长的施大畏，散步时又会不知不觉回到汾阳路。站在已经付于商业用途的“白公馆”前，他感慨万千。那些绕着小溪散步的前辈画家都已经不在，小楼也有了新的用途。似乎是过去的一页已经翻过，但在那里发生的故事，那些如琢如磨的杰作，那一位位画家不熄不灭的精神，伴随着中国画的发展，一直延续于城市的文脉之中。

上海音乐厅，摇篮亦故乡

〔人物〕**张国勇**

1958 年生于上海。指挥家，上海音乐学院作曲指挥系教授。中国音乐家协会副主席，上海音乐家协会副主席。

15 岁的那年，张国勇把同学弄丢了。

那天，上音附中的同学们按计划一起去上海音乐厅看俞丽拿的演出。散场后，师生集体回中学，却发现一个绰号“黄毛”的学小提琴的男生不见了。上海之大，他究竟会去哪里呢？

作为学生会干部，张国勇吓得连夜和老师们在全上海找同学。直至清晨来临，焦虑到快崩溃的张国勇才得到消息：“黄毛”找到了。这个男同学在上海音乐厅看演出时睡着了，谁也没有发觉，他就此在音乐厅过了一夜。44 年之后，年近耳顺的张国勇想起这个夜晚，才觉得如一个隐喻——那一年，这群在音乐世界初出茅庐的少年，曾在这座美丽的建筑物里迷失了。

而此后，这群同学少年中凡是立志与音乐结缘的，都再也绕不开上海音乐厅。如一个起点、一个摇篮，也像是一个必然要回去的故乡。这是全国第一座音乐厅，也是无数爱乐人的殿堂。

音乐的“圣殿”

01

不过，在 1930 年 3 月 26 日诞生伊始，这座建筑并非为音乐而生。它最初的名字，是南京大戏院。

资料显示：1929 年，社会名流何挺然名下的联怡公司向潮州同乡会会馆租地，在八仙桥爱多亚路 523 号（后改名延安东路）投资建造南京大戏院，邀请第一代留洋归来的华人设计师范文照主持设计。戏院采用钢筋混凝土结构，观众厅上下两层，整体建筑是西方古典风格，建成之初，有 1540 个座位，一揭幕即成为当时最豪华的影院之一。

南京大戏院是上海第一座由中国建筑设计师设计建造的西方古典风格建筑。内部淡雅的蓝色墙面，古典的柱子与券门配合得比例匀称，穿堂大部分用大理石和人造石。由于建厅前后适逢电影从默片向有声电影过渡时期，南京大戏院注重配音和配乐的效果，其墙壁和柱子由美国西电公司特殊设计，以烘托音效。就在南京大戏院建成启幕当天，放映的是美国歌舞片《百老汇》。

尽管南京大戏院建厅之初主要是放映电影，但也一直伴有其他艺术形式的表演。当时，上海唯一的西洋音乐专业演出团体——工部局交响乐团在南京大戏院有史可考的演出最早是在 1932 年，其后，工部局的夏季音乐会成为“南京”的固定演出。此外，舞台剧和地方戏也曾在早期的南京大戏院占有一席之地。抗战胜利后，大型音乐剧《孟姜女》曾在此作一周的公演。南京大戏院更有 1946 年梅兰芳先生率团连演 13 天的盛况。

1950 年，随着时代的更迭，这里更名为北京电影院。1959 年，就在张国勇出生翌年，这座建筑更名为上海音乐厅，从此，这座建筑的属性被固定下来。这里成为全国第一座音乐厅，并作为上海音乐活动的中心至今。历届“上海之春”音乐节、国际广播音乐节都以此为中心场所。著名的小提琴家郑京和，大提琴家马友友，钢琴家拉罗查、傅聪、殷承宗，巴伐利亚广播交响乐团、慕尼黑爱乐乐团等都在此表演过。

不过在 2002 年 9 月 1 日，上海音乐厅这位当时已过古稀的“老者”还进行了一次大冒险——在这一年的 12 月 16 日至 2003 年 6 月 17 日，音乐厅向东南方向移动了 66.46 米，并抬高 3.38 米，抵达新址。

这一番旧貌换新址后，音乐厅也进行了一次修缮扩建，内外部墙面颜色也清洗恢复到建厅原貌。舞台深度加大一倍，新建南厅和西厅，增加演员休息室等。重新开业后的上海音乐厅定位进一步明确，以高品质的古典音乐演出为主。

02

张国勇的音乐人生也与上海音乐厅彼此照应。

在上音附中读书的日子，同学们当时住在上海中学的宿舍，每三到四周，就集体坐卡车到上海音乐厅来观看演出。这座殿堂对少年们的震慑难以用语言形容。1983 年，张国勇从大学毕业，他人生第一场正式执棒的音乐会，也正是在上海音乐厅举行。

张国勇记得，那时场次安排紧，为了给年轻人机会，老指挥家黄贻钧特意让出了自己的场次，让年轻的张国勇和他的同学林友声演出。第一次亮相，张国勇指挥上海交响乐团演出的是贝多芬《第五交响曲》第一乐章和柴可夫斯基《第六交响曲》第四乐章。乐团里不成文的传统，老乐手们会故意为难年轻的新指挥家。为了贝多芬《第五交响曲》第一乐章中的一个弓法问题，“不知深浅”的张国勇要乐手们修改弓法，结果遭到一致反对，尴尬到几乎下不了台，给了初出茅庐的张国勇好一个“下马威”。

然而三年后的1986年，在上海举办的第二届全国指挥选拔赛上，乐团的老乐手们又变得极为可爱。原来，第一届比赛在京举办，上海籍的青年指挥家几乎全军覆没。第二届大赛移师上海，让沪籍指挥家们摩拳擦掌，莫不想一雪前耻。平日处处刁难青年指挥家的老乐手们此刻亦“同仇敌忾”。

那次演出，张国勇指挥了门德尔松的《芬格尔山洞序曲》、莫扎特《第三十九交响曲》和罗西尼的《塞维利亚理发师序曲》。有了老乐手们超级默契配合的演出，在上海音乐厅，张国勇一举捧得这一年指挥比赛一等奖的奖杯。

03

之后的求学之路上，张国勇去了很多城市，也见到了许多比上海音乐厅更大、更棒、声效更佳的演出场所，但那个淡蓝色舞台在他心中的位置，依旧不可替代。

1997年3月14日，从莫斯科音乐学院攻读完博士学位归来的张国勇回沪亮相，为上海首次献上肖斯塔科维奇的《第七交响曲》（“列宁格勒”）和贝多芬的《第一钢琴协奏曲》。如同向自己的启蒙老师汇报，张国勇又一次站在上海音乐厅的舞台上。

不过这次演出却也有趣，先是小号首席在演出日上午前来走台的途中，驾驶摩托车撞到路边行道树受伤，导致无法上台。原定乐队中应有三位小号手，最后却只有两位小号手上场。到了演出当晚，张国勇携子张橹一同登台，才满10岁的男孩正在弹贝多芬《第一钢琴协奏曲》时，忽然上海音乐厅舞台上方的一盏灯爆炸了，“轰”的一声让大家吓了一跳。事后，小提琴首席告诉张国勇“我差点连琴也掉了”。但张国勇瞥向儿子时，却见男孩临危不惧。

演出结束后，记者们涌到后台问张橹何以如此淡定，大家期待着男孩提供一些诸如“我沉浸在贝多芬的世界里忘记外界干扰”的“高大上”答案。孰料可爱的小男孩一语道破真相，叫大家哭笑不得——

“因为平时我练琴时，妈妈在我耳边的吼声比这响。所以不算什么咧。”

时光飞逝，对张国勇来说，从自己少年时来这里听演出，到第一次在这里亮相，再到带着自己的儿子来这里登台演出，“圣殿”已经从高不可攀变得亲切如故交。这是一个音乐人和上海音乐厅的故事，而这座建筑，也见证无数申城市民爱乐的热情。

2008年6月29日，上海为表达对四川地震灾区民众守望相助的心意，张国勇执棒上海歌剧院交响乐团、上海歌剧院全声乐阵容献演现代中国大型音乐作品的典范之作《黄河大合唱》。作为上海历史最悠久的市民普及音乐会品牌——“星期广播音乐会”内容之一，这一场演出不仅在音乐厅举办，也随着电视电台转播为无数市民共享。

即便过去近10年，张国勇也记得“那一刻，场内千人合唱的震撼”。音乐厅的建筑或许会随时光老旧，进进出出音乐厅的人或许会老去，但在这个空间里，关于音乐的初心却一直纯粹。

我在南市区学画画

〔人物〕**汪涌豪**

1962 年生，上海市文艺评论家协会主席，复旦大学中文系教授。

在他印象里，父母几乎没有抱过他。

但这也怪不得家长。1960 年代的上海，物资匮乏，生计艰难。做父母的，只能勉力喂饱六个子女，此外实在无暇精细教养。他是最小的那个、最不起眼的那个，身量瘦小，弱不禁风，既不会打架，也不擅游戏。凡是能让一个男孩在伙伴面前立威的玩意儿他统统不会。但他却找到了自己的一方天地。

在离家不远的中华路 629 号老南市区少年宫里，他第一次拿起了画笔。如同面对一片喧嚣时，忽然有人按下了静音键，整个世界安静了。眼前所有的场景都有了意义。汪涌豪感念那个瞬间，即便如今他以文章立身，但他却从未忘记童年故土给予他的这支画笔——那画笔给他的力量和温暖，是他一生自信的起点。

01

从小学一年级到六年级，汪涌豪所有的课余时间，基本都在老南市区少年宫绘画班度过。汪涌豪至今记得，在绘画班，开蒙第一节课上，老师就这么告诉学生们：“阿拉南市区，从来就是画画的。只有你们不用功（学不会画画），没有学不出的道理。”

许多年后，在从事文艺评论后，汪涌豪去翻阅材料，才真正明白这句话背后的含义——在清朝末年、民国初年，随着上海地区工商业和金融贸易的迅速兴盛，海派书画家群体在沪崛起。其中，以张子祥、任熊、任熏、胡公寿、任伯年、虚谷、蒲华、吴昌硕等为代表的第一代海派书画家群体均在老南市地区留下足迹。

何以老南市区成为当时全中国书画名家聚集所在？其一，是因为上海商业繁荣带动了笺扇庄云集。“笺扇庄”，从字面上理解，是贩售扇面和信笺的店，但同时这些店也经营时人书画，甚至还有驻店的书画家。将绘画寄挂于笺扇庄待价而沽，成为外埠到沪画家能否立足上海滩的敲门砖。

而基于老城厢和豫园地区，又聚集起一批避乱的文人雅士，他们在解决基本生存问题之后，又以传递传统士大夫精神为己任。早在清代宣统元年（1909 年），200 多名书画界人士就在老南市区的得月楼笺扇庄创建了旨在发展社会慈善事业的“豫园书画善会”。这一慈善团体由海派书画家姚鸿、汪琨、杨逸等人发起，著名画家黄宾虹、吴昌硕参与。此后这一书画善会坚持活动时间近 40 年。面对战乱频仍的故土、目睹流离失所的难民，会员画家们发愿“集收润笔之资，尽作赈饥之用”。

在老南市区，还留存有海派画坛名家王震（一亭）的旧宅——梓园。梓园位于老城厢乔家路 113 号，为传统中式园林，与徐光启故居相距不过百米。自幼来沪打工的王一亭自身经历就如一个“上海梦”。正是在这个充满机遇的城市，他实现了从白手起家，到立足画坛，又到富甲一方。在巨资购得此园后，他将西式的骑门楼、罗马柱浮雕、日式菱形瓦和中式明清园林审美趣味都汇聚在了梓园中。

由于王一亭的缘故，梓园成为当时书画名人雅客聚会的场所，他在园中还养了白鹤，供画家们写生之用。名家吴昌硕还专门为梓园题额。1922 年，王一亭还在梓园接待了初次到沪的爱因斯坦夫妇。这一切，都使得这幢建筑一如当时南市区的某种缩影——既是上海旧时文明的中心，也不断受到外面租界文化的影响和浸润。

02

出生于上个世纪 60 年代的汪涌豪，自是“余生也晚”。他未曾见证老南市区作为上海书画重镇的盛况。但少年宫里老师笃定的传道、授业、解惑以及对“南市血统”的自信，也使少年汪涌豪慢慢相信，作为一个南市区的孩子，学习绘画似乎是一件命中注定的事情。

学画是枯燥的，但也是充满乐趣的。当时，老南市区少年宫还未搬去文庙，而是在中华路。在一大片操场的左侧有一幢三层高的楼，底楼是电影院，二楼和三楼是各种兴趣班。有时学画的孩子们耐不住寂寞，乘老师不备偷偷溜下楼去看电影。往往偷看电影正起劲时，被老师捉住上楼，然后被罚多画几幅素描。

汪涌豪记得，为了写生，他们跟着老师转遍了几乎整个南市区。九曲桥、豫园、老城厢，那些一砖一木他们画过一次又一次。一次小学三年级的汪涌豪跟随老师去四川路桥写生，为了在画邮政大楼时能取得更好的视角，他不小心从桥上跌落进苏州河，几乎搭上性命，所幸最后被好心的船家救起。

操劳忙碌的父母无力给汪涌豪任何支持。汪涌豪就自己攒钱买绘画用的炭精笔和画纸，每每经过冠生园、乔家栅等店，别的孩子眼馋里面的糖果零食，汪涌豪却抵住诱惑，只一心要买画具。待捧着画纸和画笔回家后，他的一众兄弟姐妹和左邻右舍就是他天然的模特儿，把一张张脸画过去，就是他最满足的时刻。众人总是围拢过来，夸汪涌豪画得好、画得像，这些朴素的赞美成了支持汪涌豪坚持下去的动力。

03

在那贫瘠的年代，学习美术，给了这个瘦弱的男孩重新打量世界的一双眼睛，也给了他一双发现自我力量的钥匙。艺术本身让人脱离眼前的琐碎和局限，触摸到更深远的精神世界。

在南市区少年宫绘画班最后的日子里，由于表现出色，他被选拔入上海市少年宫学习。当时只有两名学生获此殊荣。但是，原先在区少年宫学习是免费的，去市少年宫学习要交86 元学杂费。拮据的父母闻讯后，马上表示了反对。

而汪涌豪也有自己的心结。在老南市区，他对自己当时的绘画水平沾沾自喜，但来到市少年宫，和来自“上只角”

地区艺术世家的子弟一比时，自己的画作又实在算不上什么了。这相形见绌的滋味，也叫这少年不好受了。

在“上只角”代表的现代城市文明面前，老南市区这个曾经的上海文化中心却显得落后陈旧如在边缘了。这种由区域划分带来的文化背景上的微妙差异，只有身处其中的上海人可意会。

而汪涌豪最终也离开了这里，去求学、去出国，几经辗转后他又住回离老南市区不远的地方。但童年的住宅和学校，却再也没有去过。等到再次寻去时，童年的住宅和学校都已经成为崭新的商业楼盘。

那曾经不计成本、一心教育学生的绘画老师已经消失人海。那曾经被自己视若珍宝的南市区少年宫出版的画册也已经难觅踪迹。那些童年一起学画的小伙伴们也各自有了各自的人生。

日后，当汪涌豪靠着绘广告牌为自己赚学费时，当他画油画装饰别人的新房时，当他在大学里用自己的作品装饰迎春橱窗时，总有一根线会把他牵回去。画笔，过去是，也永远是他进入童年和那段老南市区时光的一扇暗门。

很多年后，在遥远的海外，当汪涌豪带着儿女在西方的美术馆，站在一幅油画的真迹前时，汪涌豪也总是会想起自己幼年学画时，在粗糙的印刷品上初见此画的情景。那是在物质贫瘠、父母忽视的童年里，在老城厢嘈杂的市井之声中，曾经如灯塔一般温暖过他、指引过他的东西。

含着热泪走进绍兴路 9 号

〔人物〕**岳美缇**

生于 1941 年，上海昆剧团国家一级演员，上海戏曲学校首届昆剧班毕业，工小生。

1978 年，城市百废待兴。这一年除夕，一个消息传到医疗器材厂检验工岳美缇耳朵里：上海昆剧团要恢复了，昔日的昆剧演员可以重新演出了！

此时，距离岳美缇从戏校毕业已经整整 17 年。17 年间，历经下放、劳动、做工、结婚、生子，她每一天都在说服自己这辈子再也不碰昆剧，就做一个安分守己的工人，每一天都在说服自己把青春少艾时的理想都抛弃。但这个消息一传来，17 年的心理建设轰然倒塌，她内心澎湃起伏——自己原来是多么想念关于昆剧的一切。

终于，她站在了绍兴路 9 号的小楼前，一切是真的。上海昆剧团将在这里重建，昔日恩师俞振飞将出任团长。望向小楼的这一眼，让岳美缇再也不想离开。

01

绍兴路 9 号，是一幢三层楼现代建筑，建于 1930 年代。绍兴路旧名“爱麦虞限路”，如今在上昆团部门口，还有块大理石牌上写“爱麦虞限路 9 号宅”。这幢屋子原属法国警察俱乐部，内设舞厅、剧院、咖啡室、吸烟室，供法国公董局的警察及其家属消遣。

根据其最初的使用功能，这幢建筑外部显得颇为低调，但内部精致华美。凡是进入这幢建筑物的人都难以忘记，沿着长长楼梯而上时，可见边上装饰的彩色玻璃、彩格窗户、石膏条纹，还有大楼内部带有简洁纹路的大理石地板。

短短一条绍兴路，东起瑞金二路，西至陕西南路，只有 480 米长，却沿路囊括了沪上多家艺术单位、出版社，幽静的街头散发着浓郁的文艺气息，也积淀着历史的痕迹。这里，今日上海文艺出版总社于绍兴路 7 号的位置，也是上世纪 30 年代出版《学艺杂志》《电子与量子》《胶质化学概要》《遗传与环境》等科技书籍的中华学艺社旧址。如今成为上昆所在的绍兴路 9 号，也是曾经见证周信芳等京剧名家练功的上海京剧院旧址。

不过，当 1978 年岳美缇和同事们走进这幢大楼时，这里的一切都和华美精致相去甚远，经过多年动荡失修，昔日的建筑内部早已隔断混乱，环境脏乱差。所幸二楼昔日法国警察的舞厅气派尚在，这里成为昆剧演员的练功场所。劫后相会，能再排戏，且有了安定的家园，眼前的一切已经让大家倍感珍惜。昔日分别时还都是风华正茂的昆大班同学，重逢时都已经人到中年，没有谁比他们更热爱这幢屋子：流逝的青春和艺术的梦想，要在这里追回来。

幽静的绍兴路散发着浓郁的文艺气息

02

岳美缇是含着热泪走进绍兴路9号的。

十几年后，再次听到熟悉的音乐在耳畔响起时，她才发觉，自己已在等待中，从一个神采飞扬的小青年，成了“腰圆膀粗”的中年妇女。她恼恨自己不注意保养体态和健康，担心自己还能上舞台吗？还能演翩翩小生吗？

少年学艺时，作为唯一的女小生，她在男生面前也不示弱。岳美缇在演《白蛇传》中许仙见白娘子酒后变成白蛇吓得昏死过去时，要摔一个直挺挺后倒的“僵尸”。当时男生一个个都能摔，岳美缇壮着胆，头昏过几次也就练出来了。一天演出，她不小心挫伤了右肩，肿得很厉害，翌日膀子都抬不起来，晚上演出时，凭着一股子勇气，咬咬牙，照旧摔了个“硬僵尸”。

现在，她把这股少年之勇又全拿出来了。她浑然忘了年纪，开始比少年学戏时代更加倍练功。在绍兴路二楼的练功厅里，她心急如焚地恢复腰腿圆场的功夫，每天坚持少吃少睡，希望快速减轻体重。同事看不下去，常提醒她“当心感冒”“当心贫血”。岳美缇有时自己也疼得几天都不能动，但还是心甘情愿不后悔。在昆剧院团解散的十几年间，岳美缇在田头劳动时、在工厂车间里，无数次压抑下去的激情此刻全部迸发了——对从小学习的昆曲艺术，她有着刻骨铭心的爱。

岳美缇恢复演出的第一出戏是《墙头马上》。这出戏是昔日俞振飞、言慧珠两位戏校校长为了向建国10周年献礼，花费两年心血，从几百年前的故纸堆中，挖掘整理出来的一出好戏。当时，只有18岁的岳美缇幸运地被安排为“小裴少俊”，从排戏到演出，天天跟着老师看、学，这也由此成为她自己人生中最重要的一出戏。

此刻，37岁的岳美缇却害怕，多年生疏会使自己找不到位置，找不到气口；岂料边练边排，把当年老师教的眼神，小节鼓眼，都顺顺当当地找回来了！她兴奋地发现当年俞振飞老师在处理裴少俊第一次出场时唱的“书生谁似我？鲤庭中寸步难挪”，他在“寸步”后面有个吸气的小停顿，再唱出“难挪”二字，表现了他在父亲面前谨慎、畏惧的模样，令观众一眼就可知道这是个性格懦弱、诚笃的青年。这些细微处又都找到了！又看到搭档饰演的李千金站在墙头上，用团扇遮住半个脸庞，盈盈含笑时，仿佛看到了当年的言慧珠校长！

从十几岁开始演这部戏，演了好几年，演得最多、最熟，所以一旦恢复，一下子都在手边、眼前了。

03

在恢复建团的热闹过去后，老一辈昆剧演员开始思索昆曲未来的方向。

历经浩劫后的昆剧团，当时已经失去了俞、言校长上世纪50年代《牡丹亭》的演出资料，通常演员们只演其中一二折子戏。岳美缇和同事们商量，要作出努力，由剧团自己的编剧动手改，上演全本《牡丹亭》。要把原著五十五折的《牡丹亭》剪裁成一个晚上演完的戏，必须大改。最终，他们的《牡丹亭》既保留了原著的《闹学》《游园》《惊梦》《寻梦》

《拾画》《叫画》等传统精华片段，又删改了明显难懂的唱词，以及当时被认为有伤风化的唱词。

第一场的演出是在一次昆曲会演中。然而，上昆的《牡丹亭》在这次会演中遇上完全以传统方式演出的另一台《牡丹亭》，引出了一场继承与改革的大辩论。当时有不少学者、专家以为昆曲艺术演出就应以“原汁原味”为主，也有不少人认为为使昆剧生存下去，必须改革，然而如何改？步子多大合适？在绍兴路 9 号里，这场关于继承和创新的尝试，由此开始，再也没有停过。

进入上个世纪 90 年代，昆剧再次面临挑战——在市场经济冲击下，大量演员和观众流失，许多演员纷纷下海经商，演出时剧场里座位上的观众人数比台上的演员还少。为了吸引观众，上昆还排演了武戏，但效果不佳。每次下雨，岳美缇就暗自祈祷，“不要因为天气原因，即使送出去的票，都没人愿意来。”

在这种情形下，1995 年，岳美缇决定排演新编剧《司马相如》。在绍兴路 9 号二楼的练功厅里，搭起了一座“青云桥”。这出戏凝结了岳美缇对昆剧的全部继承和探索之心，经过几个月连轴转的排练后，一次同事看岳美缇神色不对，上前一探才发现她发烧了。55 岁的岳美缇累极了，大病两周，但最终推出的《司马相如》大获好评，被誉为“成功完成了岳美缇探索和推动昆剧发展之路的心愿，也实现了她在表演艺术上追求创新和突破的愿望”。这一场谢幕之作后，她淡出舞台，但依旧以教学的方式继续着对昆剧的如琢如磨。

在绍兴路 9 号，昆三班的学生已经挑起大梁，昆五班的学生也都崭露头角。每周，岳美缇还是会去这幢楼，教戏、上课、辅导学生，一如当年在这幢楼里，已经年迈的俞振飞每天还坚持来给学生们上课一样。一招一式间，如花美眷，似水流年，岳美缇知道，这份艺术动人心魄的魅力，会随着一代代上昆人的传承，继续下去。

当上海大剧院还是上海体育宫

〔人物〕**史依弘（原名史敏）**

1972 年生，工旦角，上海京剧院梅派大青衣，国家一级演员，上海戏剧家协会副主席。

“海岛冰轮初转腾，见玉兔，玉兔又早东升。”

2001 年 11 月 2 日晚，月色如水。在人民广场西侧，新落成不久的上海大剧院，在暗夜中似一座发光的水晶宫殿，灿若琉璃。这晚，作为第三届中国上海国际艺术节的开幕演出，梅派大戏《中国贵妃》在此盛装登场。戏中的梨园情节和现实中的演出交叠，亦幻亦真；剧中的唐朝爱情与乐池的交响乐交融，又让人感到时光交错。

没有人知道，在台上，扮演杨贵妃的京剧演员史依弘，也正对这片舞台一阵心动。

也许这一晚，剧场在座中没有人比她更熟悉这里。整个童年，小史依弘正是在这里学会武术，后来又在这里练习体操。正是这些在此地学会的技艺，如命中注定一般，将她送入京剧行当，又冥冥之中将她召唤回这里，送至舞台聚光灯下。只是当年的体育器械、大阶梯与体操房全都不见，变成了眼前这充满音符和旋律的大剧院。

但是老上海人是知道的，在 1990 年之前，这里还没有上海大剧院。这片土地原址上耸立着另一幢建筑物——由原跑马厅改建而成的“上海市体育宫。”

01

上海市体育宫原为旧上海跑马厅的一部分，在人民公园的西南角，占地 32 亩，房屋建筑面积 14614 平方米，是一个综合型的体育馆。

1956 年 7 月，上海市人民政府将原上海租界跑马厅南看台及其附属建筑分配给上海市体委，其余部分分配给上海市文化局、上海市图书馆。当年，市体委投资 40 万元人民币进行改造，1957 年竣工，定名为上海市体育宫，首任主任为著名武术家顾留馨。

《上海体育志》资料显示，当时体育宫内，根据各项体育设施不同，设有体操房、乒乓球房、武术、击剑、举重、棋室、摔跤房等不同房间。其中的体操房，是 1956 年将原底层马槽房南部改建而成的，主要用来训练学龄前儿童。1984 年成立了体操训练中心，先后向市队输送了包括朱政、吴佳妮、史美琴、尤建莉在内的优秀少年选手 15 人。乒乓球房由三楼的 789 平方米和二楼的 392 平方米两个大厅组成。从 1957 年开始，培养了包括李富荣、郑敏之、李赫男等人在内的著名选手。上海市乒乓球协会一度也设于此。武术房邻近人民公园，原为跑马厅赛马售票房之一部分，面积 193.74 平方米，著名武术家佟忠义、王子平、傅钟文、褚桂亭等都在此活动，1984 年前为上海市武术协会所在地。

此外，在看台东的两个溜冰场，在上个世纪50年代本来是250米跑道的田径场，中间有两片篮球场。1979年在上海汽轮机厂的帮助下，于北端修建了面积为1200平方米的溜冰场。1981年，投资30万元，将篮球场改造成符合国际比赛标准、有200米滑道的椭圆形露天溜冰场，面积为5300平方米，可同时容纳1500人活动，1982年竣工。同年举办了全国第一届金雀杯速度轮滑邀请赛。1984年接待了美国、意大利、加拿大、中国香港、日本等国际花样轮滑明星的训练和表演。1987年举办了全国轮滑锦标赛。

位于原跑马厅上下两层看台中间的保龄球房建于1985年，球房长85米，宽11米，南、北各设有6条球道。中间有休息室、服务台、酒吧。之后每年10月，在此举办国际邀请赛和国内的大型比赛。该场地为市保龄球运动员训练基地。1992年，市体委投资58万美元，更新全部球道，1993年第一届东亚运动会保龄球赛在此举行。

1992年9月14日，人民广场综合改造工程开工。1997年，上海体育宫动迁至大渡河路1860号，在原址上建造上海大剧院。

02

唱着京剧的史依弘，其实是个正宗的上海小姑娘。

从小，她就随外祖父母住在浙江中路的老房子里。母亲就在上海体育宫工作。整个人民广场，都似小史依弘的游乐场，而体育宫大楼，简直成了史依弘的另一个家。六岁上小学后，外公每天会给她一两毛钱零用。每天下午三点钟放学后，小史依弘就拿着这笔钱自己去买油墩子或者肉包子，边走边去上海体育宫找妈妈玩。一来二去，整个体育宫的老师们都认识了这个同事的女儿。

当时体育宫会在各个学校的一年级招生，挑选好苗子进行训练。史依弘手脚纤长，灵活性好，乒乓和击剑教练都看中了她。但史依弘却觉得击剑运动员连脸都不能露，心下不喜。一次，武术队在接待外宾，只见一大块碧绿的地毯上，女队员一律着白色绸缎武术表演服，男队员则一律黑色表演服，各个身材笔挺，手拿红缨枪，那画面煞是好看。史依弘见状当即决定，要学武术！深谙各种运动特点的母亲并不反对，但告诉女儿："练不下去你别回来找我，你得自己扛，这是你自己选择的。"史依弘想了想说："我能扛。"

孩子们的武术教练是一代武坛名宿蔡鸿祥。第一节课，蔡指导就强调，武术的目的是健身，不是用来伤人。除了学习拳术，孩子们还学习剑术，史依弘最常参加的是"打对子"，就是一人一个对手，或几个人对几个人。一次去上海体育馆表演，一圈打完，同学们找不到方向，结束时纷纷是屁股对着正面看台。只有史依弘一人，站对了方向。

指导问她："你怎么办到的？"小史依弘摇摇头说："我也不知道。"

她不知道的是，她似乎就是为舞台而生的。

03

由于上级变动，武术队两年后解散了。已经习惯每天练武的小史依弘倍感失落，放学后无处可去，只好依旧跟着妈妈在体育宫溜达。一次她趴在楼上，看到体操教练葛守萍在带一个小女孩练功。见她看得专注，葛指导就建议她来学体操。不过老师也说：“体操和武术不同，你得把武术的勾脚面改成绷脚面，我就教你。”在葛指导教史依弘如何练习绷脚面后，史依弘每天回家用沙袋绑在脚面上，抬腿练习。没有人逼她，家长甚至都不知情。但才八岁，史依弘就有这样的心气。一周后，她把绷脚面练好了，给葛指导一看，对方很惊奇，马上收徒。

体操好看，但练起来太苦，腰腿的弯曲和伸展全都是身体的承受极限。比如一开始走平衡木，孩子们没有一个不摔的。当时练习高低杠，孩子们也从来不用手套，手上每天被高低杠磨出血泡。每天训练结束后，教练就拿着碘酒站在边上，孩子们逐个擦手抹碘酒，全部“哇哇”地疼得跳着跑出去。体操队不到 10 人，都是女孩，每个女孩都很坚强，眼泪经常在眼眶里打转，却没人半途而废，大家互相鼓励。

在体操队时，史依弘左臂骨折过两次。等休息好回到体操队，她已经跟不上进度。但命运就是充满巧合，体操队队友曹海英的父亲是上海戏校的一名京胡老师，他对教练说：“小史长得非常古典，扮相一定好看。她应该是吃我们这行饭的。”因了这位伯乐的话，加上对史依弘的进度也有点担心，葛守萍就和史依弘的父母商量推荐其去戏校报名。

1982 年，经过家庭会议通过，史依弘报考上海戏校。报考的人数近 3000，只录取 17 人。复试榜单上有 500 人的名字，史依弘在第二位。练过的武功、学过的体操、得到的磨炼、练出的意志，没有一样白费，像一级阶梯连着一级阶梯，它们都成了让史依弘在戏校脱颖而出的财富。1998 年，当上海大剧院在上海体育宫原址上建起来的时候，史依弘就暗自期许，要去这个自己最熟悉的场所登台演出。

她做到了。

童年时，上海体育宫内常常放电影，教职员工就坐在阶梯上看，那时常常放的是《杨门女将》等戏曲电影，大家看得目不转睛，跟着母亲坐在人群里的小史依弘没有想到，未来的一天，在同一个地方，她会离开观众席走到台上，成为众人瞩目的女主角。

文化广场
戏校里的青春流转

〔人物〕**沈昳丽**

1975 年生，上海昆剧团演员，国家一级演员，上海市戏剧家协会理事。

1986 年夏，燥热。

站在上海文化广场上，只闻四周一片蝉鸣。这是当年上海戏曲学校所在地，来自全国的千余名 10 岁左右的孩子，以及团团围绕着孩子的家长，把大门前的空地挤得水泄不通。

这一年夏天，上海戏曲学校面向社会招考学员。在一大群着意打扮过，紧张、兴奋的小孩子当中，11 岁的沈昳丽扬起小脸，轻轻吟唱着烂熟于心的越剧唱段，神色自如地走入考场。

这一走入，就是八年。从少女到青年，从一个戏曲爱好者变成专业昆曲演员。尽管如今校址已经搬迁，文化广场也有了新用途，但对沈昳丽来说，在那里度过的岁月难以忘怀，始终与青春梦想同在。

01

1959 年，《解放日报》刊登的一则报道《戏曲学校修建剧场，新年恢复实习演出》中写道：“过去在华山路旧址时，曾利用练功房每星期演出三场，作为日常教学的组成部分。自迁到文化广场后，因该处无舞台设备，致中断了一个时期。现在该校将原历史建设博物馆圆顶大厅改建为实习剧场，现正日夜兴工，定于1960年元旦恢复演出。该校计划在元旦起连演十天，十天后每星期三至星期日每天夜场演出，星期日并加演日场，星期一及星期二休息。头十天的剧目已经排定，将展览演出青年汇演中被评选为优秀的剧目。”

1960年，一名记者来到文化广场，走进已经成为上海市戏曲学校的教学天地时，见到的是“在这个外表显得很安静的五层楼里面，每天却有一个热闹、喧腾的早晨。270多个学员，五点半起身，洗漱之后，京剧和昆剧大班学员，就分组进行必修的课程‘调嗓’。悠扬的琴声伴着青衣的、老生的、小生的、花脸的……各行各当的嗓音，从各个角落飘散开来……”

在记者的描述中：排戏课是在早饭以后开始。昆剧大班根据《活捉王魁》《挡马》《十五贯》和《芙蓉岭》四出戏分为四组进行活动。当时70多岁的昆剧前辈徐凌云清早冒雨赶来，指点学生排《十五贯》。戏正排至“公堂”一场，剧中苏戌娟在拶刑中昏厥过去，上面喊：“松刑！”她又悠悠地醒了转来。扮苏戌娟的女学员，松刑之后，垂下双手，不动。徐凌云老先生说：“排戏辰光，面孔上也要有戏。上过刑，是很痛的。”导演郑传鉴还跪在地上，一边做示范表演，一边解说：“首先，你要这样掀一下眼皮，表示你是刚从昏厥中醒转来……”

与此同时，在二楼练功厅里，十二三岁的京剧小班正在练毯子功。地下室的屋子里，则是京剧大班的学员在唱一段二簧慢板。音乐班里，学员们已经学会了敲大锣、小锣，还能拉二胡……人们听到苍凉的声音回响在建筑物内，但走近看时，全是戴着红领巾的孩子。

这样美好的练功图景随着“文革”的到来而中断。1986 年 7 月，当上海戏曲学校恢复开设昆剧演员班和音乐班的消息传出时，昆曲老师们无不兴奋，中断 20 多年的昆剧班将在前来报考的孩子中寻找这门古老艺术的接班人。

在当时进行总复试的戏校排练大厅，考官席上明星集聚。他们是昆剧艺术大师俞振飞，著名昆剧演员华文漪、蔡正仁、王芝泉、梁谷音、岳美缇和张洵澎等，几乎各个行当的老演员都赶来参加了。当时上海昆剧团最年轻的演员已四十出头，昆剧正面临着后继无人的威胁。因而当这些老演员听到昆剧班恢复招生的喜讯后，无不激动，俞老还亲自捐赠了 3000 元钱作为昆剧班的教学经费。

从小就跟着收音机和电视机谙熟各种越剧选段，又是学校里文体委员的沈昳丽毫不怕生，上台复试这天，她唱了越剧名段《桑园访妻》，总复试这天又跳了一段印度舞。落落大方又聪敏机灵的样子给考官留下深刻印象，很快她就得到了入学通知，考进了上海市戏曲学校第三届昆剧演员班。

02

如今已经不复存在的戏曲学校的五层楼，曾是孩子们天然的锻炼操场。每天早上五点，孩子们起床梳洗后，就沿着

夜幕中的文化广场

楼梯不断上下爬。老式大楼有着老式的手拉栅栏式电梯，老师坐在里面上下升降，完全可以监控整幢楼的爬楼锻炼情况。爬完楼，吃早饭，吃好饭，去练功。有时下午上文化课或者专业课，等到晚饭后，大家又夜自习到晚上八点半，回宿舍，九点熄灯。

戏校的生活日复一日，简单枯燥但也饶有趣味。从未过过集体生活的沈昳丽，在大统铺里睡在下铺，自己支蚊帐、铺被子、照顾自己、结交朋友，触目一切都是新鲜的。夜里女孩子们聚在一起，在灯上蒙上红色纱巾，就打出红色的舞台效果灯光，沈昳丽自己刻纸做成"皮影"戏，小伙伴们聚拢过来编故事演戏可以玩上半天。

校方规定学生不可以带零食到学校，但对方便面则网开一面。于是姑娘们买来纸包装的肉蓉面，夜里摸黑干啃，静静落下蚊帐的房间里就听到咔嚓咔嚓的咀嚼声。

进戏校第一年，华文漪和岳美缇老师赴京演出《墙头马上》，戏中需要两个孩子角色，沈昳丽和另一名女生被选中。这是她第一次上台演出，台词统共就一句“爸爸妈妈”，但在排练时，从小更熟悉越剧的沈昳丽脱口叫出了“爹爹”，叫老师们哭笑不得。进戏校第二年，学生们分了行当，秀雅的沈昳丽从此归入闺门旦，第一出戏，演了《思凡》。同年昆三班学生第一次集体亮相兰心大戏院，沈昳丽第一次真正扮戏，回到宿舍后还兴奋地不愿意卸妆。等到后来看表演照片时她才发现因为缺乏经验，一边眉毛甚至没吊上去。但舞台的独特魅力已经足以让小女孩嗨到不行。

在这个相对封闭的小小天地里，这群懵懵懂懂的孩子跟着前辈老师一招一式学习吟唱，演绎着他们还不熟悉的家国情仇、情深缘浅。在还没有普及电视机和电脑的上个世纪末，孩子们就跟着老师外出组织观摩演出。年纪小一些的学生还一团孩子气，会因为夜里演出回校后老师发每人一包红宝橘子水和一块蛋糕而高兴不已，也会因为能溜到陕西南路上吃一两锅贴而雀跃。但很快，大一些的戏校女孩儿已经不再贪恋美食，而是会穿高跟鞋和抹口红了。这群青春少艾的孩子们长大了，还穿着妈妈手织的毛衣练功的沈昳丽模模糊糊知道，属于她在台上绽放光彩的时刻即将到来。

1994 年，从上海戏曲学校毕业的昆三班 56 名学员到上海昆剧团报到，成为昆剧事业的新鲜血液。沈昳丽离开这个她待了整整八年的地方，但时至今日每每走过文化广场，她知道属于自己稚嫩声音的唱腔回忆，还妥妥地留在这里。

京角儿不进“天蟾”不成名

〔人物〕**王珮瑜**

1978 年生，上海京剧院国家一级演员，余派坤生。

一切准备就绪，这是她在“天蟾”的首次亮相。1994 年春天，16 岁的王珮瑜站在幕布后，感受着观众席传来的安静而热烈的气息。

这天是一场上海市戏曲学校的学生实习演出。作为中华人民共和国成立后国家培养的第一位女老生，当时不过二年级的学生王珮瑜将压大轴，让这个上海最悠久的京剧演出场所检验自己：15 分钟的《搜孤救孤》片段。

梨园行话：“京角儿不进天蟾不成名。”这是一个被无数京剧前辈名家“开过光”的地方。从幕后望下去，观众席上是满满的白发，他们喝彩叫好都在点上，令人生敬。“现在，我终于也有机会站在这里享受观众对我的关注了。”16 岁的王珮瑜默念。

戏开场了，她走上台去。从此，开启了她和这个舞台二十多年的情分。

01

1926 年，王佐良等人在四马路（今福州路）云南路路口创办了大新舞台。舞台由英籍建筑师设计，坐西南朝东北，建筑为四层钢筋混凝土结构，屋顶呈拱形覆盖整个场内观众厅。观众席分设四层，共有座位3900多个，是上海有史以来最大的戏曲剧场，专演京剧。

1928年，赵如泉接办大新舞台，改名上海舞台。1930年10月至11月常春恒掌管时，更名为天声舞台。当时二马路（今九江路）上老天蟾舞台房屋租期满后，将招牌迁至天声舞台，由顾竹轩接办，自此，今福州路701号的天蟾舞台开始为世人所知。

此后数年，天蟾舞台以周信芳为台柱子，除演《封神榜》外，还编演《龙凤帕》《华丽缘》《鸿门宴》等新戏。“九一八”以后，周信芳又编演了《满清三百年》和改编《明末遗恨》，唤起人们救亡图存的民族意识。1932年春，梅兰芳举家迁到上海思南路定居。时值抗日时期，他与叶恭绰等合编了《抗金兵》一剧，并于1933年在天蟾舞台首演。接着，他改编的《生死恨》于1936年首演。这两出戏上演期间，场场爆满。梨园名家荀慧生、高庆奎、杨宝森、郝寿臣、马连良、盖叫天、姜妙香、俞振飞等也都曾在“天蟾”登台献艺。

1932年，住在闸北一带的难民纷纷涌进租界避难，被称为“苏北大亨”的顾竹轩一度将天蟾舞台停业，作为苏北同乡的临时难民收容所。1937年“八一三”淞沪抗战打响，大批难民无家可归，天蟾舞台再次停业收容难民。抗战期间，梅兰芳蓄须明志，拒绝为日本人表演，直到抗战胜利，梅兰芳才重新登上天蟾舞台。

改革开放后，天蟾舞台划归上海京剧院，由上海市政府

“京角儿不进天蟾不成名”

投资，香港的邵逸夫等热心京剧艺术的人士捐助进行改建，并命名为“天蟾京剧中心逸夫舞台”，重建后的舞台共有928个座位。

这，是能让今日所有京剧名家都感到心中郑重的928个位子。

02

新建后的“天蟾逸夫舞台”舞台宽14米，深14米，高16米，台框高7.4米。其实也不算巨大。但在16岁的王珮瑜眼里，这个舞台既深且广，“怎么也望不到边”。

王珮瑜做学生的时候去“天蟾逸夫舞台”看演出，每每到了一个角儿要出场前，整个剧场里的空气是凝固的，似乎时间也跟着停止了。等到几秒钟后，角儿出场，似乎万物也跟着喘出一口气来，时间又开始了。她艳羡期待着，自己也“能有机会去站在舞台的那一端，感受剧场里这几秒钟凝聚的气场”。

1994年，王珮瑜第一次在“天蟾逸夫舞台”登台，唱完最后一句。观众席上便爆发热烈的掌声和叫好。一些八旬老戏迷，在孙辈的搀扶下走到舞台边上，向她献花。“本来以为要二十年后才能享受这待遇，但第一次登台就有了，真是幸福来得太突然。”王珮瑜感激这掌声里包含的含义，“戏迷是因为太爱这剧种，看到我们这些小朋友还像样，顿时觉得菊坛后继有人，怎么不激动？”

这次登台后，王珮瑜和同学们便几乎每周都在“天蟾逸夫舞台”演出。十五六岁的孩子正是贪玩的年纪，虽然福州路周边正是上海最热闹的西藏路—南京路购物商圈，但这些戏校的孩子从没溜出去逛过一次。每次统一坐校车来“天蟾逸夫舞台”，再统一坐校车回学校继续学戏。

如此数年间，每个周末，只要有王珮瑜的演出，她在苏州的父母必会坐火车赶来上海观看。父母总预先在家里炖了鸡汤，一路怀抱着带到“天蟾逸夫舞台”后台，看着女儿喝下。等到鸣锣开戏，父亲往往已经疲惫地在观众席上打瞌睡了。久而久之大家都知道，观众席里那个总在睡觉的中年男人，是王珮瑜的爸爸。

于是，“天蟾逸夫舞台”的穹顶下，台上抽象美感的演出和台后落胃实在的鸡汤，席上戏迷的鲜花掌声和父亲的疲倦鼾声，一起陪伴着王珮瑜成长了。

03

但在1997年，已经有了几年演出经验的王珮瑜，却在“天蟾逸夫舞台”遭遇了演出事故。当晚，她出演《法场换子》徐策，在唱一段十分熟稔的“反二黄”时，王珮瑜忽然忘词了。

本来，临场经验丰富的演员可以在琴师的协助下，将忘词的部分掩饰过去。孰料当晚琴师也是一名新手，王珮瑜更是在台上停了下来，一身冷汗。那么几秒钟的时间，她只听得台下躁动声渐起。至于之后是如何稀里糊涂接上戏的，王珮瑜已经浑然忘了。当晚回戏校，恰逢秋夜大雨，她一个人便在大雨的操场上暴走，满身满脸雨水，却是哭也哭不出来。

同年，王珮瑜在体检中发现声带小结。本来信心十足的发展前景，忽然变得生死未定，一路走来获得过的鲜花掌声，宛如一梦。在那长久的自我质疑阶段里，王珮瑜意识到也许“天蟾”在用这种方式告诉她，是时候要“停一停、省一省”。

几年后，王珮瑜才能心平气和地总结当晚的事故，主要原因是自己对这出戏太熟，因此疏于温习。自此，她领会了前辈大师所说“熟戏常带三分生”的真正意义，从此不管多熟的戏，演出之前必背词。再次站在“天蟾”上，她已不是新手，但对舞台却重添一分敬畏。

到了 2006 年初，王珮瑜又在“天蟾逸夫舞台”遇事。当时舞台推出“乾旦坤生女花脸 · 京剧演唱会”。在演出《二进宫》时，当坤生王珮瑜饰演的角色与乾旦和女花脸三人对唱时，因为调门协调低了，台下哄起一片“倒彩”声，嘘声渐起。“这是从小上‘天蟾逸夫舞台’后第一次听见‘倒彩’，当场真是死的心都有。但到底我们还是硬着头皮唱完了。”当天谢幕时，王珮瑜还特意向观众道歉。

不过最终，这些并不顺利的演出经验与鲜花鼓励一起，帮助演员成熟了。

04

随着京剧演员的推广努力以及青年观众的审美品位变化，这些年在“天蟾逸夫舞台”上向观众席望去，再也不是一片白头发了。越来越多的年轻面孔出现在剧场，白领和普通学生戏迷开始能准确地叫好、点评。

2013年4月到2014年1月，每月最后一个周六，王珮瑜在"天蟾逸夫舞台"进行"余脉相传——王珮瑜京剧传统骨子老戏展演"，一年演10场戏。曲目从《洪羊洞》《法场换子》到《断臂说书》《击鼓骂曹》等，均为传统京剧老戏。有意思的是，年轻观众成了购票主力。

从第一次在"天蟾逸夫舞台"登台到现在，王珮瑜长大了，观众变年轻了。相比大师前辈，王珮瑜笃信："我们这一代演员，不仅能在此地参与推动艺术传承，也能见证更多新事物的发生。"

市西中学旧事

〔人物〕**曹景行**

1947 年生，新闻媒体人。

49 年之后，又走到这里。曹景行站在华山路愚园路交叉口，等待着红灯跳绿。假期的静安寺商圈车水马龙，路上都是出来购物娱乐的年轻人，他是站在其中的一位白发满头的长者。很快，绿灯亮起，他熟练地通过路口，径直取愚园支路的小道穿到乌鲁木齐北路，然后再回到愚园路。“这样近一些。”他说，迈步迅疾。

愚园路 404 号就在眼前，市西中学到了。

2015 年 10 月 3 日，这一天，曹景行到他的母校拿一份迟到近半个世纪的东西——他的高中毕业证书。

01

市西中学的历史可以追溯到 19 世纪七八十年代上海公共租界内民间办学的两个源头：一是 1870 年在虹口为受到双重歧视的欧亚混血儿童开设的一所私人学校——尤来旬学校，二是 1886 年在北京路河南路口由共济会会员集资捐款、为已故及贫困会员子女提供免费教育而创办的上海公学。

这两所学校在被工部局接收成为“公学”后，保持收费低

市西中学

廉、面向公共租界中等收入阶层外侨家庭子女的“公立”性质，后因为校舍扩大、男女分校、布局调整等原因相继合并，最后汇聚在愚园路。

然而好景不长，琅琅读书声很快为炮火中断。1943 年 1 月 20 日，日本总领事馆以“上总秘第一一号函”向工部局强征今市西中学所在地为集中营，将当时两所侨童学校所在的愚园路 404 号、地丰路（乌鲁木齐北路）8A 号、10 号的区域设为沪西第一集中营，用铁丝网与外部隔绝，门口设有岗亭，关押英美侨民。

从 1943 年 2 月 7 日至 1945 年 8 月日军投降，沪西第一集中营期间共关押 877 人。教室被改成囚室，每间教室被分隔为两间或三间，每一间由一家使用。单身者除了若干例外，全部在原女子学校的礼堂、食堂、教室三处合住。对于侨民在集中营的生活，日本军事当局制订了详细的规则，对侨民的用餐、看病、寄信、处罚等有多达四条十八项的具体规定。日本宣告投降后，集中营中的许多侨民由于流离失所无法出营，直到 1945 年 11 月，各集中营被收容侨民才基本走清。

抗战胜利后，上海市政当局正式接收公共租界和法租界。租界里的外籍人士陆续回国，这些为外侨子女设立的西侨学校也无再办必要。根据《上海市中等教育概况》记载，1946 年 8 月“奉令将西侨男女中学合并，改称为‘上海市立市西中学’，任命赵传家为校长”。

自此，著名教育家赵传家、杨聂灵瑜不辞劳苦，花费数月工夫，将散落租界各处的属于公众之教育物资一一收归，并逐渐扩大招收华童的数量。市西中学所在的沪西地区，除了一些中上等收入的家庭之外，还有相当一部分产业工人、服务行业就业者家庭，他们的收入很低。因此，纳入市立公办体制的市西中学在就地组建后一直坚持向所有阶层开放，并设置减免等各类制度。1953 年，市西中学经上海市人民政府命名为首批市重点中学。

02

就在市西中学成为市重点中学 6 年后，1959 年，曹景行一家从虹口搬到新成区（后归入静安区）居住。1963 年，16 岁的曹景行考入市西中学高中部，从此，每天清晨从位于南京西路成都路口的家出发，骑着自行车到市西中学。

彼时，南京西路沿途地面上皆是原英商有轨电车铺设的轨道，自行车轮胎滚过轨道时要双手抓紧把手，否则会嵌进轨道摔跤。自行车是北上清华读书的哥哥留给曹景行的出行工具。

在物资匮乏的年代，能拥有一辆自行车实属奢侈。不过对曹景行来说，这辆自行车不仅包含着兄弟之情，也包含着父爱。1956 年到上世纪 70 年代，曹景行的父亲、著名报人、作家曹聚仁常居香港，利用自己在国共两党间的人脉穿线，为两岸的统一谈判牵线搭桥。因为曹聚仁的“海外关系”，曹家能用侨汇券和侨汇证在上海七重天下的华侨商店购买指定商品，其中就有这辆珍贵的永久牌自行车。

在曹景行的回忆里，上个世纪 60 年代的高中生活，学习压力并不大，政治氛围却很浓，学校对学生要求“又红又专”，

“红”被放在首位。校园内，不论男生女生，不论来自什么家庭背景的学生，都表示要学工科，向往的不是复旦交大等本地名校，而是一心渴望去清华、哈工大、北航读书。青年人中涌动着去首都、去部队、去外地锻炼发展的豪情。

一个明显的变化是，初中时代看了许多翻译文学作品、听西洋古典音乐的曹景行在进入市西中学后，开始更多地接触《红岩》《欧阳海之歌》等红色文学作品，连听音乐也换成了《东方红》《长征组歌》等红色经典。

城中涌动的备战气息影响着学校，男孩子们最大的爱好是自制火箭，整天在实验室里捣鼓燃料，之后毫不畏惧地拿到学校操场上试验燃放。一次一个男同学被自制的硝化炸药烧伤，“轰”的一声后，他的整张脸都黑了，所幸未伤及皮肉。

曹景行的姐姐、后来成为著名配音演员的曹雷，当时正在华山路的上海戏剧学院任教。每天中午市西中学午休时，曹景行总是骑着自行车去上戏食堂吃饭。这样沿着华山路一路南骑，沿途风景中包括路边精致的唱片店、有趣的旧货铺，还有一家鞋店，招牌就叫“康生”。

有一天，曹景行又循例在午休时骑车去姐姐的学校，远远看见“康生”关闭，橱窗上被贴满厚厚的大字报。

“文革”开始了。

03

“破四旧”的号召，率先得到了青年的响应。在市西中学的礼堂里，68 岁的曹景行还能回忆起当年学生们对赵传家老校长的批斗。

一位老同学也曾给曹景行发去微信，说当年有一位音乐老师名叫曹云芬，学生们冲到她家里去，当着老师的面摔碎拗断她收藏的唱片。“我永远也忘不了老师脸上惊恐羞辱的表情。”同学说。“而我永远忘不了的，是那些唱片被摔碎时候的咔擦脆声，”曹景行说，“我们应该向老师们道歉，他们给我们许多指导，打下很好的学业基础，而我们却曾被时代的潮流所裹挟。”

1967 年，在“一片红”的浪潮下，本应高中毕业的曹景行被分配到上海运输八场 802 车队做搬运工。1968 年 8 月 20 日，他在同学的欢送中从人民广场起程赴皖南山区插队。昔日渴望去深造的同学无一如愿，而是纷纷去黑龙江和安徽等地拿起锄头“修地球”。两年后的 1970 年，清华毕业后被分派在河北省张家口沽源县农机厂的哥哥曹景仲，不幸在战备工作引发的爆炸事故中身亡，年仅 25 岁。1972 年，父亲曹聚仁因骨癌在澳门去世。直到 1977 年高考恢复，曹景行抓住机会，靠着昔年在市西中学打下的基础，利用工作之余复习，在 1978 年考入复旦大学历史系，终于在离别 10 年后回沪。

2015 年 10 月 3 日，市西中学为 66 届初、高中毕业生补发毕业证书。毕业证书参考了校史中上个世纪 60 年代的格式，签名处也用了当年老校长赵传家和副校长蒋丽似的签名和印章。

“而我们都已经快成古稀老人了。”曹景行说。许多同学彼此打招呼，但更多的人已相逢亦不识，他们曾热血昂扬地在这所校园里学习，一心想着青春为国。

圆明园路 97 号里的童年

〔人物〕**陈燮君**

1952 年生，上海市人大常委会科教文卫委副主任委员，中国美术家协会会员，中国博物馆协会副理事长。

起风了，风从外滩的方向吹过来，带着黄浦江的味道，这味道让陈燮君想家了。

今日外滩源所在的地方，圆明园路 97 号，清水红砖墙的原安培洋行所在的房子，是陈燮君出生并度过 50 多年岁月的地方。以此建筑为圆心，从外滩开始，陈燮君认识这座城市、描绘这座城市、爱上这座城市。

他和女儿两代人都在四五岁时就坐着小凳子、拿起小画板对着外滩开始绘画。最近，他们一起举办“上海意象”油画展，笔端倾斜下，陈燮君再次画下了圆明园路上这幢盛载着童年记忆的房子。

01

安培洋行大楼位于圆明园路 97 号，是外滩源的组成部分。大楼建于 1907 年（一说建于 1911 年），建筑主体呈英国古典主义建筑风格，装饰部分则受到巴洛克风格的影响，为砖木混合结构。1941 年至 1948 年，安培洋行（瑞士）曾在此办公。1994年，大楼入选第二批上海市优秀历史建筑。1949年后，它曾被上海广告公司使用。现在，大楼是外滩源一期——洛克·外滩源的一部分，定位为奢侈品旗舰店以及高级餐厅场所。2014年，佳士得拍卖行进驻安培洋行大楼。

安培洋行是上海早期的洋行建筑之一，也忠实记录下上海开埠后洋行在沪的一段发展史。

资料显示，上海自清道光二十三年(1843年)被辟为商埠后，英、美、法、德、日各国商人相继来上海开设洋行。1845年，英国领事与上海道台拟定在上海县城外北面的第一块租界，这块沿黄浦江边滩地呈带状铺开的就是最早的外滩，一批具有浓郁西方风格的建筑从此就在这里拔地而起。到光绪二十一年时，已有洋行116家，其中不少就坐落在外滩。

上海海关当时被帝国主义把持，上海口岸的对外贸易也完全控制在洋行手中。19世纪后期，上海的洋行已发展到第二代、第三代。英商洋行仍占上海洋行总数的60%以上，其户数的增长和进出口贸易所占比重都高居首位。其中最早进入上海的一批老牌洋行，如怡和、仁记、义记、沙逊、泰和、天长、祥泰、元芳等都已有50年以上历史，发展成进出口贸易业的大户。

地方志资料显示，1907年，由当时上海著名的建筑事务和地产公司的英资通和洋行设计监造了安培洋行大楼。大楼内部设有花饰精美的酒红色楼梯、栏杆和扶手，大气恢弘的立面局部采用变形的古典装饰符号，入口间强调竖向构图，饰有一半圆形挑出窗。一切无不体现了欧美国家当时的审美品位。

02

上个世纪40年代，陈燮君的祖辈从宁波到沪开始发展。在银行工作的父亲"顶"下安培洋行顶楼的一间小房子，母亲则就近在北京路圆明园路口的托儿所里当所长。于是，昔日洋人的办公室成为浙江一家人在上海扎根的温暖居所，从此在这里生儿育女、奉养长辈。

圆明园路所在的外滩源，有英国领事馆、新安堂、圆明园公寓、中华基督教女青年会全国协会、哈密大楼、协进大楼、兰心大楼以及真光大楼等，这些带有异域文化痕迹的建筑令少年陈燮君好奇张望，也流连忘返，从这里向南就能到"中华第一街"南京东路，向北则可以远眺苏州河畔的邮政总局大楼。夜里轮船在吴淞口鸣响长笛的声音，每个小时海关大楼传来的报时钟声，都构成陈燮君童年回忆里认知上海的最初基调。

当时，洋行大楼顶楼四楼为居民居所，一至三楼是广告公司。童年陈燮君刚会写字画画就会去广告公司玩，与许多职业画家和设计师建立起终其一生的"亦师亦友"的亲密关系。如当时在广告公司任职的徐昌酩，极擅长画动物，数年后他在上海美术家协会任职时又与陈燮君相逢。同楼大部分邻居孩子都是职员之子，不少会些乐器，陈燮君少年时代也学习琵琶，盛夏夜晚，大家组成小乐队在乘凉处吹拉合奏。音乐带来的乐趣、邻里间的其乐融融，是多年后回想起来还难以忘怀的美妙场景。而与陈燮君同住一个街区的还有当时住在北京东路和四川中路交界处的同乡兼同学陈逸飞、陈逸鸣

安培洋行是上海早期的洋行建筑之一

兄弟。

陈燮君从1958年开始就和陈逸鸣在宁波路小学同班，放学后两个人又同属一个“温课小组”。都说宁波人规矩大，母亲管教严格，两个乖巧的男孩从小展露绘画天赋，比起同龄小伙伴还在街道上做调皮小鬼，他们早早就能在画板前一坐一下午。夜晚，他们一起驻足于圆明园路、滇池路、虎丘路的老大楼前，从透着光亮的窗外揣摩里面的世界，幻想各种情节和故事，也一起对着这些建筑写生，如熟悉山间犄角旮旯小径的牧童一般，他们熟悉这个洋派街区的一砖一石。

等到年长一些，两人就在周末相伴去黄浦区少年宫习艺，闲暇时一起去福州路淘买画册碑帖。圆明园路上，两个挨在一起的小小的孩童，渐渐长成了两个颀长的青年，相约背着硕大的画框，开始去更广阔的世界探索。

03

在陈燮君的记忆里，陈逸飞、陈逸鸣兄弟的父母治家严格，对宁波文化尤为珍视。陈逸飞母亲会用宁波话背诵的《朱子家训》，同时也是陈燮君母亲常常挂在嘴边的戒子格言，共同的文化基因令两家人彼此敬重。在陈逸飞、陈逸鸣父母过世后，两兄弟还会来看望陈燮君长辈，在陈逸飞和陈燮君父亲也过世后，陈逸鸣还是会来看望陈燮君的母亲，带来宁波人爱吃的黄泥螺、蟹糊等食物，一则是为了多年情谊，一则也是重温乡音文化。

上个世纪80年代，也是在这间不足30平方米的洋房大楼内的居所中，陈燮君结婚了。“小房间”统共3.5平方米，放下一张床后，就没有余地放床头柜，只好把床头柜架在箱子上搁着，两脚都不得着地。1981年，陈燮君的女儿也在这幢大楼里诞生。最热闹的时候，一家13个人住在一起。陈逸鸣来探望新生婴儿，扑面而来的就是这个热闹的大家族。

如同一个轮回延续，当陈燮君女儿四岁时，陈燮君也架起了小画板，夹着小板凳，带上女儿出门写生了。黄浦江涛声依旧，见证过外滩风云变幻的各色建筑似乎没有丝毫变化，而这个居住在洋行楼上的宁波人家，则已经度过人间半个世纪的寒暑了。

新世纪来临之际，陈燮君因动迁离开外滩源。但在这里度过的岁月令人难忘，融入笔端，绘到架上，则成为油画里的定格，是经历漫长人生后的回眸和感恩。清水红砖墙的洋房大楼，如今有了新的商业用途，但对陈燮君来说，那一砖一瓦里存留的还是烹饪宁波菜肴之味，是养育女儿时的尿布奶粉之味，是日常邻里的烟火味道，是永远的家的味道。

永嘉路 383 号，一代上译人的回忆

〔人物〕**苏秀**

1926 年生，上海电影译制片厂配音导演、演员。

苏秀 90 岁了，但有时她还会梦见去上班。梦里的她还是那么年轻，正轻巧地骑着自行车，在浓郁绿荫下穿行。远远的，她看见那幢熟悉的洋楼，是永嘉路 383 号到了，这里曾经是上海电影译制厂所在。

这里是存放着一代上译人青春的地方，也是创造了一代中国人共同记忆的地方。在国门封闭、信息匮乏的年代，从这里制造出来的声、影、画，曾是人们遥望外部世界的窗口。

"所以，我希望能把 383 号保留下来，以一个场馆的形式，让人们还能来此喝咖啡、看电影，重温与了解独属于译制片的精彩。"苏秀说。

01

永嘉路，东起瑞金二路，西至衡山路，长 2072 米，宽 15 米到 16 米。旧名西爱咸斯路（Le Route Herve de Sieyes），是以法国邮船公司职员名命名的。1943 年，当汪伪政权接收上海法租界时，正式改名为永嘉路。

上译厂于1976年搬入的这幢永嘉路383号洋房曾是孔祥熙在沪的一处居所，始建于1926年，由中国近代著名建筑师范文照设计。地方志资料显示，它是一幢英国乡村式别墅建筑，砖木结构假三层，面积约1000平方米，方向朝南。资料显示：这座建筑作为中国人的产业和中国建筑师的作品，并非纯粹的“英国乡村式”风格，它的南北两个门廊就是西方古典做法。这种做法一般不与半露木构架的“乡村式”混用，因此这座建筑应该归类为“混合式”。建筑外观为陡峭的坡屋顶，南北两立面各有一半露明木构架，拉毛水泥外墙，仅在墙角处和烟囱处采用清水红砖砌筑。

孔祥熙的妻子为宋霭龄，岳父是宋嘉树，因此他与孙中山、蒋介石、宋子文都为姻亲关系。孔祥熙长期主理国民政府财政，在其任财政部长期间，其永嘉路别墅中政界金融界权贵出没，在宋氏姐妹的相关记录中，亦可见关于这幢别墅的记载。

02

1950年6月，刚刚成立不久的上海电影制片厂翻译片组迁至梵皇渡路（万航渡路618号现上海美术电影制片厂）。最初，翻译片组的工作人员改造了一间约20多平方米的旧汽车棚，将墙壁刷白加上木框作为屏幕，再加上一台上世纪30年代的老放映机，作为放映间。工作人员在大楼的楼顶用麻布片包稻草做隔音墙，改装成一间录音棚，安装了一台放映机和一台苏制光学录音机。

1976年上海电影译制厂搬迁到永嘉路383号时，大家都惊呼“鸟枪换炮了”。在苏秀的记忆里，当时别墅作为办公楼，底层是厂长室、剧务和制片办公室，二楼是配音演员和翻译们的休息室，假三楼则作为一个小型图书馆。别墅对面新建了一幢房子作为录音棚，两间排练间以及录音、剪辑的工作室等，还有一个放映室可以容纳约 300 人。日后当播放内部影片时，只有特定的机关工作人员或者受邀的指定人士可以进来观影，甚至上译厂自己的员工也不能进入，算得上是特殊年代的“特权享受”。不过有时，在一部影片的译制工作已经完成还未对外上映的时间段里，上译厂的职工可以购票招待自己的亲属先来这里观影“过把瘾”，票价大约为五分到一角。

03

在信息闭塞、国门未开的年代，普通人对外部世界的全部想象和信息，或许都来自于译制片。片中人物的穿着打扮很快就会风靡申城，成为裁缝店里的新样式，片中人物的口头禅和台词，也会一夜之间传遍大街小巷。

在那样的年代里，上译厂的配音演员们不仅赋予了片中人物中文台词的形象，也几乎重新定义了片中人物的灵魂，成为了原片人物在中国的代言人。

苏秀记得，当时童自荣配好《佐罗》《黑郁金香》中英俊男性的形象后，全国观众雪片似的信件都寄到了永嘉路。一直为《叶塞尼亚》《魂断蓝桥》中痴情美女配音的刘广宁也成为少男少女心里女神的代言人，为了回信，她常常要坐

这里存放着一代上译人的青春

在沙发上把沙发扶手当写字台，给观众一封一封写回信。

04

在外人看来，演员只要站在话筒前对准口型就行了。但其实配音演员的工作周期很短，一部影片的录音只有四五天，必须通过前期的准备在配音时一个字也不能说错，多说或者少说都不对；另一方面还要掌握好人物的感情、节奏和与对手的交流。演员往往会因为精神高度集中，在简单事情上绕住怎么也出不来，由此闹了不少笑话。

比如邱岳峰一次台词中有一句“德克萨斯州”，“州”应该为平声，但他念成了去声，成了天津口音，但他一时就像中了邪一样怎么也改不过来。因为费脑子，录音的那几天大家也会恍恍惚惚。演员李梓一次在配音间隙抽空去洗澡，洗澡前麻利地把换下来的衣服也洗好了，但洗完才发现自己根本没有带干净衣服来，只好穿上了湿衣服。

"文革"中，因为避不开政治学习，大家就在开会时做游戏，说出五十个国家首都或者说出《水浒传》一百零八将的外号。这些欢愉的时光，也让配音演员们保持着对不同题材影片的背景知识积累。

"文革"结束后，在这儿的一栋小楼里，缔造了20世纪80年代译制片的辉煌。《佐罗》《简爱》《虎口脱险》等一批译制片经典在这里诞生，邱岳峰、李梓、苏秀、赵慎之、毕克、童自荣、刘广宁、乔榛、丁建华、曹雷、尚华、富润生、杨成纯、于鼎等新老配音演员成为深受观众喜爱的明星。

配音演员平均每年配二三十部影片，十年二三百部，可谓戏路宽广，阅尽世间百态。日本代表团的倍赏千惠子来上译厂时听了《远山的呼唤》里的一场配音，立刻对丁建华说："那一定是马棚那场戏，因为你说话的感觉，跟我拍那场戏的时候是一样的。"朝鲜代表团来看了《安重根击毙伊藤博文》时，惊呼："你们每个配音演员和我们演员的声音那么像，你们是怎么找到的？"苏秀很开心，因为她觉得最好的译制片，就该让观众感到原片演员自己在说中国话。

在"文革"后一次会议上，大家讨论过应建立哪些制度来使译制片得到更好发展，刘广宁就提出应该有自己的进片权，挑选一些有品位的影片，有自己的影院专门播放译制片。当时，大家就说："你做梦去吧。"但年过九旬的苏秀却一直惦念着老朋友的话，也保留着一代上译人的情怀，"当世界上还存在语言隔阂时，译制片还是有存在价值的。"

1956年，
复旦、五角场和大师们

〔人物〕**郑重**

1935年生，高级记者，中国作家协会会员，享受国务院专家津贴。

虽然后来去过那么多的城市，见过那么多的风景。但对郑重来说，人生中最重要的一次旅行，发生在21岁。

那一年，父亲卖掉两车高粱秸，凑足钱让郑重从安徽老家坐绿皮火车到上海。十几个小时后车到南京浦口，乘客坐轮船过江，到下关车站再转车。从上海火车站北站出来时，夜幕已经降临，他再坐三轮车去邯郸路。

他是作为大一新生前来复旦大学新闻系报到的。1956年的那个夜晚，复旦校园所处的五角场区域，还是一片农舍田野样貌，远远还有战时留下的军营和碉堡。眼前的一切，并无一点大城市的霓虹声色。但正是以这里为原点，郑重开始走上新闻工作者之路。

61年过去，郑重还能详细说出全程花费：火车票九块六角一分，三轮车车费三角。那晚，五角场的夜风吹过他的脸庞，他紧紧抓住手里的行李，以往只存在于概念里的上海，第一次展现在他眼前。

01

以郑重到五角场为限，再往前推30年左右，五角场还叫“大上海”。

杨浦区地方志的资料显示：1927年11月，一批专家聚集在一起研究上海的城市建设问题。1929年7月，上海当局正式划定江湾区翔殷路以北、闸殷路以南、淞沪路以东今中原路一线以西的土地约7000亩(4.67平方公里)，作为上海的市中心区域。8月，新成立的市中心区域建设委员会，公布了《建设上海市市中心区域计划书》。以后，又提出了《黄浦江虬江码头计划》《上海市分区计划》《上海市道路计划》等一批配套计划。以上计划即构成人们常称的“大上海计划”或“新上海建设计划”。

此后直到抗日战争全面爆发，被希冀为市中心区的五角场区域已建成五大公共建筑，即市府新厦及各局办公楼、市立医院及市卫生实验所、市体育场及体育馆和游泳池、市图书馆和市博物馆，总建筑面积60000多平方米。道路的辟筑，共完成72条，其中中山路、浦东路筑成，沟通了市中心区与沪南、南市浦东的外环道路。此外，市立第一公园、虬江码头一期工程、轻便铁路以及一批花园住宅(上海新村、三十六宅)先后建成，市光路商业一条街上，冠生园、鸿翔等名店分店迁入，使这一区域逐渐趋于兴盛。

此后，随着战事发生，“大上海”规划被搁置。因为战争而停下建设脚步的五角场，却意外留住了复旦大学。1937年，当局正拟把复旦迁出上海，民族资本家荣德生甚至已经出资购买太湖边土地一千余亩，以促成迁校。但抗日战争全面爆发，使得迁校计划未能实行。战火纷飞中，复旦大学和大夏大学组成了“复旦大夏联合大学”，分别迁往江西、贵州，并于12月底抵达重庆。直到1946年8月，复旦渝校师生才回到上海。解放初期，经过院系调整，原华东地区大批名校的文、理科院系并入复旦大学，使得复旦一下子成为人才高原。事后的数据证明，1949年到1966年，复旦培养的学生中有七十余人日后当选为中国科学院或中国工程院院士。

在郑重入校的1956年，过去只是被民间习惯性唤作“五角场”的地区，第一次被官方确认了自己的名字——1956年1月，江湾区将邯郸路办事处与市中心办事处合并，改称五角场办事处，正式完成了以五角场代替市中心区的历史。也同样是在1956年，复旦大学第一次党代会召开。校区与社区，都迎来了各自历史的新一页。

02

复旦给郑重的印象，是从一大片篱笆墙开始的。

当时校舍内还留有大片篱笆墙，平整、美丽、有花纹，配合干净的煤渣路，成为学生上学时必经的风景。校园周边还有农民在耕田，如今的部分校内建筑，当时还是农民的坟墓，但学生们也不害怕，似乎这生的劳作与死的安息，都作为校园学习内容的一部分，被自然而然地接受了。

闲暇的时候，郑重会去五角场购物。当时并没有那么多商店，只有一溜地摊。学生们在这里买铅笔、便宜的笔记本，

复旦给郑重的印象，是从一大片篱笆墙开始的

然后再买上一个刚出炉的烘山芋，就够心满意足了。说到吃，郑重在入住复旦第十宿舍的第一天，上铺丁锡满看到他后的第一句话就是，“走，吃饭去。”

当时也不要粮票，两个大男孩捧着各自饭盒走去食堂。郑重记得，当时学生们很多都穿着木拖鞋，木拖鞋敲击地面，发出“吧嗒吧嗒”的声响。饭点的时间，在走向食堂的路上，就是一片声势浩大的“吧嗒吧嗒”。

“真有意思！”后来郑重给在山东读大学的中学女同学写信描述这里的篱笆、煤渣路和这种声响。女同学看得心驰神往，到上海来看郑重时，就专门到复旦大学食堂吃饭，吃了以后，连连称赞：“这伙食太好了，有菜汤年糕，还有肉包子，还不要粮票。”而当时在山东，人们已经开始受到三年自然灾害影响，学生们吃到的仅有山芋梗和小豆腐（黄豆碎末）这些。

一起吃饭的丁锡满，后来成为了上海滩著名的新闻工作者。一起吃饭的中学女同学，后来成了郑重的终身伴侣。

03

郑重在新闻系读书时，除了新闻专业课是本系教师讲授，其他的课都由中文、历史、哲学、外语诸系教师上课。有时又会分别和中文系、历史系或外语系的同学，在某一教室里听某一门公共课，持续上一个学期。那时的复旦，学生们彼此有交流，受各系的学术熏陶。郑重每每回想起来，仍然感到受益多多。但更多受益，来自老师们直接的教诲。当时复旦大学的老师们多住在复旦周边的宿舍，郑重也就有了机会去老师家里做客。

校长陈望道对新闻系情有独钟，因此新闻系的学生逢年过节都能去陈校长位于第九宿舍的家里做客。校长用糖果招待大家，还会说起当年学校如何创办、在重庆共克时艰的历史。郑重记得，陈校长特意用赵敏恒在路透社时率先发布开罗会议消息为例，鼓励新闻系的学生们要有意识地培养新闻敏感。当时，赵敏恒根据蒋介石侍卫长和苏联要员同时在开罗出现的消息，结合罗斯福和丘吉尔不在各自国内的线索，判断有重要会议在开罗召开。为此他立即飞往葡萄牙，在里斯本用加急电报向路透社总社发送了开罗会议的消息，比同行们早了 14 个小时。这样的职业传奇，令学子们听得入神。

作为学生记者，郑重也曾去复旦大学中文系教授郭绍虞家拜访。郑重记得，郭绍虞家满屋子的书扑面而来。其中有一张王个簃的绘画，在别人看来是不得了的珍品，但郭绍虞却将这幅画贴在书架上，为线装书遮挡阳光。郭绍虞为郑重改稿时，还特意语重心长告诫他少用形容词，不要追求花哨语句，“文章要朴素。”这令当时正为卖弄辞藻而有些自得的郑重十分受教。

在新闻界工作大半辈子后，上个世纪末，郑重被分配住到四平路。此时他已经是一个老上海，选择五角场更像是一场首尾相接的回归之旅，毕竟这里是他上海梦开始的地方。此时的五角场和复旦大学，早已今非昔比。坟场、农田和煤渣路为更多新建筑和设施取代，一片繁盛景象。但还是有很多东西没变，包括校园里学生求知的眼神，安静的第九宿舍，还有食堂的肉包子。

1956 年，郑重以为上海地处南边地气温暖而没有带棉裤来校，等到他亲历上海漫长湿冷的冬季，才困窘地去国顺路添置冬衣。也许正因为这样，后来不论郑重去哪个城市生活，每每想到五角场和复旦，他的心里总有一种暖意。

Xu jia hui

与徐家汇的故事，还将继续

〔人物〕**王丽萍**

国家一级编剧。

编剧天生关注细节。走进一幢陌生的高楼，旁人很少会留意开电梯的阿姨，但在王丽萍眼里，眼前默默坐在轿厢按钮前的阿姨，俨然是熟谙整幢楼秘密的关键，是一部波澜壮阔的小说的起始句。随着电梯逐层升起，王丽萍也随之来到这座城市的高处。一个关于城市秘密的故事，也就从这里展开。

1999 年，作为引进人才，王丽萍带全家调来上海，就在上影厂对面的漕溪北路安下小家。她租了一间两室户的房子，每日进进出出，都从电梯间开始。楼里的密闭空间、楼外的热闹商圈，成为王丽萍认识上海的起点，这个叫做“徐家汇”的地方，就此成为王丽萍讲述上海故事的坐标原点。

01

徐家汇的历史，俨然就是上海城市历史的浓缩。从 300 多年前徐光启归葬于肇嘉浜和法华浜二水汇合处的墓庐，到清朝天主教在此设立教区，再到徐镇老街小市集和商业区蔚然成形，及至上世纪 90 年代开始崭露头角成为“上海城市副中心、商业中心、商务副中心和公共活动中心”，徐家汇是个充满故事的地方。

徐汇志资料显示，作为一个繁华商区，徐家汇起步很早，但直到1949年上海解放时，徐家汇还只是个有着150多家经营日用必需品小型商店的小商业区。上世纪50年代后，随着肇嘉浜路沿线棚户区得到整治，徐家汇一带的商业发展才开始进入快车道。一大批国营粮食、日用品、油脂等商业公司和供销合作社出现，数十家国营零售商店、合作社供应门店开门。1954年，区内营业面积最大的综合性百货商场——上海市第六百货商店出现。1959年起，在肇嘉浜路以南的新建工人新村陆续配建商业网点。到20世纪60年代，徐家汇作为徐汇区商业中心已初具规模。

资料显示，1977年，徐家汇新建了与徐家汇高层建筑群相配套的营业面积达5000多平方米的上海市第十一百货商店（后改为中兴百货）。1978年后，扩建了上海市第六百货商店、衡山食品商店、宏伟文化用品商店、新标准钟表店、得天酒楼等店面。1989年，配合地铁一号线建设，在天钥桥路（南丹东路以北地段）新建营业面积达13000平方米的汇联商厦等一批商店，作为徐家汇商业的延伸部分。1990年底，徐家汇商业共有商店174家，其中90家在华山路上。与此同时，徐家汇陆续改建、新建了一批文化、教育、卫生、体育设施。在拓宽的漕溪北路两侧有上海气象大楼、上海体育馆、上海游泳馆、华亭宾馆及徐汇新村高层住宅群，还有闻名全国的上海电影制片厂、徐家汇藏书楼、上海中心气象台、上海天文台以及徐汇剧场、徐汇区图书馆、徐汇区文化馆等。1990

年底，徐家汇已成为徐汇区的文艺、体育设施较集中的活动中心地区。

地方志记载：1992 年，徐家汇商城一期建设开始实施。商城第一期工程新商厦、新楼盘以徐家汇广场绿地为中心的核心区域，有东方商厦、上海六百（扩建）、汇联商厦（加层）、大千美食林、西亚宾馆、太平洋百货商厦、三街口（徐镇老街、同仁街和华山路口）商场、地铁徐家汇地下商场、地铁漕溪北路地下商场、中兴百货商厦（改建）等 10 个工程项目，占地面积 1.22 万平方米，建筑面积 9.1 万平方米，比原徐家汇商业网点扩大 10 倍。1993 年，徐家汇商城二期工程全面投入施工，汇金百货、美罗大厦、美罗城、港汇广场、嘉汇广场等一批日后耳熟能详的地标建筑拔地而起。它的地域范围，以漕溪北路、虹桥路、华山路、衡山路、肇嘉浜路、天钥桥路、天平路等 7 条街交汇的徐家汇广场绿地为中心，沿诸街作放射状辐射，东至宛平路、宛平南路，西到文定路、中漕路，南临零陵路、凯旋路，北达广元路、广元西路，占地面积 1.2 万平方公里，商圈内名店林立、商业繁荣。

02

1997 年到 1999 年间，王丽萍为了拍摄电视剧《岁月如歌》《夫妻冤家》来到上海，合作公司安排她住的地方是位于徐家汇天主教堂边的上海气象宾馆。出门几步就到了当时象征着新时代交通工具的一号线地铁站，再走一些路，各大商厦裹挟着滚滚红尘的热闹气息扑面而来。这冥冥之中的安排，让初来乍到的王丽萍对“海纳百川”有了最初也是最直观的认识。

人对陌生城市了解的第一步，往往是从住的地方开始的。正因为对上海的第一印象委实深刻，因此当 1999 年全家搬来上海后，她选择安营扎寨的地方也是徐家汇。

大楼里，王丽萍租的公寓在二楼。一楼的邻居家养着一条大狗，一开始还冲陌生人叫，但时间一长，每当王丽萍趴在窗台看它，它就安静地回望。从公寓出门进门，门房阿姨永远会客客气气问一句，“回来了？吃过了？”大楼外，白领脚步匆忙，车水马龙昼夜不停，来自全国各地的购物者在商店的货品前驻足，乡音各异，表情纷呈，当有旅人开始向王丽萍问路时，她才恍然意识到，时光就在这些细枝末节中，把自己从异乡人打磨成了自己人。

王丽萍的女儿莎莎在位于徐家汇的市四中学读到了南模中学，又从那里考上了大学。工作中，因为毗邻上影厂，王丽萍的许多同行前辈和朋友也都住在徐家汇。有时在咖啡店、邮局、菜场，一个转身总会遇到熟人，惊喜之余也意味着这座城市的盲区正在一点点变成熟人社区，上海开始向她展示对自己人的情谊。

02

王丽萍喜欢在咖啡馆写作，每天四小时雷打不动。徐家汇上演的人间冷暖，往往化入她的笔下，成为一个个剧本里的故事情节。在咖啡馆，她常常看见巡警和邮递员在同一个

徐家汇是个充满故事的地方

地点擦肩而过，于是以这两种职业为背景，虚构了《天使的翅膀》；在街头她看见双层公交车开过，由此也有了灵感，写下发生在车厢里的爱情小品《麦子》。她和小店里的店主成了朋友，也和书报亭的卖报人成了老熟人，她随时随地记录着俯拾皆是的上海故事。徐家汇再也不是她暂时落脚的栖身处，而是一个实实在在的家园，也是灵感的宝库。

2010 年，王丽萍写了一部电视剧《双城生活》，说的是一个北京女人和一个上海男人的爱情故事，可当初给男主角取名字的时候，她咬着笔头想了半天。有一天早晨，当她在衡山路上的凯文咖啡馆写作时，透过落地玻璃窗，她看见车子徐徐开过，隐约听到自行车铃声“滴铃铃”地响过……嗯，有了，男主角就叫“徐嘉惠”。

这个名字随着电视剧的播出变得家喻户晓，而这也成了编剧王丽萍回馈这片土地的小心思。从初见惊心到落笔写下，王丽萍知道，关于她和徐家汇的故事，还将继续讲下去。

06

沧海桑田

闵行路

上海大厦

董家渡

肇嘉浜路

溧阳路

旧上海市图书馆

光新路

虹口那条闵行路上的童年

〔人物〕**任溶溶**

1923年生,原名任根鎏。著名儿童文学翻译家、作家。译著有《安徒生童话全集》《彼得·潘》《木偶奇遇记》等。曾获陈伯吹儿童文学奖杰出贡献奖、中国翻译协会“翻译文化终身成就奖”等荣誉称号。

虹口闵行路和峨嵋路并不算太起眼，但这个十字路口对于任溶溶来说，却具有某种魔力。

在这个十字路口的东南角，如今是一座大楼，不过在上个世纪20年代，那里并没有大楼，只是一块大空地。五湖四海的人聚集在周边居住创业，也带来了各种流派籍贯的审美情趣和娱乐需求。每到白天，这空地上，有时是耍猴的来了，有时是卖拳头的来了，有时是演出木偶戏的来了，有时是套无锡大阿福的摊子来了。

90年前的上海，“摩登”是它的一个注脚，但在这块任溶溶家所在区域的空地上，却留着这些旧日江湖气息的老式把戏。任溶溶难以忘记，在这里他亲眼看到了上海话说的“猢狲出把戏”，亲眼看到了木偶戏“猪八戒背媳妇”。看到的木偶戏还带唱，唱的是苏北戏，还有章回小说里描述过的江湖中人卖膏药卖拳头的把戏，他都用稚嫩的眼睛亲自看到了。在闵行路的家里，只要听到那边敲锣打鼓声，孩子们就会吵着去看，大人也总是带着去看。

等到了夜里，乌灯黑火，寂静一片，这里还是一块空地。像是白天发生的一切都是一场梦，这场梦就如童年本身一样，留在任溶溶的回忆里。

01

地方志相关资料显示：鸦片战争后，清朝政府被迫签订《南京条约》和《五口通商章程》不平等条约，上海被迫开埠，逐渐成为当时还在“锁国”环境中的日本人心目中亚洲大陆的“欧罗巴”、东洋中的“西洋”。清同治七年，长崎田代源平在上海开设首家日本商店陶器田代屋。同治九年，上海有日侨 7 人。同治十年，《中日修好条规》缔结，次年，日本上海领事馆设立。光绪元年（1875 年），日本三菱公司根据政府的命令开设横滨至上海的定期航路，与欧美轮船公司竞争，独占上海航路。

甲午战争前夕，上海有日侨近千人，因战争爆发，除 200 人留沪外，其余人分乘轮船返回日本。由于日本在甲午战争中获胜，它不仅取得领事裁判权和租界设定权，而且得到长江航行权和在开港城市设立工厂、输出资本的权利。此后，日侨激增，并开始向虹口以日本领事馆和东本愿寺为中心的地带汇集，在百老汇路（今大名路）、天潼路、南浔路、文路（今塘沽路）、乍浦路沿街的中国商店间开设日本商店。

19 世纪，在上海租界开辟后，虹口的百老汇路、武昌路、昆山路、闵行路一带成为日侨密集区。

地方志显示：至 19 世纪 80 年代，日本人趁粤商徐润因经营不善出让地产之机，把吴淞路地段买下，建立许多日本商铺，如日式的鱼店、小菜店、点心店、衣料店等。区境内形成一片以吴淞路和北四川路为经、两路的分支马路为纬的“日本化”街区。三角地菜场供应从长崎运来的新鲜鱼和蔬菜。虹口的繁华地段曾有“小东京”之称。

第一次世界大战爆发后，上海日侨社会快速发展，以纺织业为主的日资进入上海，日本商社和日资银行支店竞相开设，上海迅速成为中日贸易的据点。在沪日侨数量大为增加。

统计资料显示：到1915年，在沪日侨数量增至11457人，首次超过英国侨民，位列上海外侨人数之首。1919年又达17720人。

1923年，日本邮船公司开设长崎—上海航线，并与东京的铁路相连。20世纪20年代，日侨已集居虹口文路、吴淞路、南浔路、汉壁礼路（今汉阳路）、闵行路、密勒路（今峨嵋路）、昆山路，并开设众多日本商店，出售日本商品，这一地区被称为“日本人的街”，在那里生活的日侨居民为一般民众，被称为“土著派”。

同时，随着日本公司的增多，在北四川路（今四川北路）横浜桥以北，以千爱里为中心，越界建造大批公司住宅，80%的公司职员居住在那里，形成“新日本人街”，那里的日侨居民大多为职员，为日侨社会中层阶层，称为“会社派”。

至于商社、银行支店长、高级官吏、公司大老板等大多居住在公共租界、法租界。

一份1927年日侨数目统计显示：仅中部虹口地区，就居住1997户、7582人。其中，西华德路附近一带46户、268人，闵行路、新康里、密勒路115户、807人，南浔路及华德路一带125户、521人。北部虹口和闸北区日侨数目更多。

02

早在清朝，日本民部省在公共租界新大桥南川岸3号开设一家名为开店社的驻沪机构，作为日侨商人的联络机关，后改称上海日本领事馆，并迁虹口区闵行路3号，于清朝末年升为总领事馆。

以总领事馆为中心，在虹口，涌现大量日本人俱乐部、学校、商店、医院、娱乐场所、宗教设施等。日侨居住在日式住宅、用日本语、食日本料理，生活方式和在日本国内无异。其中，仅闵行路上，有日本人的书店兼出版社至诚堂，还有日本人俱乐部弓友会、实业俱乐部。

至1932年“一·二八”事变和1937年“八一三”事变以后，大批虹口地区中国人及其商店被驱逐，北四川路成为名副其实的“日本人街”。1938年，上海日侨增至34676人。北四川路日本商店从“八一三”事变前的65家增至1940年的600家，占全路店铺总数的近九成。太平洋战争爆发后，上海日侨数激增，1943年超过10万人。

资料显示：1945年8月日本投降。9月15日，中国政府命令自17日起居住在上海市区的日侨集中到虹口居住，5日内迁移完毕。10月15日，中美两国在上海召开遣送日俘、日侨会议，拟定《遣俘遣侨之计划》。12月，首批日侨2185人乘明优丸号运输轮回国，至1946年7月遣送工作基本结束。

03

1923年，在虹口区闵行路开设木器店和纸行的任家，添了一个儿子——任根鎏，即后来以笔名为世人所熟悉的任溶溶。他的出生地，就在吴淞路口昔日之巡捕房今之虹口区公安分局东首四五间铺子的楼上，靠近峨嵋路。这一排铺子后面是个大里弄，里弄另一头是塘沽路，弄堂口对着当时很有名气的三角地小菜场。

任溶溶的父亲是广东人。过去这一地段广东人颇为集中，任溶溶在父亲的店铺里长大，也去同乡于同一地段开设的纸行和同乡小朋友玩耍，至开蒙时，在同一地段广东人的私塾里启蒙、向孔夫子磕头行礼。

同一区域内的武昌路，当时也是一条广东街，街上居住的广东人多，店铺也多有广东特色。街上有一家大酒楼，发音为"粤商楼"，这一带的人家里婚丧宴请，都不去南京路的大饭店，而多在这里设宴。也在这个地段，任溶溶记得还有一座广东人的庙，叫三元宫。农历初一、十五和节日，宫内很热闹，任溶溶小时候常随父母去玩，等到五六岁回广州，10年后回来时，已是日占时期的上海。再去寻这三元宫，却是悄然无踪，只剩下一家堆着木材的木材厂。

对任溶溶来说，小时候过苏州河是大事，至今只记得大人曾抱着他到南京路大东旅馆吃过一顿西餐，到南京路日升楼今永安新楼原址的旧天蟾舞台看过一次《封神榜》，仅此而已。而童年其他的趣事，全是在闵行路这一块小天地里完成的——有生以来第一次看电影是在虹口电影院，不久以后虹口电影院对马路开了一家新电影院，即现在的胜利电影院，当时叫好莱坞电影院，又改名威利电影院。它一开张，他就去看电影了。

于当地的移民来说，故乡或许在遥远的原籍，但对任溶溶来说，童年就在闵行路。

上海大厦里的“统战岁月”

〔人物〕**陈绛**

生于1929年。复旦大学历史系教授，上海市经济史学会原会长，上海市文史研究馆馆员。

1950年夏天，21岁的陈绛第一次登上上海大厦。

站在18楼的观景平台，浦江两岸风光尽收眼底：一座美丽的外白渡桥，跨过苏州河和黄浦江的交界处；沿着黄浦江，则是一片风格迥异的万国建筑群。“建筑诉说着半个多世纪的骄傲和屈辱，夜晚的通明灯光展示着历史新篇章的辉煌。”凭窗远眺，换了人间，眼前的景象，让这个年轻人心中涌起对新时代的无限自豪和兴奋。

这是他来到上海的第三年，加入中共中央华东局统战部的第一天。此后，陈绛在这幢上海标志性大楼里度过了一段难忘的岁月，也为日后研究经济史打下了基础。

01

上海大厦，原名百老汇大厦(Broadway Building)，坐落在上海外白渡桥北堍苏州河畔，占地8亩余，是一座高76.7米的摩天大楼，加上地下室和19层以上的2层设备屋，一般称为22层，是解放前数一数二的高层建筑物，也是上海当时城市地标性建筑之一。

这座建筑为钢架结构。建筑面积 2.4 万余平方米，加上附属建筑共计 3.1 万余平方米。当时，号称 24 层楼的国际饭店是上海第一高楼，但上海大厦的面积比国际饭店大。它于 1934 年开始建造，1935 年落成，最初由英商公和洋行设计，新仁记营造厂承建，业主为英商业广地产公司。

大楼原是供来华外国人居住的旅馆兼作公寓。据资料显示，建筑为装饰艺术派式，摒弃了古典装饰，采用立方体的组合，平面呈蝶形，有利于利用地盘，也能争取四翼房间的朝向。地下室为锅炉间；底层为一般客房和公共服务部，设有中西餐厅、休息室、理发部等；2 层至 9 层的四翼有大小公寓房间各 4 套，客房 19 套；10 至 14 层，各有房间 15 套；15 至 16 层，有客室 16 间；17 层为小餐厅及厨房；18 层为特等房间；19 层为机器房及水箱设备等。大厦北面当时还建有大型车库，可停汽车 80 辆。整幢大厦从第 11 层起开始逐层收进，形成其特有的体形。外部处理和内部装饰都大加简化，外墙采用咖啡色面砖筑砌。

由于位于苏州河入黄浦江的交界处，因此上海大厦也拥有军事上的重要地位。1949 年 5 月 25 日凌晨，苏州河以南地区解放后，人民解放军向苏州河北国民党军进攻。在争夺桥头时，踞守在苏州河北岸碉堡、上海大厦、邮电大楼内的国民党青年军和交警以稠密的火力封锁河面，负隅顽抗，解放军攻击部队伤亡甚多。指挥员决定改变战术，一面在苏州河采取佯攻，牵制敌人兵力，一面等天黑后将部分主力从侧面涉河，抄敌后路，拿下了桥头堡，并包围踞守邮电大楼之敌。

经过激战，敌人被迫投降。在上海大厦，敌人的一个营继续顽抗，攻击部队发动政治攻势和近迫射击，4 小时后，敌人全部缴械投降。

02

士兵们曾经浴血奋战过的上海大厦，在 1950 年夏天已经是一派和平景象。时为统战部秘书长的周而复身穿夏季两用衫从电梯出来，迎接从复旦大学前来报到的年轻人们。

新政权正在用人之际。当时，正在复旦大学经济研究所就读的福建小伙陈绛提前毕业，和几位同学被分配到统战部。华东局统战部在1949年6月1日成立，兼管上海市的统战工作，由市长陈毅亲兼部长，副市长潘汉年兼副部长，周而复为秘书长，最初只有七个人，后来又陆续来了著名的“救国会七君子”之一的沙千里等二十来人，许多老同志都是新中国成立前的地下党员。1950 年 3 月，上海市委统战部成立，但仍与华东局合署办公。陈绛等几个年轻人加入不久后，又从大夏大学调来三位女毕业生。

统战部在上海大厦 11 楼办公，宿舍在 12 楼。因为大家吃住都在上海大厦，彼此很快熟悉起来。陈绛开始在秘书处调研科工作，主要从事文字内勤工作。白天上班，晚上就回宿舍休息。早起还有工友来叠床铺被，打扫房间。

在陈绛的记忆里，那段时间，大家生活愉快，气氛和谐，犹如一个大家庭，所有人都沉浸在共和国新生的欢乐和骄傲之中。除了办公，工作人员还有一个俱乐部，下班后，大家可以去打乒乓球、康乐球，每周还会请人来，教大家唱进步歌曲，举行舞会。

陈毅有时也会在周末来到上海大厦，和大家一起参加舞会。陈绛记得，陈毅个子很高，一点也不拿架子，十分和气地和众人一起参加活动。而秘书长周而复与其说是一位高级干部，不如说更是一位文化人，他晚上会带着年轻人到上海大厦后面的小街吃小笼包子、鸭血线粉汤。一个夏天的晚上，周而复还自己开车带大家到南京路兜风，然后到大世界附近去吃郑福记酸梅汤。

03

陈绛的爱情，也在这个其乐融融的时期降临。

新加入统战部的三位女生中，有一位是大夏大学教育系毕业的任佩仪。因为志同道合，两个年轻人很快热恋起来。

潘汉年的妻子董慧当时担任统战部秘书科科长。在年轻人的眼里，她一点也没有市长夫人的派头，也从不炫耀过去。相反，她和气近人，还经常自掏腰包买水果点心分给大家吃。老同志们亲切地直呼她“阿董”。董慧看到手下的年轻人恋爱，还热心地推了任佩仪一把说：“小任啊，我看陈绛不错，你就不要犹豫了。快点结婚吧！”

就这样，陈绛和任佩仪在 1953 年五一劳动节结婚了。遵循当时的新风气，两个人既没有举行婚礼，也没有举办婚宴，只是分发部内同事一些糖果。同事们则合力购买热水瓶、台灯、笔记本等日用品为贺。周而复送给新人一部四卷本的肖洛霍

上海大厦，原名百老汇大厦

夫《静静的顿河》。董慧送给新人的，则是一把精致的小刀。

04

1950年，如果夫妻俩都在机关工作，收入水平如何？

婚后，陈绛和妻子搬到瑞华公寓居住，之后又搬过数次家。每月的生活按照供给制，只有两三元钱，仅够购买些毛巾、肥皂等物，但因为住房、吃饭、穿衣都由公家提供，因此也不觉得拮据。等到1955年后，陈绛夫妇的两个儿子诞生，按照规定可以有一笔保姆费。夫妇俩把孩子们送去托儿所后，这笔余钱就可以用作买书了。当时外侨离沪，上海西区许多旧书店都有他们卖出的大量外文旧书。在下班后，寻觅和购买这些旧书，成了陈绛的一大乐事。

此时，统战部的办公场所也已经搬到了江西中路福州路口的建设大厦五楼。1952年，陈绛参加"五反"检查队，被分在棉纺织组。周而复特意叫陈绛到办公室，要他把资本家在小组会上的发言记录下来给他看。当时，荣毅仁、刘靖基等著名资本家都在这个组。后来陈绛才知道，原来周而复当时准备创作长篇小说《上海的早晨》，正在收集素材。后来，陈绛记录整理的一些简报，有一些的确被周而复吸收到《上海的早晨》里。在小说的第一部和第二部出版后，周而复还专门送给陈绛一本，以表示谢意。

此后，直到1957年，陈绛调入中国科学院上海经济研究所（后改为上海社科院经济研究所）工作，开始从事经济史研究。

Dong jia du

江水流过董家渡

〔人物〕**李良荣**

1946年生于浙江宁波。现为复旦大学新闻学院教授，博士生导师，复旦大学传播与国家治理研究中心主任。

一年一次，潮水如约而至。

黄浦江水会漫过街面，漫过“万国建筑”，漫进成片的居民区，把中山南路593弄的石库门弄堂淹成泽国。每当此时，弄堂3号的底楼里，少年李良荣要负责抢救家具，还要忍着恶心，捡捞随水漂来的虫尸。

那是属于李良荣的董家渡记忆。1958年到1966年，他的青春时光在这里度过。最艰难的日子里，全家8口人蜗居25平方米的房间，一日三餐仅有米糊和菜帮子。

“之后去的地方多了，看过的好房子也多了，回来越发觉得老宅破旧。但在那么破旧的地方，过去我怎么会觉得自己过得那么幸福呢？”离开董家渡50年后，李良荣坐在复旦大学新闻学院的办公室里自问。

在最后一次与老宅告别时，在得知房屋已随旧区改造夷为平地时，他都曾如此自问。没有答案。唯一可知的是，随着那条弄堂化为城市历史中的微尘，往昔在那里的日子却愈发清晰。

01

董家渡，上海最早成形的城区之一。毗邻黄浦江畔的优势，给予它得天独厚的发展机会。资料显示，上溯到宋代，此地已在沿江形成小集市。

至清朝康熙年间，随着沙船业的兴盛，董家渡地区行业码头骤增，依江而兴。除了轮渡码头、趸船码头，从董家渡到南码头，就有竹木行业的竹行码头、新泰码头、丰记码头，油酱业的万裕码头，豆米业的三泰码头，油车业的油车码头等近 20 个行业码头。为便于漕粮交兑和转运，在薛家浜还建有大型漕粮仓库。

交通的兴盛带动商业发展。因为运载木材的船停泊在王家码头到南码头一线，木行应运而生；逢棉花收购季节，闽粤商人前来设点收购，大批花行遂成花衣街；大批麦芽糖作坊集聚成糖坊弄；许多加工芦席的铺子聚成芦席街……这些沿用至今的地名，都记录了董家渡商市繁盛的历史。

咸丰十年（1860 年），辖区沿江一带曾遭法军排炮轰击，大片房屋塌毁。1937 年，淞沪会战时再次遭日军飞机轰炸，在新街、石街一带产生大片棚户。此后直到改革开放前，漫长的岁月里，这一地区的大部分平房，大都面临道路狭窄泥泞、房屋破旧、公共设施缺乏等问题。

1958 年，李良荣一家从宁波到上海，顶下中山南路 593 弄 3 号楼底层的一间房间。设计之初只供一户居住的楼里，当时合住了 9 户人家。放眼望去，整条弄堂的居住窘境，莫不如是。

由于弄堂底部毗邻一个仓库，建筑物压住了风。每到夏夜，不透气的弄堂内溽暑蒸人。几乎家家户户都会形成默契，傍晚五点一过，就洒扫弄堂外的马路，各自搬了躺椅、竹床甚至门板，沿着马路排成一列，在众目睽睽中一起吃饭、洗衣、集体入睡。

只有到了后半夜，江风开始从黄浦江上吹来，街面上才略有凉意。熟睡中劳苦一天的人们，会裹紧身上的旧被单，在大街上入梦。

02

但李良荣却从不去街面上睡觉。

这是这户拮据却要强的宁波人家对体面的坚持。

当时，一幢楼内原本的灶间由三户合用，十几平方米的烧饭空间内，主妇们转身就会碰到他人衣角。乍看一切都是合用的，实则界限分明、寸土必争。一个菜盆子略挪过去几厘米，都要向邻居提前打招呼。生活就像一个锱铢必较的老师，指点身处其中的人如何谨言慎行。在紧张而微妙的邻里关系中，早熟的孩子们学会了谨守本分，也学会了看人眼色。

物质的极度匮乏，也叫人学会了忍耐。初到董家渡的几年，上世纪 50 年代末，李良荣的家中只能烧米糊度日，配一点榨菜和剁碎的卷心菜帮子——后者是唯一不需要凭票购买的蔬菜。年幼的弟弟妹妹不能耐饥，常常哭泣，但正在发育期的李良荣却学会了在饥饿感袭来时默默挺过去。每逢在宁夏工作的哥哥回沪，他还要和母亲凌晨三点去菜场排队，于寒风中等到六点菜场开门，好为难得回家的哥哥抢购一块排骨和一点带鱼，烧一顿像样的饭菜。

而他很小就明白，改变命运唯有读书这条路。

除了帮衬家务，李良荣的全部心血都投在了书本上。到上海后，他进了市南中学，很快就成为学校的团干部，成绩名列前茅。而越是名列前茅，他就越是自律，用功得令人瞠目。当年的中学生学俄文，李良荣让同学随便打开教材任何一页，念出开头的字句，他就能接着背出整段课文，丝毫不差。不识字的母亲并不能在学习上帮忙，每每看到这个乖巧的二儿子读书到夜深，会发自内心心疼他："把椅子都磨平了。"

1963 年夏天，从未进过校长办公室的李良荣，被中学校长请去。那名姓雷的女校长郑重地告诉他："李良荣同学，你为我们学校争了光。"

李良荣问："我考进了哪所学校？"

校长说："复旦大学新闻系。你是南市区开天辟地以来的第一人。"

03

1996 年，经过子女的不断劝说，李家父母依依不舍地离开中山南路 593 弄，搬入徐汇区的公寓房。此时的石库门内，居住环境已有改善，煤卫设施更新，邻里关系也更和睦。每逢夏季，黄浦江的水再也不会漫过堤岸。但其实母亲最舍不得的，是一份荣耀感。

在中山南路 593 弄，任何一户人家娶妻嫁女，都会邀请李家母亲去缝新人的被子，因为她是“有福之人”。每家每户都传颂着最让她得意的事——在 1963 年的高考中，整条弄堂有八个青年应届，考上大学的只有两位，考上复旦新闻系的，只有李家的孩子。

老实的父母在那年收到录取通知书时，甚至不明白复旦大学到底意味着什么。当旁人告诉李家父亲，这个金字塔尖的专业一年全国只收 30 人后，这位酱园的会计失眠了。第二天他告诉李良荣，他不是因为高兴睡不着，而是为儿子后怕：“你填了这么难考的志愿，万一没考上怎么办呢？”

但到底李良荣考上了。他带着父母买的新脸盆，离开这条弄堂，敲开了复旦的校门。1979 年，他又考上复旦大学新闻系研究生，此后留校任教至今，名扬新闻学界。

工作后的李良荣，常常带着儿子回这条弄堂看望父母。母亲悄悄地告诉他：“不要给我们钱，给我们带点大包小包的礼物，一路拎在手里走进来，好叫弄堂里的邻居们看到，说李家门阿二又来了，东西又带来‘交关交关’，这才高兴。”

而离开了这条弄堂，便离开了这份受人尊重的感觉，父母不再感到自己是个“人物”了。在崭新但独门独户的公寓房内，老人们说自己像离了水的鱼，“我们只有回到老房子才活起来。”

但老房子太破旧了，随着老居民们逐步搬走，大量外来务工者租住石库门内。母亲珍视的那段共度时艰的回忆，那些共享荣耀的得意，那些彼此交缠的情谊，早已如流云散去。

2008 年，一次偶然路过董家渡时，熟悉的门牌号码跃入李良荣眼中。李良荣叫停了车子，循着少年时代熟悉的路又走回中山南路593弄前。弄堂逼仄，屋角生苔，墙粉剥落，进进出出的皆是陌生面孔，再无一户熟人了。仿佛冥冥之中，老宅最后召唤了李家二儿子一次，在成为齑粉之前，与他做了告别。

江风依旧从渡口吹来，一如60年前。昔日曾见证过市民窘迫与奋斗的石库门不复存在。董家渡地块上，如今拔地而起一幢幢新高楼。

肇嘉浜路

掉入肇嘉浜的人生循环

〔人物〕**叶辛**

1949 年出生，作家。中国作家协会副主席。

临近年底，叶辛得了一双新圆口布鞋。把母亲亲手做的新鞋穿在脚上，他就想到处溜达显摆，两只小脚不由自主越走越远，不知怎么就从位于永嘉路襄阳路的家，走到了肇家浜边上。

这是 1950 年代初的冬天，肇家浜上哪里有路，这里尚是一条臭水沟。年幼的叶辛再三被家长禁止前往，但这天，穿着新鞋，他觉得自己哪里都可以到达。他要去肇家浜看船，但走到跟前，却发现水位处于落潮期，船都搁在泥滩里。他不晓得厉害，只想下去看看。走近些，再走近些，忽然整个人往泥滩里一陷。五岁的叶辛，掉进了肇家浜……

01

肇家浜，名字已经透露了它的出身。

在 19 世纪中叶，肇嘉浜还是一条通航河道。资料显示，肇家浜东起朝宗门（今大东门）水门，引黄浦江水横贯上海县城，西出仪凤门（今老西门）水门南下，流至斜桥改向西行，直奔徐家汇的蒲汇塘，长 5 公里有余，宽约 30 米，深 3 至 4 米。

两河交汇处称蒲肇河，向西可通航至七宝。

不过，这条清澈河流的命运，随着上海开埠而变化。随着肇嘉浜北岸被扩占为法租界，沿岸开办了一批工厂，租界内也兴建了很多住宅。大量工业废水、生活污水未经处理就直接排入肇嘉浜，因为处于华界和租界交界处，两头都不治理，至抗日战争前夕，河道逐渐淤浅变稠，仅能勉强通航小船。同时，战争的爆发，使得大量周边省市难民涌入肇嘉浜两岸，搭棚落脚谋生。随着上海沦陷，闸北、南市等区域的穷苦难民又蜂拥至此，肇家浜两岸出现了许多“滚地龙”——用竹片芦席简单搭建的栖身之所，或是船民搭块板到岸上的半水上人家。

“八一三”事变后，国民党政府为修公路，截断了陆家浜一带的河道，肇嘉浜改为从打浦桥处折入日晖港出黄浦江。日军又在徐家汇一带断浜截流修筑公路，使一条活水河成了断头死河，黑臭问题愈发严重。记载显示：“（肇家浜）在平潮时稠得像胶汁，黑得像柏油。水面上覆盖着残叶浮渣，漂荡着猫、狗和婴儿的尸体，臭不可闻。涨潮时，污秽的浜水漫上岸来，破烂不堪的棚户区一片汪洋。支撑水上阁楼的毛竹腐烂下陷，大风一吹，全屋塌入浜中，压伤淹死老人孩子的事时有发生。”

地方志记载，当时，能供浜畔居民饮水的仅有2个自来水龙头，流氓恶霸把持抬价，逼得买不起自来水的穷苦人民只得舀污秽的浜水饮用。蚊蝇滋生，瘟疫流行，一两天内一家一户相继死去几口人的情况常有发生。据当时一家慈善机构的资料不完全统计，每逢盛夏酷暑，肇嘉浜边一天平均能收到 10 具尸体，最多的一天竟收到 40 多具。当时曾流传着这样的歌谣："自来水、穷人血，河浜水、断命汤，肇嘉浜是条阎王浜，穷苦人何时见阳光。"

尽管居住条件如此恶劣，但为避战乱，逃亡到棚户区的居民依然有增无减。至 1947 年，两岸有棚户 2000 余户，居民约 8000 人，成了旧上海最大的水畔棚户区。报上曾刊登一位黄包车夫描述的肇家浜，"一年四季臭气熏天，尤其是到了夏天，路过的人都要掩着鼻子。"

02

在叶辛落入肇家浜的 1950 年代初，臭水浜的面貌还未得到根本改观。周边居民谈及"臭水浜"三个字都掩面色变，反而让孩童们觉得神往。但在大约五岁的这个冬天，独自前去探险的叶辛，却不期然被黑臭浓稠的臭水浜捉牢。等到他发觉不妙时，大腿已经全部陷入泥潭，动弹不得。正吓得要死，与叶辛同住一条弄堂的一个中学生哥哥经过，立即下去抱住叶辛，一下子把他拔了出来。

被救出来的刹那，叶辛还下意识地去抓脚上的新鞋。大哥哥还在后怕，骂他："你太作了，这种时候还想着鞋子！"叶辛却欣喜鞋子还在，赶紧揣在怀里，一路光着脚跑回弄堂。等到妈妈下班回来，他以为她要生大气，不料妈妈听闻原委后并未发作，只是轻柔地接过鞋子去洗了，说了句，"要不是有哥哥，你就没命了。"有了这一遭经历，从此即便家长不阻拦，叶辛也再不去肇家浜了。

03

但就在这次“亲密接触”后不久，肇家浜迎来了改变命运的时刻。

1954 年，上海市政府开始治理肇家浜。经过填埋河道、种植绿化等大量工程后，1956 年 12 月 29 日，作为上海工人亲手兴建的第一条林荫大道，肇家浜被正式命名为“肇嘉浜路”，安上了第一批路牌。至 1957 年，肇嘉浜全线填平，两侧的徐家汇路和斜徐路合并，成为上海市南部地区东西向交通大动脉，原河边居民 1704 户迁入漕溪新村，耗资 754 万元人民币。

昔日站在枫林桥桥塊处看出去，是一个垃圾遍野、两岸棚户不绝的破败景象，但是在全新的肇家浜路上，枫林桥十字路口的中心开辟了一个花坛，围绕着花坛的竹栏杆，被漆成了翠绿色。1957 年元旦起，23 路公共汽车开始从肇嘉浜路上通行。

已经开始上学的叶辛，也听闻了肇嘉浜路的变化。让他首先注意到的是，人们谈论肇家浜时，不再有原先鄙夷嫌弃的神色，而是交口称赞，彼此相约要去游玩散步。几年后，叶辛在徐汇中学读初一下学期课程时，语文老师给全班布置了一个作文题目——《溜达在肇嘉浜路上》。老师素日严厉，令学生们望而生畏。这个作业，自然让孩子们各个诚惶诚恐。叶辛也在回家路上，瞪大了眼睛观察肇嘉浜路上的花叶草木。虽然平时和伙伴们上学放学常常从这里走过，但放慢脚步去观察又是另一回事。这一次观察，让叶辛学会换个视角看熟悉的环境，之后写了一篇很好的作文，获得了语文老师的当众表扬。“我也茅塞顿开，觉得自己从此学会了关注细节。”叶辛说。

04

1969 年，叶辛中学刚毕业就去贵州山乡插队，一呆就是十年又七个月。

大约在 1974 年左右，他回沪探亲时又回到了肇嘉浜路上。和昔日同学碰头时，叶辛发现肇嘉浜路两边的绿化不复浓荫，反而变得稀稀拉拉了。一问才知，原来是为了“备战备荒”，肇嘉浜路下面全部被开挖成了防空洞。少时他所熟悉的绿植都被毁坏，一片凋零。带着记忆被毁的遗憾，叶辛回到了贵州，并在艰苦岁月里进行文学创作。

等到上世纪 90 年代，叶辛终于调回上海后，单位给他分房。拿到新址一看，叶辛又惊又喜，原来新房竟然就在肇嘉浜路边上！闻讯而来的朋友们无不称奇，“人生好像一个圆环往复。”

后来，叶辛扎根上海，以自己的方式相伴着这条路，看着这条路上的植被重新变青葱，两边店铺变兴隆。当肇嘉浜路因为开挖地铁而再次被剖开时，叶辛在参加市人大常委会相关会议时，还特意向市领导建议要保护好道路原有绿化。当他得知所有绿化会被恢复时，似乎少年的记忆也因此而完整。

如今每晚六点三刻，人们总能在肇嘉浜路上看见一个小个子的老人踱步走过，他看着周边的绿化树木，也感慨着人生与这里的缘分。没有人知道，他曾经掉入过这条河浜。

Li yang lu

溧阳路 1335 弄，与名家为邻

〔人物〕**曹雷**

曹聚仁长女，1940 年出生，浙江浦江人，著名配音演员、导演。

1946 年夏天的夜晚，溽暑蒸人。虹口区溧阳路 1335 弄 5 号，老式石库门底楼的窗户内，一盏电灯还亮着。

光亮前映出的，是战地记者曹聚仁的脸。当时 46 岁的他正在写作《中国抗战画史》。几乎以每天五六千字的速度，他要将八年抗战中获得的还散发着硝烟味道的第一手资料写成文章。才六岁的女儿曹雷，刚刚随父母从江西乐平返沪。每天夜里，那一灯如豆，把伏案疾书的曹聚仁的背影在墙上拉得很长。这幅画面，成了她心中关于父亲最“天经地义”的形象——父亲天生就是要写作的。

01

溧阳路不算很长。

这条南起黄浦江畔虹口港，北迄四川北路的道路原称狄思威尔路，本来是虹口界内重要道路，1983 年为迎接第五届全运会拓宽四平路，溧阳路由此被隔成两段。早在 1893 年，溧阳路就开始筑路，因为建设较早，所以路两侧大多是旧式

溧阳路 1335 弄，是典型的二层楼石库门里弄房

的里弄和仓库堆栈。1943 年更为今名。但就是在这条并不太长的道路上，翻开地方志，却能发现近现代文化历史上一串熠熠生辉的名字——

位于溧阳路 1359 号的红瓦灰砖木结构、坐北朝南的三层楼房的二楼，曾是鲁迅的藏书室。1933 年至 1936 年间，鲁迅曾以内山书店店员镰田诚一的名义租下此屋，藏书约 6000 册，其中包括瞿秋白文稿、柔石的遗著及纪念物等。这间藏书室在二楼，面积 20．5 平方米。这里比邻鲁迅先生生前居住的山阴路，来往方便，直至 1936 年鲁迅逝世、许广平迁居前，藏书室的藏书都一直安然存放此处。

溧阳路 1269 号一幢坐北朝南两层楼花园洋房，则是现代文学家郭沫若 1946 年 5 月至 1947 年 11 月时的居所。这幢洋房建筑面积 406 平方米。1946 年 8 月，邓颖超等曾在此招待文化界人士；同年 11 月，进步文化人士曾在此为朱德同志 60

寿辰举行庆祝会。

溧阳路1156弄10号，则是著名报人金仲华旧居。金仲华毕业于浙江大学后，先后在上海商务印书馆、开明书店任职。曾协助胡适主编《东方杂志》。1934年任《世界知识》半月刊总编辑，参与创办《大众生活》《生活日报》《永生》《抗战》《全民抗战》等报刊。后任香港《星岛日报》主编，并加入保卫中国同盟。抗战胜利后，任上海《新闻报》总编辑。解放后任文汇报社社长、上海市副市长。

而在溧阳路1335弄5号，借居在坐北朝南二层楼石库门里弄房底楼的曹聚仁一家，则与出版家、作家、翻译家赵家璧先生为邻。在曹雷的印象里，住在附近的有书法家潘伯鹰先生，著名书法家、教育家沈尹默先生，《新民晚报》的主笔赵超构先生，还有后来在上海师范大学任教中文系教授的曹礼吾先生，以及参与编辑出版《第二次世界大战画史》的魏守忠先生等等一大批父辈的朋友。

02

为何溧阳路上，在当时会有如此多的名人尤其是文化人济济一堂？

在曹雷的记忆里，1945年的上海，刚脱离日寇的铁蹄。在日本投降之前，虹口闸北这一带既是日本陆军司令部所在地，也是日本人的居住区。在太平洋战争爆发前，这里的中国居民就纷纷逃离到英、法租界去了。但在抗战胜利、日本投降后，原来居住在虹口这一带的日本人纷纷回国去，留下了许多空屋；而大批原上海居民从大后方回到这座城市，却失去了原来的家园。于是，虹口成了后方回来的上海人首选的居住地。许多文化人也通过相互介绍，住到了这里。

当五岁的曹雷跟随父母来到上海后，虹口区溧阳路的家，大概 20 多平方米，不仅居住着父母亲与三个孩子，还有家乡来的祖母也随他们一起居住。父亲在进门处放置了一张小书桌，每天就见他埋头在那里写字。

曹雷记得，曹聚仁写文章习惯要留底稿，用铅笔在复写纸上书写需要格外费力，天长日久，他右手中指长出了个蚕豆大的老茧。一次，曹聚仁到虬江路去淘日军仓皇撤退遗落下的资料时，发现被丢弃的日陆军用的一沓沓薄型棉纸，回来后用这个书写就省力许多。后来，曹聚仁又发现用美国造的圆珠笔复写文稿很清楚，就在口袋里随身插着，不料那支笔芯漏油，他穿的白衬衫口袋下就留下了蓝色的油迹。

但就是在溧阳路的蜗居里，曹聚仁先后编写了反映抗战历史的《大江南线》和《中国抗战画史》，后者书中的资料，包括台儿庄战役大捷后，曹聚仁再返战地巡视，在尸体堆中找到的一本名为涩谷昇的日军士兵日记。这份台儿庄战斗实录，成为日后了解日军在台儿庄战役中的第一手材料；还有几张日寇在南京奸淫杀戮的照片，是从打死的日军中队长身上搜到的战利品。那是 1938 年曹聚仁在屯溪采访叶挺将军，叶挺亲手赠给他的礼物。

1947 年 6 月 24 日，由曹聚仁书写 40 万文字，舒宗侨配置 1200 张照片、60 幅地图的《中国抗战画史》问世。1948 年 8 月 14 日，在虹口乍浦路军事法庭开庭审讯日本侵华总司令冈村宁次时，一本《中国抗战画史》就放在审判长石美瑜的审判台上。

03

在曹雷的记忆里，在溧阳路生活的最初几年是艰难的。

当时，大批人从大后方来沪，人们需要创家立业、重建家园，即便是一些有名的文化人的生活也很艰难。曹雷记得，很多人家的住房并没有装修，住进去时还有日本人留下的“榻榻米”，窗门也还有不少是日式“移门”。大多数人的生活都很简朴，很多生活用品都是从虬江路淘来的旧货。倘若能去大光明影院看一次电影，可说是很奢侈的享受。

不过，文化人集中的地方，总有一种浓浓的文化气息。曹雷记得，生活虽然简朴，但家中的书籍是丰富的。尤其是戏剧家熊佛西先生创立的国立剧专（上海戏剧学院前身）也从大后方来到上海，在虹口的横浜桥落户，那里的剧场成为父母带曹雷和弟弟妹妹们常去观剧的场所。她记得，当时永安电影院就在国立剧专旁边。海宁路一带又有群众剧场、国际电影院、胜利电影院、解放剧场、曙光剧场等等。这些观剧的经验，也渐渐树立起她一生对戏剧的喜好。

在曹雷九岁的时候，上海解放了，虹口的面貌也随之焕然一新。1949 年 12 月，她在虹口公园（现鲁迅公园）参加入队宣誓，成了上海第一批少年儿童队（少先队的前身）队员。看着胸前的红领巾，孩子们神气异常，在马路上遇到不管是否认识的同龄人，只要对方也戴红领巾都要互相敬礼，喊口号:

“时刻准备着！”

新中国的学校课余生活是丰富的。从小学到中学，曹雷参加过合唱队，上街演过活报剧；经常举行篝火晚会、朗诵会、各班级的歌咏比赛；夏天有夏令营，寒假有冬令营……升入复兴中学后，她第一次登上话剧舞台的经历，就发生在中学的礼堂。

学校请来中央戏剧学院华东分院（前身是上海剧专，1956 年起改名为上海戏剧学院）的学生为中学生辅导戏剧组排戏。中国福利会儿童艺术剧院的前身“儿童剧团”那时也在虹口，曹雷和伙伴经常去看他们的戏，学校的同学们和剧团的小演员一起搞活动，交朋友，组织冬令营，打野战，这些都培养了孩子们对艺术的爱好。

1950 年，曹聚仁离开上海去香港工作，告别了溧阳路。但曹雷还是在溧阳路又生活了 10 年直到 1960 年。期间，她于 1957 年考上上海戏剧学院，成为一名专业的演员，后来还拍电影上了银幕。当年父亲决定来虹口居住似乎是一个偶然，但这却成就了曹雷生活里的一个必然。这一方水土，以溧阳路为中心，一步一步潜移默化带她走上自己向往的艺术道路。曹雷说：“初来虹口时，我还是一个懵懂的幼儿，当我离开的时候，已经成长为一个有志向有抱负的青年人。这 10 多年，我是在周围浓浓的文化气息培育熏陶下长大的。我对那里有着深深的感情。”

一座城市和她的图书馆们

〔人物〕**吴建中**

1956 年生，原上海图书馆馆长。

几年前，吴建中第一次走进荒废许久的黑山路旧上海市图书馆时，看到的是前辈对图书馆这一圣地的一片情谊。昔日被寄托了无限民族情感的歇山重檐顶、黄色琉璃瓦、红色立柱的空间内，还保存着上个世纪 30 年代流行的密集型错层钢铁书架居中、周围设置各类型阅览室的结构。它映射了上海近代图书馆的辉煌，也记录了一代图书馆人曾经试图自强而时运不济的努力。

如今，已近八旬的旧上海市图书馆被修葺一新，成为新杨浦区图书馆。这也意味着，在这里发生过的有关书籍和知识的故事，将藉由新的空间重新出发。

01

虽然江浙地区的文人一直有藏书习惯，但现代意义上的公立图书馆在上海开埠后方才出现。和许多新兴事物一样，“图书馆”这个概念是由外国传教士和侨民带到上海的。

资料显示：清道光二十七年（1847 年），耶稣会传教士梅德尔在徐家汇创办天主教堂藏书室，专供传教士阅览，这也被看做是上海最早的宗教图书馆。两年后，上海第一家公共图书馆上海书会（Shanghai Book Club）在英租界创办，咸丰元年（1851 年）改称上海图书馆（Shanghai Library）。同治十年（1871 年），亚洲文会北中国支会图书馆创办。光绪二十三年（1897 年），徐家汇藏书楼建成。

到光绪二十七年，上海出现第一所为国内读者利用的图书馆——格致书院藏书楼，创办人为英国人傅雅兰和中国科学家徐寿。光绪三十年，上海道、江苏提学使等批准在上海县西城学区筹备设立上海图书馆（又称江苏五属图书馆），因时局变动未果。同年，第一家大学图书馆圣约翰大学罗氏图书馆创建。光绪三十二年，国学保存会藏书楼成立，定时开放，公开阅览，成为上海第一家由中国人经营的图书馆。

20 世纪 20 年代后，上海通信图书馆、申报流通图书馆等兴起，这些由民间建立的通俗图书馆催生了政府兴办的公共图书馆。1931 年，上海第一家市立图书馆在南市文庙建立，1935 年在江湾建立了一座近代化的上海市图书馆。1936 年，全市有图书馆 300 余家，其中学校图书馆 158 家。抗战期间，公共图书馆业遭到重创。1945 年 9 月，上海教育局在工部局图书馆原址建立上海市立图书馆。1947 年，全市图书馆恢复至 75 家，其中学校图书馆 46 家。

1949 年 6 月，上海市人民政府接管上海市图书馆，改为上海市人民图书馆。1950 年 2 月，全市已经有公私立图书馆 117 家，其中学校图书馆 107 家（高校图书馆 48 家，中小学图书馆 59 家）。1952 年上海图书馆建立，1958 年与上海市历史文献图书馆、上海市报刊图书馆和上海市科技图书馆统一机构为上海图书馆。经过之后的全面恢复和规模扩大，到1990年，全市图书馆藏书11000万余册，藏书100万册以上的图书馆有9所。1995年，上海图书馆与上海科技情报研究所合并。

02

在这许多旧日的图书馆中，有一座图书馆堪称命运多舛。

1927年7月，上海特别市政府为了与租界相抗衡，曾雄心勃勃地制订了“大上海计划”，选址今五角场地区的翔殷路以北、闸殷路以南、淞沪路以东、黄浦江以西的土地约7000亩作为市中心区。这一近代上海第一个大型的城市规划甫一出台，就遭遇经济危机和战火冲击。尽管时运不济，但当时的市政府还是在1934年发行了350万元的市政公债，筹集全市之力，投入“大上海”的建设。其中，1934年8月，由著名留美建筑师董大酉及其助理王华彬设计的市图书馆开始施工，仓促中未完成所有工程，即于翌年9月试行开放。这就是今天位于黑山路181号同济中学内的旧上海市图书馆。

与同时代建造的其他“大上海”建筑一样，旧上海市图书馆被寄予浓浓民族情结——外观仿造北京城钟楼，采用了现代建筑与中国建筑之混合式样，最显著的是洋溢中国元素的歇山重檐顶和黄色琉璃瓦。室内以藻井彩画装饰，楼道以水磨石铺地，完全是当时中国人心中“知识圣殿”应有的样子。最初的设计资料显示，图书馆一层中央为入口大厅，依次是报纸阅览室、书库，左翼为办公室，右翼为儿童图书室、演讲厅。二层为阅览室、借书室和目录室。左右翼为研究室和特别阅览室。二层中央前部上有夹层，为储藏室，由此可通过露天阶梯登门楼。

然而，这个图书馆时运不济，由于设立在较为偏远的江湾，读者甚少，未满一年又因抗日战争爆发停止开放。抗战胜利后，当时的国民政府无力重启“大上海计划”，旧上海市图书馆内藏书即与福州路前工部局图书馆、南市文庙前上海市立图书馆合并组成又一个“上海市立图书馆”。

作为建筑的旧上海市图书馆，与同时代诞生的“大上海计划”中的旧上海博物馆相邻不远，曾被并称民国时期的“双子星”建筑。在之后的岁月里，旧上海博物馆被用作长海医院影像楼，旧上海图书馆则被闲置多年。

03

开埠以后，上海与世界发展同步，图书馆也不例外。如果说，以黑山路旧上海市图书馆为代表的近代图书馆可以称为第一代图书馆的话，1996 年开放的高度自动化的上海图书馆则可以称为第二代图书馆。那么，即将建设的上海图书馆东馆能否能领先一步、创立自己的第三代图书馆呢？

从大学毕业后就投身图书馆事业的吴建中见证了图书馆使用途径的变化。

在他看来，相比第一代图书馆，第二代图书馆以开放为特征。有的图书馆为了最大限度的开放，甚至让读者直接入库借阅。一些公共图书馆实行全面开架，闭架书库的比例缩小到 5% 以下。

不过，第一代和第二代图书馆都是围绕“书”展开的，虽然讲座、展示、参考等服务丰富了图书馆活动的内容，但总体上这些都没有根本改变图书馆以书为主体的性质，图书馆的功能布局和工作流程依然是跟着书走的，无论是部门设置还是文献服务都是以书为本位的。

进入信息时代后，实体图书馆的作用受到了挑战。因此，也需要提出超越书、超越传统图书馆的第三代图书馆发展理念——未来的图书馆不仅是搜索和寻找信息的地方，而且是共享信息的场所。未来的图书馆将更加注重人的需求、可接近性、开放性、生态环境和资源融合，致力于促进知识流通、创新交流环境、注重多元素养和激发社群活力。

以此概念为指导，曾经蛰伏许久的旧上海市图书馆在新生为杨浦区图书馆新馆后，也会更注重可亲近性和交流性。相关报道显示，未来，这座建筑的地下一层、地上二层、局部三层，预计建成后总藏书量 65 万册、数字资源 100TB、报纸杂志 1200 种，供读者阅览的座位有 650 个，其他供读者学习、休闲的座位共计 1600 余座。

吴建中说：图书馆具有永恒的意义，但永恒并不意味着静止。建筑师留下的是一幅象征永恒的画，而图书馆人要做的，是让这幅画饱含生命和意义。

见证光新路一甲子

〔人物〕**徐虎**

1950 年生，多年来坚持义务为居民维修水电，五次当选全国劳动模范，并获评“100 位新中国成立以来感动中国人物”之一。

1985 年 6 月 23 日，普陀区中山北路房管所一名普通的水电修理工徐虎做了这么一件事——他制作了三个简易小木箱，分别挂在光新一村居委会办公室门口、石泉路 75 弄弄堂口、石泉六村电话间。箱上这样写着：“附近工房居民如果在夜里发生水电故障，请写清地址，将纸条投入箱内，本人提供热情服务。开箱时间晚上七点。”这一挂，就是 10 多个年头，从此风雨无阻，他每天晚上七时义务开箱服务，通过这个小木箱，解决了无数居民的急需，也为现代人竖立了一个“新时代雷锋”的形象。

石泉路、光新路、中山北路、汉阴路、旬阳路，这几条道路所组成的区域，构成了徐虎的工作范围。许多人只知道，这一带的许多公寓楼房、棚户简屋，都曾留下过徐虎热心服务的脚印和汗水，却不知道他同样也出生在这里，且至今住在这里。

以光新路为原点，他在这里已度过的 65 年，是见证这一块土地沧海桑田变化的一甲子。

01

如今走在普陀区光新路上，两边高楼林立、店家繁荣，殊不知1950年徐虎出生时，光新路周边还是一片茂盛农田。徐虎，也是一个道道地地农家的孩子。

徐虎出生时，全家住在光新路189弄143号，是一座砖木结构平房，徐虎的父母皆为本地农民。上有四个姐姐，下有三个妹妹的徐虎虽为家中独子，但也是在田间地头长大，并未养尊处优。到了学龄，他先后在光新路二小和光新中学读书，成长的半径，始终不曾远离光新路。

1968年初中毕业时，徐虎被分配“回乡生产”，即到了离家不远的、当时母亲所在的长征公社第七队，成为了一名农民。当时在公社，用于农业生产的机器，分别有用来载物的二轮拖车、养猪场制作饲料需要的粉碎机，还有用于抽水的抽水机。这几种机器在使用中时有故障。每每机器坏了，农民们就会问年轻的徐虎“会不会修”。一来二去，徐虎跟着老师傅们就学会了水电工和维修工的基本知识，也学会了修缝纫机、半导体和煤油炉。

1975年，徐虎被分配进房管所，在领导询问他有何种技能时，他回答自己动手能力强，会修些农机。如此一来，他便被安排去当了水电工。同年，徐虎的老家被划入征地范围，一家人“洗脚上楼”，住进了楼房，徐虎熟悉的周边的农田风景开始一帧一帧变化。

02

光新路是一条依苏州河而兴的道路，这一点，可以从其旧名“朱家湾大街”上看出端倪。

在上个世纪 20 年代，大量工厂在苏州河畔兴建，大批来自苏浙地区的难民为逃避战乱、寻求庇护而来到上海，集聚在苏州河两岸，去附近工厂谋生。许多底层劳动者并无居所，就在小舢板上搭一块木板到岸上，几块草棚一围，便栖身为家。待久了，再沿岸搭建简屋。至上个世纪 30 年代，聚居者形成集市“朱家湾”，河岸四周密集棚户简屋，成为闻名的朱家湾棚户区。1928 年，当时的上海市主管部门成立“筹建平民住所委员会”，由政府筹资兴建一批低档住宅，平价或低价出售或出租给工人住，建在朱家湾和今镇坪路上的就是“中山路平民村”。

但战乱让这里成为人口密集、居住条件糟糕的“贫民窟”。

1964 年 7 月，这一区域正式成立街道，以朱家湾命名。随着工人的地位提高，境内的公共设施得到改善，到了上个世纪五六十年代，先后建成友好新村、同泰新村、卫星新村、石泉二村等砖木结构两层楼房为主的住宅群。

上个世纪 80 年代始，这里进行大面积的住宅建设，一批多层、高层住宅楼群拔地而起。原朱家湾前、后浜更是高楼林立。1987 年，普陀区将原平民村的 81 个单元住宅拆除后辟筑马路，取名“镇平路”，后改为“镇坪路”。

1994 年，光新路立交桥通车。这座桥由上海隧道院设计，是上海首座同时建成的上、下立交桥。其中跨越沪杭、沪宁铁路和交通路、延长路的上立交桥全长829.9米，宽16米，供行驶机动车辆。穿越沪宁、沪杭铁路的下立交桥全长383.06米，宽13米，供行驶非机动车及行人。工程范围还包括建造一座排水泵站及拓宽附近相关的道路和交叉口。

至此，徐虎出生时所见的光新路的田园景象，已经完全被一派城市风光所替代。

03

但在上个世纪80年代，房屋都还实行分配制度。在这些房子里遇到断电、马桶堵塞、水管爆裂等情况，必须要请房管所工作人员来修。在大部分人都没有电话，也没有手机的年代，徐虎挂箱的义举，为周边的居民提供了许多方便。

当时的石泉一村，每六家人合用四个马桶，小区里设有小型倒粪站。一些公共部位，谁也不愿意打扫，卫生状况乏善可陈。为节约用水，许多人多次小便大便后，才舍得抽水一次。导致公用马桶里的白色马桶砂凝结厚厚一圈，使下水道开口的直径也缩小了。遇到这样的情况，徐虎不仅要修马桶，还要帮着清洁并指导居民如何使用保养。而在另外一些小区，居民们合用灶间，因为担心水电费分摊到自己头上时多算了不合算，所以各家都在灶间拉出自己的电线和龙头。徐虎至今记得，走进这样的灶间修理，随手一摸，手上就是一层油腻，回家要用肥皂水洗好几次才行。1985年一次暴风雨天，徐虎去建民新村修理电线，人站在水里，而剪子又碰到电线，瞬间触电，所幸整个人被弹开，才未受伤。

在朱家湾东面，是当时还未动迁的由潭子湾、潘家湾、王家宅构成的“二湾一宅”地区，居住条件逼仄，每每走进这里，徐虎都会为这里居民的居住条件捏把汗。台风天气，往往整个区域的居民住宅都断电；遇到雨天，整个区域常常积水没膝；到了冬天，时常水管爆裂。徐虎至今记得，走进潘家湾 177 弄一户报修的居民家里，10 多平方米要住进两对青年夫妻，两家就用布帘子在房内简单隔开。

只有走进这样的住户家里，才能理解他们对改善居住条件的极度渴望。

而徐虎和同事们的服务，对这里的许多居民来说解了燃眉之急，所以他们心存感激。徐虎至今还记得 1990 年，上海电视台记者跟踪徐虎采访，那一晚，徐虎接到了来自石泉一村的一张急条，主人姓谢，是位行动不便的残疾人。徐虎与电视台同志匆匆前往。面对众人，主人似乎有些不知所措。待说明来意之后，老谢连连点头，随即拿出一本珍藏的贴报簿，上面汇集了报刊、电视对徐虎的事迹报道，有的竟是徐虎也未曾留意的。人们不禁愕然。对此，老谢解释道：“徐师傅的事迹很感人。我要把它装订起来，以此教育我的孩子。”

这之后，是上海翻天覆地变化的年代。

1998 年，全市最大的棚户区潘家湾拆迁。同年，徐虎出任物业公司的经理。到了 1999 年 6 月，在“两湾一宅”这片占地面积 49.5 公顷上海有名的棚户区上，建工集团上海市机施公司建设者为“中远两湾城”打下了第一根试桩，这片土地与土地上的人们开始随时代进步着、改变着。

2015 年是徐虎义务挂箱服务 30 周年，徐虎所在的上海西部企业集团将 10 名员工命名为“小徐虎”，同时将七家“西部365”新型物业服务平台联网运行，让徐虎精神在互联网时代有更大作为。退休在家的徐虎不用再跨过积水的弄堂去修粪站里的管道了，但其为民义务服务的精神，将代代继承下去。

跋

我是土生土长的上海人，但这并不表示我懂上海，我只是熟悉它。但知其然，未必知其所以然。2015 年 3 月，我在《解放日报》负责开设一个新栏目“知沪”（最初几期的名字叫“地理”，栏目在上海观察 APP 上的名字是“海上记忆”）。

从一开始，这个栏目就定位清晰，要介绍上海的建筑故事。但是这一主题的书和资料已太多，如何才能另辟蹊径？后来，我想到用“一人”+“一地”的模式——采访一位上海知名人士，让他或她讲述上海对其而言最有意义的地方，再将这段个人史放在城市发展的背景中娓娓道来。

作为一种书写上海的新尝试，几年时间里，我陆续采访了上海各界名人，展现了一个个他们生命中最为重要的上海地点。这其中既有被列入历史保护建筑名录的优秀建筑，也有不为人熟知的工人新村、已被拆除的里弄石库门，甚至不具审美意义的棚户区，还有一些街区和河流。居住者的个人经历与上海地理空间的变迁相互印证交织，体现出彼此影响、互相成就的关系，从中展现上海的人文地理脉络和城市精神风貌，也展现上海海纳百川的城市精神。

这些名人可能已经接受过不下一百次采访。但在过去，他们很少被问及自己最喜欢的上海地标，也不曾以非常私人的角度想过自己和这座城市的交融。因此往往在短暂的愕然后，记忆之门随之开启，程式化的话语也被真情流露取代。甚至好几次，有人在讲述时落下泪来，许多人为了回答采访，第一次去向父母朋友求证往事中的一处细节，有人受到采访启示决定开始写自传，还有人在见报后和失散多年的旧时邻里重新联系上。

由此，我们知道了一些看得见的房屋里看不见的故事——居住者的经历，让这些上海的房子或者街区，都不再是普通的物理空间。它们是一种容器，用以盛放人的喜怒哀乐。而这种喜怒哀乐接续而成的，又是最真切的城市历史变迁。

准备文字的过程也可以看做不同视角下如何看上海的一次交叉对比试验。比如同样身为“50后”的作家孙甘露和劳模徐虎，对同时期上海的描述，几乎是在描述两个不相干的星球：孙甘露童年记忆里的上海是洋气的绿树成荫的街道和打扮入时的丽人；徐虎记忆里的上海是一片农田，盛夏路边尚有裸露上半身乘凉的村妪。

又比如演员奚美娟。她童年住在浦东后滩，那里曾有几个世纪以来一直居于本地的世家，有粉墙黛瓦的大院，有乡绅人家办的私塾，自给自足像与世隔绝的世外桃源。进入上个世纪中期，这里的人们进入上钢三厂当工人，相应的工人文化出现，为传统世家带来新的力量。进入新世纪之际，上钢三厂停产，居民区陆续动迁。就在奚美娟接受采访的两天后，上海市委书记宣布后滩区域将兴建2万平方公里开放式大绿地“世博文化公园”。原来只要一代人的时间，就可以见证一块地方彻头彻尾的变化——真是沧海桑田。然而，其中蕴含上海之所以为“魔都”的秘密来源——在这座城市里，唯一不变的就是变化本身。

那么，在这瞬息万变的当下，聚焦上海的一个局部，慢速一帧帧放大，让居住者讲述人与地的关系。从某种意义上说，就是想让上海的建筑、街巷，让大家熟悉或不熟悉的一砖一瓦，都能开口说话。

有一个成语——盲人摸象，说几个盲人首次触摸大象。当问象类何物时，其触耳者言象“如箕”；其触鼻者言象“如杵”；其触脚者言象“如臼”；其触脊者言象“如床”……从某种意义上说，住在上海的我们，对上海的认知，也是在摸象。因自己的局限而未知全貌，是“只缘身在此山中”的感受。我们很难简单为上海贴上标签。上海不仅仅是风花雪月的，也不仅仅是弄堂逼仄的，上海人不都是洋派精致的，也绝不全是斤斤计较的。于今日生活在上海的一两代居民身上，经历了百年来未有之大变化。迅疾外力裹挟下，个体选择的应对之道，以及记忆筛留下的细节，值得人们思考。

而这部作品在此郑重将这些记忆细节定格，挑选这50位名人的上海故事，以此映照千千万万共同生活在此的上海人的经历，庆贺我们共同拥有这座记忆之城，了解我们走过的道路，也展望未来城市的发展，更想邀请更多人由此重新认识上海。

感谢上海地方志办公室提供资料支持。感谢《解放日报》

的领导尤其是《解放日报》专副刊部门诸位领导和同事对《知沪》栏目的关心和支持。感谢徐锦江副总编、尹欣主任和曹静主编，感谢张克伟老师为这系列文章绘制多幅油画，由于条件所限，没能收录在这本书里实为憾事。感谢《解放日报》美术编辑邵竞为这些建筑拍摄照片并亲自设计封面，如果没有他的帮助，这本书将逊色许多。

感谢我的先生朱珉迕，他为我购买许多上海文化题材书籍、帮我的文字和标题润色。为了陪我采访，我们一起走过文中描述的许多街道、寻访过许多建筑。而这些经历，也反过来成为两人世界中美好的回忆。这座见证无数人故事的城市，也见证我们在其中的成长。

沈轶伦

2018年5月20日

图书在版编目（CIP）数据

如果上海的墙会说话/沈轶伦著.-上海：上海文艺出版社.2018.7（2018.10重印）

ISBN 978-7-5321-6584-1

Ⅰ.①如… Ⅱ.①沈… Ⅲ.①报告文学－作品集－中国－当代

Ⅳ.①I25

中国版本图书馆CIP数据核字(2018)第117407号

本书为上海文化发展基金会2017年度第二期重大文艺创作资助项目

发 行 人：陈　征

策 划 人：谢　锦

责任编辑：李　霞

美术编辑：钱　祯

封面设计、摄　影：邵　竞

书　　名：如果上海的墙会说话

作　　者：沈轶伦

出　　版：上海世纪出版集团　上海文艺出版社

地　　址：上海绍兴路7号　200020

发　　行：上海文艺出版社发行中心发行

上海市绍兴路50号　200020　www.ewen.co

印　　刷：崇明裕安印刷厂

开　　本：889×1194 1/32

印　　张：10.5

插　　页：2

字　　数：218,000

印　　次：2018年7月第1版 2018年10月第2次印刷

I S B N：978-7-5321-6584-1/I · 5242

定　　价：45.00元

告 读 者：如发现本书有质量问题请与印刷厂质量科联系　T: 021-59404766